Das Buch

»›War sie jemand Besonderes?‹ fragt die Schwester. Und der Arzt schaut in seine Notizen und sagt, sie scheine doch etwas aus dem Rahmen gefallen zu sein, offensichtlich hat sie Bücher und Zeitungsartikel geschrieben und war einige Zeit im Nahen Osten...« Penelope Lively und ihre Heldin Claudia H. sind zwei ungewöhnliche Frauen. Klug, selbstbewußt und geprägt von höchster geistiger Anspannung, in ständiger intellektueller Auseinandersetzung mit ihrer Umgebung und mit sich selbst. Schriftstellerin die eine, Journalistin und Historikerin die andere, beide mit einer Vergangenheit in Ägypten. Und doch ist dies kein autobiographischer Roman. Das Leben der Claudia H. wird bestimmt von der Rivalität mit ihrem Bruder, von der eigenartigen Beziehung zum Vater ihrer Tochter und jenem tragischen Zwischenfall in der Wüste, der schon mehr als vierzig Jahre zurückliegt. Allerdings ist nichts in diesem Leben wirklich vergangen. Alles ist Gegenwart: Kindheit und Krieg, Ägypten, England, die ganze Welt und ihre Geschichte. »Was mich interessiert«, sagt Penelope Lively, »ist das Gedächtnis, die Art und Weise, wie Menschen und Landschaften aus Erinnerungen zusammengesetzt sind.«

Die Autorin

Penelope Lively wurde 1933 als Tochter eines englischen Bankangestellten in Kairo geboren. 1945 kehrten ihre Eltern nach England zurück. Sie studierte in Oxford und wurde zunächst mit ihren Kinderbüchern bekannt. Sie lebt mit ihrem Ehemann teils in London und teils in Oxfordshire. Für ›Moon Tiger‹ erhielt sie 1987 den Booker Prize.

I

»Ich schreibe eine Geschichte der Welt«, sagt sie. Und die Hände der Schwester halten einen Moment inne; sie schaut auf diese alte Frau, diese alte kranke Frau. »Ach, du meine Güte«, sagt die Schwester. »Das wird ja dann wohl ein ziemlicher Brocken, oder?« Und dann macht sie weiter, zupft und stopft und glättet – »So, ein bißchen hoch, meine Liebe, so ist's brav – dann bekommen wir gleich eine Tasse Tee.«

Eine Geschichte der Welt. Um alles abzurunden. Warum auch nicht – kein Kleinkram mehr über Napoleon, Tito, die Schlacht von Edgehill, Hernando Cortez... Dieses Mal kommt alles auf den Tisch. Der ganze glanzvolle, mörderische, unaufhaltbare Katarakt – aus dem Dreck zu den Sternen, im allgemeinen und im besonderen, eure Geschichte und meine. Ich bin dafür gut gerüstet; Eklektizismus war immer schon mein Markenzeichen. Das hat man jedenfalls gesagt, auch wenn das Kind einen anderen Namen hatte. Claudia Hampton hat sich wieder etwas Ehrgeiziges vorgenommen, man könnte es auch anmaßend nennen: Das sagen meine Feinde. Miss Hamptons kühner konzeptioneller Schwung: meine Freunde.

Eine Geschichte der Welt, ja. Und während sie sich entfaltet: meine eigene. Leben und Zeit der Claudia H. Das Stück aus dem zwanzigsten Jahrhundert, mit dem ich wohl oder übel verkettet bin, ob mir das paßt oder nicht. Mich selbst will ich ins Auge fassen, in meinem Kontext: alles und nichts. Die Geschichte der Welt, wie Claudia sie sieht: Fakten und Erfindungen, Mythen und Offenkundiges, Bilder und Belege.

»War sie jemand Besonderes?« fragt die Schwester. Ihre Schuhe quietschen auf dem glänzenden Boden; die

Schuhe des Arztes knarren. »Also, nach dem, was sie so sagt...« Und der Arzt schaut in seine Notizen und sagt, daß sie wohl doch etwas aus dem Rahmen gefallen zu sein scheint, offensichtlich hat sie Bücher und Zeitungsartikel geschrieben und... ähm... war einige Zeit im Nahen Osten... Typhus, Malaria... nicht verheiratet (eine Fehlgeburt, ein Kind, das sieht er, erwähnt es aber nicht)... aus den Aufzeichnungen läßt sich schon entnehmen, daß sie jemand Besonderes war, wahrscheinlich.

Eine Menge Leute würden es als typisch hinstellen, daß ich von vornherein mein Leben mit der Geschichte der Welt verbinde. Sollen sie. Ich hatte immer schon meine Anhänger, doch, auch die. Meine Leser kennen das natürlich schon, sie wissen, wie der Hase läuft. Ich werde alles Erzählerische fortlassen. Anreichern werde ich das Ganze, Leben und Farbe dazugeben, die Schreie und auch die Rhetorik. Oh, ich werde ihnen nichts ersparen. Die Frage ist nur: Soll es eine lineare Geschichte sein oder nicht? Ich fand immer, daß eine kaleidoskopische Sicht eine interessante Häresie sein könnte. Bei jedem Schütteln des Kaleidoskops abwarten, was sich dabei ergibt. Chronologie verwirrt mich. In meinem Kopf gibt es keine Chronologie. Ich bin aus einer Myriade von Claudias zusammengesetzt, die sich drehen und verbinden und auseinanderdriften wie funkelndes Sonnenlicht auf dem Wasser. Das Kartenspiel, das ich verwende, wird immer wieder ganz und gar durchgemischt; es gibt keine feste Abfolge, alles geschieht gleichzeitig. Die Maschinen der neuen Technologien beruhen, so wie ich es verstanden habe, im Grunde auf dem gleichen Prinzip: Das gesamte Wissen ist gespeichert und kann mit einem Knopfdruck abgerufen werden. In der Theorie klingt das nach mehr Effizienz. Einige meiner Knöpfe funktionieren nicht, für andere brauche ich Paßwörter, Codes, nach dem Zufallsprinzip wirkende Aufsperrmechanismen. Die kollektive Vergangenheit liefert diese merkwürdigerweise. Sie ist

Allgemeingut, aber gleichzeitig auch zutiefst privater Besitz. Jeder sieht sie auf seine Weise. Meine Viktorianer sind nicht eure Viktorianer. Mein siebzehntes Jahrhundert ist nicht eures. John Aubrey, oder Darwin, oder wer auch immer, spricht in einer bestimmten Tonlage zu mir, in einer anderen zu euch. Die Bilder meiner eigenen Vergangenheit kommen aus der allgemein verfügbaren Vergangenheit. Andere Leben fügen sich in mein eigenes Leben ein: ich, Claudia H.

Ichbezogen? Vielleicht. Sind wir das nicht alle? Warum klingt das immer wie ein Vorwurf? Jedenfalls war es so, als ich ein Kind war. Man fand mich schwierig. »Unmöglich« war genaugenommen das Wort, das sie manchmal verwendeten. Ich selbst fand mich überhaupt nicht unmöglich. Mutter und das Kindermädchen waren unmöglich, mit ihren Verboten und Warnungen, ihrem Wahn von Milchpudding und lockigen Haaren und ihrem Terror vor allem, was in der freien Natur lockte – hohe Bäume und tiefes Wasser und das Gefühl von nassem Gras unter bloßen Füßen, der Reiz von Schlamm und Schnee und Feuer. Ich sehnte mich – brannte – immer danach, höher und schneller und weiter zu kommen. Sie warnten, ich gehorchte nicht.

Gordon auch nicht. Mein Bruder Gordon. Wir waren zwei von der gleichen Art.

Meine Anfänge; der Anfang, der für alles gilt. Aus dem Dreck zu den Sternen, habe ich gesagt... Also, der Urschlamm. Da ich nie eine konventionelle Historikerin, nie – wie erwartet – die mustergültige Chronistin war und auch nie so ein vertrockneter Knochen wurde wie diese Frau, die ich damals vor undenklichen Zeiten in Oxford über das Papsttum dozieren hörte, da ich für mein Einzelgängertum bekannt bin und mehr Kollegen zur Weißglut gebracht habe als ihr Gutenachtgebete geflüstert habt, werden wir es also auf einen Schock anlegen. Vielleicht sollte ich einmal aus der Sicht des Urschlamms erzählen? Eines dieser träge dahintreibenden fedrigen Krustentierchen erzählen lassen. Oder einen Ammoniten? Ja, einen Ammoniten, glaube ich. Einen Ammoniten mit einem Gespür für das Schicksal. Einen Sprecher der jurassischen Meeresströme, der erzählen soll, wie es gewesen ist.

Doch hier schüttelt sich das Kaleidoskop. Für mich ist das Paläolithikum nur durch eine kleine Verschiebung der Muster getrennt vom neunzehnten Jahrhundert, in welchem es überhaupt zum erstenmal zur Kenntnis genommen wurde, als die Leute erfaßten, auf welcher Grundlage sie sich eigentlich bewegten. Wer wäre nicht fasziniert von diesen majestätischen Gestalten, die backenbärtig und völlig übertrieben gekleidet über Strände und Hügel streiften, dabei in ihren Gedanken Gigantisches wälzend? Der arme irregeleitete Philip Gosse, Hugh Miller und Lyell und auch Darwin selbst. Zwischen Gehröcken und Bärten und dem Widerhall des Felsgesteins scheint es eine natürliche Affinität zu geben – Mesozoirum und Triasformationen, Oolith und Lias, Cornbrash und Grünsand.

Aber Gordon und ich, elf und zehn Jahre alt, hatten damals noch nichts von Darwin gehört; unsere Vorstellung von Zeit war privat und semantisch (Teezeit, Abendessenszeit, Zeit vertun...); unser Interesse an Asteroceras und Primocroceras betraf Erwerb und Wettbewerb. Um Gordon bei einem traumhaft wirkenden Streifen aus Juramatsch zuvorzukommen, war ich bereit, mit meinem blinkenden neuen Hämmerchen hundertfünfzig Millionen Jahre in Stücke zu klopfen und mir notfalls einen Arm oder ein Bein zu brechen, wie 1920, als ich am Strand von Charmouth ein Steilstück aus Blauem Lias hinunterstürzte.

Sie klettert ein wenig höher, auf das nächste rutschige, schräge Plateau der Klippe, hockt sich hin und sucht um sich herum fieberhaft die blaugrauen Felsstückchen ab, späht nach diesen verführerischen Kringeln und geriffelten Spiralen, und einmal schlägt sie mit einem triumphierenden Zischen zu: ein Ammonit, noch fast ganz erhalten. Der Strand da unten ist jetzt ziemlich weit weg, die schrillen Schreie, das Gebell, die Rufe von dort sind laut und deutlich, aber doch von einer anderen Welt, ohne Bedeutung.

Und die ganze Zeit über achtet sie aus dem Augenwinkel heraus auf Gordon, der schon höher ist als sie und an einem Vorsprung herumklopft. Er hört auf zu hämmern, sie kann sehen, wie er etwas ganz genau anschaut. Was hat er da? Mißtrauen und Rivalität brennen in ihr. Sie kriecht durch niedriges Gebüsch, zieht sich über ein Felsband.

»Das ist mein Platz«, schreit Gordon. »Du kannst nicht hierher. Das habe ich mir geschnappt.«

»Ist mir doch egal«, brüllt Claudia. »Ich geh' sowieso noch höher – da oben ist es viel besser.« Und über magere Pflanzen und trockenen, steinigen Boden, der unter ihren Füßen in Kaskaden nach unten wegspritzt, schwingt sie sich hinauf zu einem verheißungsvoll lockenden grauen Vorsprung, wo Asteroceras sicher zu Hunderten schlummern.

Sie achtet nicht auf die Gestalten, die unten am Strand hin und her hasten; wie schwache Vogelschreie schweben Warnrufe nach oben.

Um auf dieses vielversprechende Felsband weiter oben zu gelangen, muß sie an Gordon vorbei. »*Paß auf...*«, sagt sie. »Tu dein *Bein* da weg...«

»*Drängel* nicht«, knurrt er. »Du kannst hier sowieso nicht her. Ich habe gesagt, das ist mein Platz, such dir selber einen.«

»Stoß du mich nicht. Ich will gar nicht auf deinen blöden Platz...«

Sein Bein ist ihr im Weg – es schlägt aus, sie tritt nach, und ein Stück aus der Klippe, aus dieser festgefügten Welt, die sich nun als doch nicht so solide erweist, rutscht unter dem zupackenden Griff ihrer Hände... brökkelt ... und sie fällt schräg auf ihre Schultern, ihren Kopf, ihren ausgestreckten Arm, sie schliddert plumpsend und sich drehend in die Tiefe. Keuchend landet sie in einem dornigen Busch, in ihr ein hämmernder Schmerz, und so beleidigt ist sie, daß sie nicht einmal schreit.

Er spürt, wie sie näher kommt, auf sein Gebiet vordringt, sie wird ihm die besten Fossilien wegschnappen. Er protestiert. Er streckt einen Fuß aus, um sie abzuwehren. Ihre heißen, aufdringlichen Glieder verknäueln sich mit seinen.

»Du *stößt* mich«, kreischt sie.
»Tu ich *nicht*«, faucht er. »Du drängelst doch. Das ist sowieso mein Platz, such dir einen anderen.«
»Das ist nicht dein blöder Platz«, sagt sie. »Das gehört allen. Und überhaupt...«
Und plötzlich gibt es furchtbare Geräusche von etwas, das reißt und plumpst, und dann ist sie weg, rutscht und kollert nach unten, und entsetzt und zufrieden schaut er ihr nach.

»Er hat mich geschubst.«
»Hab' ich nicht. Ehrlich, Mutter, das hab' ich nicht. Sie ist ausgerutscht.«
»Er hat mich geschubst.«
Und sogar in dem ganzen Tumult – die besorgten Mütter und Kindermädchen, die improvisierte Schlinge, die angebotenen Riechsalzfläschchen – kann Edith Hampton über die wütende Hartnäckigkeit ihrer Kinder staunen.
»Streitet nicht. Halt ruhig, Claudia.«
»Das sind *meine* Ammoniten. Er darf sie nicht kriegen, Mutter.«
»Ich *will* deine Ammoniten doch gar nicht.«
»Gordon, sei still!«
Sie hat Kopfschmerzen, sie versucht, die Kinder zu beschwichtigen und auf all die Ratschläge und Nettigkei-

ten einzugehen; sie schiebt alles auf diese gefahrvolle Welt, die so unzuverlässig, so bösartig ist. Und auf die Unnachgiebigkeit ihrer Sprößlinge, deren Emotionen den ganzen Strand mit Lärm erfüllen.

Die Stimme der Geschichte ist selbstverständlich eine vielfältige. Viele Stimmen, all die Stimmen, denen es gelungen ist, sich Gehör zu verschaffen. Manche sind natürlich lauter als andere. Meine Geschichte ist mit den Geschichten anderer Menschen verstrickt – Mutter, Gordon, Jasper, Lisa, und eine bestimmte Person vor allen anderen; auch ihre Stimmen müssen zu vernehmen sein, insofern werde ich den Konventionen von Geschichte Folge leisten. Die Regeln des Offenkundigen respektieren. Die Wahrheit, was immer das sein mag. Doch Wahrheit ist an Worte gebunden, an Gedrucktes, an die Beweiskraft eines Blatts Papier. Augenblicke rauschen vorbei, die Tage unseres Lebens verschwinden ganz und gar, substanzloser als wenn sie erfunden gewesen wären. Fiktion kann dauerhafter scheinen als die Realität. Pierre auf dem Schlachtfeld, die Bennet-Mädchen bei ihrer Näharbeit, Tess auf der Dreschmaschine – all das ist für immer festgenagelt, auf der beschriebenen Seite und in einer Million Köpfen. Andererseits ist das, was mir 1920 auf dem Strand von Charmouth passiert ist, historisch völlig zu vernachlässigen. Und wenn Sie und ich über Geschichte sprechen, meinen wir doch nicht das tatsächlich Geschehene? Das immerwährende, allgegenwärtige kosmische Chaos? Wir meinen das, was in den Büchern ordentlich verstaut worden ist, den gütigen, konzentrierten Blick der Geschichte auf Jahre und Orte und Personen. Historie enträtselt sich, die Begleitumstände ziehen es ihrer Wesensart gemäß vor, verhüllt zu bleiben.

Da nun also meine Geschichte auch ihre ist, müssen auch sie sprechen – Mutter, Gordon, Jasper... Doch natürlich habe ich das letzte Wort. Privileg der Historikerin.

Mutter. Nehmen wir für einen Moment Mutter. Mutter zog sich aus der Geschichte zurück. Sie hat sich ganz einfach entfernt. Sie entschied sich für eine Welt, die sie selbst geschaffen hatte, in der es nichts gab außer Floribunda-Rosen, unbeständigem Wetter und Wandteppichen mit geistlichen Motiven. Sie las nur die ›West Dorset Gazette‹, ›Country Life‹ und die Mitteilungen der Royal Horticultural Society. Ihre gesamte Sorge konzentrierte sich auf die Launen des Klimas. Ein unerwarteter Frost konnte leichte Bestürzung auslösen. Ein schlechter Sommer bot Anlaß zu mildem Tadel. Glückliche Mutter. Vernünftige, praktisch veranlagte Mutter. Auf ihrem Frisiertisch stand eine Fotografie von Vater, fesch in seiner Uniform, ewig jung, die Haare frisch geschnitten, sein Bart ein feiner Schatten auf der Oberlippe; kein rotes Loch in seinem Bauch, keine Scheiße keine Schreie kein weißer singender Schmerz. Mutter staubte diese Fotografie jeden Morgen ab; was sie dabei dachte, weiß ich nicht.

Geschichte hat Vater getötet. Ich sterbe an Darmkrebs, das ist etwas relativ Privates. Vater starb an der Somme, von der Geschichte weggeputzt. Er lag im Dreck, habe ich erfahren, die ganze Nacht über, schreiend, und als sie ihn schließlich holten, starb er auf der Bahre, zwischen dem Bombentrichter, der sein letztes Lager war, und dem Verbandsplatz. Dabei dachte er wohl, glaube ich, an alles andere als an Geschichte.

Für mich ist er also ein Fremder. Eine historische Figur. Nur nicht in einer verschwommenen Szene, als sich eine schwer zu erkennende männliche Gestalt bückt, um mich hochzuheben und – wie aufregend – auf ihre Schultern zu setzen, von wo aus ich die Welt herumkommandieren kann, eingeschlossen Gordon dort unten, der nicht so bevorzugt wurde. Sogar da stehen, wie Sie feststellen können, meine Gefühle Gordon gegenüber im Vordergrund. Doch ich bin mir nicht sicher, ob dieser unerkannte Mann Vater ist oder nicht, es könnte ein Onkel sein, ein Nachbar. Die Lebenswege von Vater und mir waren nicht lange miteinander verbunden.

Also werde ich mit den Felsen beginnen. Das paßt. Die Felsen, aus denen wir entspringen und an die wir gefesselt sind, allesamt. Wie der erbärmliche Dingsda, wie hieß er doch, der an seinem Felsen...

»An einen Felsen gekettet...«, sagt sie. »Wie hieß der?«
Und der Arzt stutzt, sein Gesicht eine Armlänge von ihrem Gesicht entfernt, seine kleine silberne Taschenlampe schwebt über ihr, sein Name prangt in goldenen Buchstaben auf seinem weißen Kittel. »Wie bitte? Was sagten Sie, Miss Hampton?«
»Ein Adler«, erklärt sie. »Hackt immer an seiner Leber. Die *condition humaine*, verstehen Sie?«
Und der Arzt lächelt, voller Nachsicht. »Aha«, sagt er. Und er hebt ihr Augenlid und leuchtet hinein. In ihre Seele, vielleicht.

Prometheus, natürlich. Mythologie ist ein wesentlich besseres Thema als Historie. Denn sie hat Form, Logik, eine Botschaft. Früher dachte ich, ich sei eine Fee. Man hatte mich nach unten in den Salon gerufen, ich war so ungefähr sechs Jahre alt und sollte dort eine Verwandte kennenlernen, die reicher und weltläufiger war als Mutter, und vor der Mutter großen Respekt hatte. Plötzlich riß mich jemand hoch, diese wunderbar duftende Frau hielt mich knapp vor sich, und ich hörte sie ausrufen: »Und das ist sie also! Die kleine Fee! Eine richtig niedliche, rothaarige, grünäugige kleine Fee!« Als ich wieder oben im Kinderzimmer war, untersuchte ich im Spiegel meine Haare und Augen. Ich bin eine Fee. Ich bin niedlich. »Das reicht, Claudia«, sagt das Kindermädchen. »Edel ist, wer edel handelt.« Aber ich bin eine Fee, ich betrachte mich voller Zufriedenheit.

Claudia. Ein untypischer Anflug von Phantasie bei Mutter. Wie ein eitriger Daumen fiel ich unter all den Violets und Mauds und Norahs und Beatrices auf. Doch ich fiel ohnehin auf, wegen meiner Haare und unordentlichen Gedanken. Wenn wir am Strand von Charmouth in Sicht kamen, zitterten die Kindermädchen anderer Familien und versammelten ihre Meute um sich. Wir waren reichlich wilde Kinder, Gordon und ich. Ein Jammer, wirklich, wo Mrs. Hampton doch so eine nette Person ist, und Witwe dazu ... Sie lehnten uns ab und beobachteten uns voller Mißbilligung, weil wir zu laut spielten, zu gefährlich, ein zerzaustes, ungebärdiges Paar.

Das ist lange her. Und wie gestern. Vom Strand von Charmouth besitze ich immer noch einen Brocken Blauen Lias, in dem zwei graue fossile Kringel hängen, er hat mir als Briefbeschwerer auf meinem Schreibtisch gedient. Zwei Asteroceras, hilflos in einem zeitlosen Ozean.

Vielleicht schreibe ich meinen Bericht über das Paläolithikum überhaupt nicht, sondern mache einen Film daraus. Einen Stummfilm zudem, in dem ich Ihnen zuerst die großen schlummernden Felsen des Kambriums zeige, von diesen zu den Bergen von Wales schwenke, zum Long Mynd, zum Wrekin, vom Ordovizium zum Devon, zum Red Sandstone und Kohlensandstein, weiter zu den üppigen, leuchtenden Hügeln der Cotswolds, dann zu den weißen Klippen von Dover ... Ein impressionistischer, träumerischer Film, in dem sich die gefalteten Felsen erheben und blühen und wachsen und zur Kathedrale von Salisbury und zum Münster von York und zum Royal Crescent werden und zu Gefängnissen und Schulen und Wohnhäusern und Bahnhöfen. Ja, dieser Film erblüht vor meinen Augen, ohne Worte und ganz eigen, greift sich ein Kliff in Cornwall, Stonehenge, die Kirche von Burford, das Penninische Gebirge heraus.

Ich werde viele Stimmen einsetzen, in dieser Geschichte. Ich halte nichts von dem unterkühlten Tonfall einer teilnahmslosen Erzählung. Vielleicht sollte ich es wie die Skribenten des ›Anglo-Saxon Chronicle‹ machen, die in einem Atemzug mitteilen, daß ein Erzbischof verblichen ist, eine Synode stattfand und feuerspeiende Drachen durch die Lüfte fliegend gesichtet wurden. Warum denn eigentlich nicht? Glaube ist relativ. Unsere Verbindung mit der Realität ist immer dünn. Ich weiß nicht, durch welchen Zauber auf meinem Fernsehschirm ein Bild erscheint oder wie ein Chip aus Kristall scheinbar unendliche Kapazitäten haben kann. Ich akzeptiere das ganz einfach. Und doch bin ich von Natur aus skeptisch – eine Fragende, eine Zweifelnde, eine instinktive Agnostikerin. Im gefrorenen Stein der Kathedralen Europas existieren nebeneinander die Apostel, Christus und Maria, Lämmer, Fische, Greife, Drachen, Seeschlangen und die Gesichter von Männern, die Blätter anstelle von Haaren tragen. Ich schätze solch freizügiges Denken.

Kinder sind unendlich vertrauensselig. Meine Lisa war ein langweiliges Kind, doch trotzdem kam sie immer wieder mit etwas an, das mich freute und überraschte. »Gibt es Drachen?« fragte sie. Ich sagte, nein. »Hat es denn mal welche gegeben?« Ich sagte, alles, was wir wüßten, deutete auf das Gegenteil hin. »Aber wenn es das Wort ›Drache‹ gibt, müssen doch auch Drachen dagewesen sein.«

Genau. Die Macht der Sprache. Sie bewahrt das Flüchtige – verleiht Träumen Gestalt, Sonnenstrahlen Dauer.

Im Ashmolean Museum in Oxford gibt es einen Drachen auf einer chinesischen Schale, vor der Jasper und ich einmal standen, ungefähr acht Monate vor Lisas Geburt. Wie soll ich Jasper beschreiben? Es gibt verschiedene Möglichkeiten, jede von ihnen unzureichend. Auf mein Leben bezogen war er mein Liebhaber und Vater meines einzigen Kindes, auf sein Leben bezogen war er ein schlauer, erfolgreicher Unternehmer, kulturell gesehen war er eine Mischung aus russischer Aristokratie und englischer Oberschicht. Er sah auch gut aus, war überzeugend, potent, energisch und selbstsüchtig. Für Jasper muß ich mich bei Tito bedanken, denn ich lernte ihn 1946 kennen, als ich an dem Buch über die Partisanen arbeitete und mit jedem sprechen mußte, der irgend etwas mit der Jugoslawiengeschichte zu tun hatte. Ich aß mit ihm an einem Dienstag zu Abend, am Samstag darauf lagen wir miteinander im Bett. In den folgenden zehn Jahren lebten wir manchmal zusammen, manchmal nicht, kämpften, bereinigten alles wieder, trennten uns und kamen wieder zusammen. Lisa, meine arme Lisa, ein stilles und bläßliches kleines Mädchen, war der greifbare, wenn auch wenig überzeugende Beweis unserer rastlosen Verbindung: Niemals sah sie so aus oder verhielt sich so wie einer von uns beiden.

Anders als ihr Vater, der ein ganz hübsches Abbild seiner Vorfahren gab. Gutes Aussehen und chevalereske Lebenseinstellung hatte er von seinem russischen Vater, seine unerschütterliche gesellschaftliche Sicherheit und sein Überlegenheitsgefühl von seiner Mutter. Isabel, Erbin einer ansehnlichen Portion Devon, jahrhundertelanger stiller Prosperität und stetigen Aufstiegs, hatte im Alter von neunzehn Jahren in Paris eigenartige Anwandlungen. Sie setzte sich über ihre Eltern hinweg und heiratete den unwiderstehlichen Sascha. Jasper kam zur Welt, als sie einundzwanzig war. Als sie zweiundzwanzig war, fand Sascha das Leben als Landedelmann in Devon bereits langweilig, Isabel konnte wieder klar denken, erkannte ihren fürchterlichen Fehler, und man arrangierte eine diskrete Scheidung. Sascha wurde von Isabels Vater dafür bezahlt, daß er sich aus der ganzen Szenerie entfernte und alle Ansprüche bis auf die einfachsten bezüglich Jasper aufgab. Er zog sich ohne zu klagen in eine Villa bei Cap Ferrat zurück. Isabel heiratete nach einer angemessenen Frist einen Freund aus Kinderzeiten und wurde Lady Branscombe of Sotleigh Hall. Jasper verbrachte seine Jugend in Eton und in Devon, mit gelegentlichen Ausflügen nach Cap Ferrat. Als er sechzehn war, wurden diese Fahrten häufiger. Der Lebensstil seines Vaters zog ihn an, er empfand ihn als einen angenehmen Gegenpol zu Jagdgesellschaften und Landbällen, lernte Französisch und Russisch, die Liebe zu den Frauen und wie man möglichst viele Situationen zum eigenen Vorteil wendet. In Devonshire seufzte seine Mutter bedauernd und machte sich Vorwürfe; ihr Gatte, ein Mann von stoischer Toleranz, dem ein Tod an der Küste der Normandie bestimmt war, versuchte, den Jungen für die Leitung eines Guts, für Forstwirtschaft und Pferdezucht zu begeistern, alles ohne Erfolg. Jasper war nicht nur Halbrusse, sondern auch gescheit. Seine Mutter entschuldigte sich noch heftiger. Jasper ging nach Cambridge, befaßte sich mit allem außer Sport nur oberflächlich, machte einen erstklassigen Abschluß in zwei Fächern und gewann etliche nützliche Freunde. Später probierte er es mit Politik und Journalismus, glänzte im Krieg als jüngstes Mitglied von Churchills Mannschaft und ging aus all dem voller Ambitionen, mit guten Beziehungen und als Opportunist hervor.

Das ist in großen Zügen Jasper. In meinem Kopf besteht Jasper aus Fragmenten: Es gibt viele Jaspers, ungeordnet, ohne Chronologie. So wie es auch viele Gordons gibt, viele Claudias.

Claudia und Jasper stehen vor dem Drachen auf der chinesischen Porzellanschale im Ashmolean Museum, Jasper schaut auf Claudia und Claudia auf den Drachen, nimmt ihn dabei unbewußt für immer in sich auf. Genaugenommen sind es zwei Drachen, blau gesprenkelte Drachen, die einander gegenüberstehen, die Zähne fletschen; ihre schlangenartigen Körper und Glieder legen sich wunderbar um den Rand. Sie scheinen Geweihe zu tragen, feine blaue Mähnen, Haarbüschel an den Ellenbogen, ein Zackenkamm verläuft vom Kopf zum Schwanz. Eine überaus genaue Beschreibung. Claudia starrt in die Vitrine, sie sieht ihr eigenes Gesicht und das von Jasper auf den Tellern reflektiert – die Gesichter von Geistern.

»Und?« sagt Jasper.

»Und was?«

»Kommst du nun mit mir nach Paris oder nicht?«

Jasper trägt einen braunen Dufflecoat, einen Seidenschal anstelle einer Krawatte. Seine Aktentasche paßt nicht dazu.

»Vielleicht«, sagt Claudia. »Mal sehen.«

»Das reicht nicht«, sagt Jasper.

Claudia betrachtet intensiv die Drachen, denkt an etwas ganz anderes. Die Drachen sind eine Theaterkulisse, doch sie werden bestehen.

»Also«, sagt Jasper. »Ich hoffe, du kommst mit. Ich rufe dich aus London an. Morgen.« Er sieht auf seine Armbanduhr. »Ich muß gehen.«

»Noch eins...«, sagt Claudia.

»Ja?«

»Ich bin schwanger.«

Stille. Jasper legt eine Hand auf ihren Arm, zieht sie wieder zurück. »Aha«, sagt er schließlich. Dann: »Was möchtest du... gerne tun?«

»Ich werde es bekommen«, sagt Claudia.

»Natürlich. Wenn dir das am liebsten ist. Mir wäre das wohl auch am liebsten.« Er lächelt – ein charmantes, zutiefst intimes Lächeln. »Also, Liebling, ich muß sagen, für eines bist du meiner Meinung nach überhaupt nicht geschaffen, und das ist die Mutterschaft. Allerdings wage ich zu behaupten, daß du dich in gewohnter Weise darauf einrichten wirst.«

Zum erstenmal sieht sie ihn an. Sieht auf dieses Lächeln. »Ich werde es bekommen«, erklärt sie, »zum Teil, weil ich nicht anders kann, und zum Teil, weil ich es will. Möglicherweise hat beides durchaus miteinander zu tun. Und ich bin ganz sicher nicht der Ansicht, daß wir heiraten sollten.«

»Nein«, sagt Jasper. »Das kann ich mir vorstellen.

Aber selbstverständlich möchte ich meinen Teil beisteuern.«

»O ja, du wirst mich nicht im Stich lassen«, sagt Claudia. »Du wirst der perfekte Gentleman sein. Sind Kinder kostspielig?«

Jasper betrachtet Claudia, die den ganzen Nachmittag über so kurz angebunden war wie nur Claudia es sein kann. Sie steht vor einer gläsernen Vitrine, offensichtlich ganz in Gedanken versunken angesichts chinesischer Keramik. In ihrem grünen Tweedkostüm sieht sie hübsch aus; an einem blauen Fleck auf dem Zeigefinger ihrer rechten Hand erkennt Jasper, daß sie heute vormittag geschrieben hat.

»Möchtest du am nächsten Wochenende mit mir nach Paris fahren?«

»Vielleicht«, sagt Claudia.

Er möchte sie durchschütteln. Oder schlagen. Doch wenn er das täte, würde sie sehr wahrscheinlich zurückschlagen, und sie sind hier in der Öffentlichkeit, können jederzeit Bekannte treffen. Statt dessen legt er beschwichtigend eine Hand auf ihren Arm und sagt, daß er aufbrechen muß, um seinen Zug zu erreichen.

»Übrigens«, sagt Claudia und starrt dabei immer noch in die Glasvitrine, »ich bin schwanger.«

Ganz plötzlich ist er von einer intensiven Heiterkeit gepackt. Er will Claudia nicht mehr schlagen. Bei ihr, denkt er, kann man sich immer darauf verlassen, daß ihr etwas Neues einfällt.

Die meiste Zeit ihrer Kindheit verbrachte Lisa jeweils bei einer von beiden Großmüttern. Eine Londoner Mietwohnung ist nicht der richtige Platz für ein Kind, und ich war viel unterwegs. Lady Branscombe und meine Mutter hatten viel gemeinsam, nicht zuletzt die Kümmernisse, die ihre Sprößlinge verursachten und die sie überforderten. Tapfer stellten sie sich der Tatsache, daß das Kind unehelich war, seufzten sich am Telefon gegenseitig etwas vor und versuchten, für Lisa zu tun, was ihnen möglich war, indem sie skandinavische Au-pair-Mädchen holten und sich um Ganztagsschulen kümmerten.

Jasper hat nie mein Leben beherrscht. Er war wichtig, aber das ist etwas anderes. Er war von entscheidender Bedeutung für das Gesamtgefüge, doch das ist schon alles. Die meisten Lebenswege haben ihren Kern, ihren Mittelpunkt, das Zentrum, um das sich alles bewegt. Zu meinem werden wir zum gegebenen Zeitpunkt noch kommen, wenn ich soweit bin. Momentan befasse ich mich mit einzelnen Schichten.

Einer der Männer des viktorianischen England, die ich ganz besonders schätze, ist der Bauingenieur William Smith, der durch seine Aufgaben beim Bau von Kanälen die Möglichkeit hatte, die Felsen mit ihren fossilen Ablagerungen zu untersuchen, durch die seine Gesteinsschnitte getrieben wurden, und dort Entwicklungsstudien anzustellen. William Smith soll in meiner Geschichte der Welt einen Ehrenplatz einnehmen. Und John Aubrey ebenfalls. Im allgemeinen ist nicht bekannt, daß Aubrey, ein meisterhaftes Klatschmaul, ein Schwätzer, der sich über Hobbes und Milton und Shakespeare ausließ, auch der erste kompetente Archäologe war, und daß ihn überdies seine einfache, doch scharfsinnige Beobachtung an Kirchenfenstern – ein Baustil ist Vorläufer des nächsten, woraus sich dann eine Baugeschichte ableiten läßt – zu einem William Smith des siebzehnten Jahrhunderts macht. Und den *Perpendicular*- und *Decorated*-Stil zu Ammoniten der Architektur. Ich sehe Aubrey vor mir, wie er durch das Gras eines Friedhofs in Dorset streift, in der Hand seine Notizen, und die Arbeit eines Schliemann, Gordon Childe und das Abschlußexamen von Cambridge vorwegnimmt, wie ich auch William Smith mit seinem Zylinder sehe, auf dem Boden hockend und völlig vertieft in die

Betrachtung der Schuttablagerungen eines Stücks Warwickshire.

Ich besitze den Abzug einer Fotografie – man kann ihn im Victoria and Albert Museum erwerben – von einer Dorfstraße in Thetford, 1868 aufgenommen, auf der William Smith nicht zu sehen ist. Die Straße ist leer. Es gibt einen Lebensmittelladen und einen Schmied und einen Karren am Straßenrand und einen großen, ausladenden Baum, doch keinen einzigen Menschen. In Wirklichkeit ging William Smith – oder irgend jemand, oder mehrere Leute, auch Hunde, Gänse, ein Mann mit Pferd – unter dem Baum vorbei, betrat den Laden, verweilte einen Moment im Gespräch mit einem Freund, während die Fotografie aufgenommen wurde, doch er ist unsichtbar, alle sind unsichtbar. Die Belichtungszeit war so lang, sechzig Minuten, daß William Smith und jeder andere durch das Bild gingen und verschwanden, ohne eine Spur zu hinterlassen. Nicht einmal einen so winzigen Abdruck wie diese allerersten Würmer, die durch den Schlamm des Kambriums von Nordschottland zogen und die leere Röhre ihrer Kriechspur im Felsen zurückließen.

Das gefällt mir. Das gefällt mir sehr gut. Ein hübsches Bild für das Verhältnis zwischen dem Menschen und der stofflichen Welt. Vergangen, vorbeigezogen und weg. Doch angenommen, William Smith – oder sonst jemand, der an diesem Morgen über diese Straße kam – hätte auf seinem Weg den Karren vom Punkt A zum Punkt B bewegt. Was würden wir dann sehen? Einen verschmierten Fleck? Zwei Karren? Oder angenommen, er hätte den Baum gefällt? Wir sind wirklich gut darin, in der physischen Welt herumzupfuschen – vielleicht schaffen wir es, sie einmal endgültig fertigzumachen. *Finis.* Und dann ist die Geschichte in der Tat zu Ende.

William Smith bezog seine Inspiration durch die Schichtenbildung. Meine Schichten sind nicht so leicht zu erkennen wie die der Felsen von Warwickshire, und im Kopf sind sie nicht einmal in Folgen angeordnet, sondern ein Wirbel aus Worten und Bildern. Drachen und Moon Tigers und Crusaders und Honeys.

Die chinesische Porzellanschale mit den Drachen ist immer noch im Ashmolean. Ich habe sie letzten Monat dort gesehen.

Ich war achtunddreißig, als Lisa geboren wurde, und ich stand ganz gut da. Zwei Bücher hatte ich vorzuweisen, einiges an polemischem Journalismus, einen Ruf als streitbare, provokative, beachtenswerte Autorin. Ich hatte so etwas wie einen Namen. Hätte der Feminismus damals existiert, so wäre das wohl etwas für mich gewesen; er hätte mich gebraucht. Doch so wie die Dinge lagen, habe ich ihn nie vermißt; eine Frau zu sein, schien mir immer ein wertvolles zusätzliches Plus. Mein Geschlecht war mir nie ein Hindernis. Und jetzt muß ich auch darüber nachdenken, daß es mir vielleicht das Leben gerettet hat. Als Mann wäre ich sehr wahrscheinlich im Krieg gefallen.

Ich weiß ziemlich genau, warum ich Historikerin wurde. Quasi-Historikerin, wie einer meiner Feinde es formuliert hat, irgend so ein verdorrter Prof, der viel zuviel Angst vor dem kalten Wasser hatte, um auch nur einmal einen Zeh aus seinem College in Oxford hinauszustrecken. Historikerin wurde ich, weil in meiner Kindheit abweichende Meinungen nicht sehr geschätzt wurden: »Keinen Streit, Claudia«, »Claudia, so etwas darfst du nicht antworten.« Auseinandersetzung ist natürlich der springende Punkt an der Geschichte. Widerspruch, mein Wort gegen deines, diese Sachlage gegen jene. Gäbe es so etwas wie absolute Wahrheit, dann würde die Debatte jeden Glanz verlieren. Ich jedenfalls hätte kein Interesse mehr daran. Ich erinnere mich noch genau an den Moment, als ich begriff, daß es bei Geschichte nicht um vorgefaßte Meinungen geht.

Ich war dreizehn. In Miss Lavenhams Mädcheninstitut. In der 4b. Wir nahmen bei Miss Lavenham persönlich die

Monarchen der Tudors durch. Miss Lavenham schrieb Daten und Namen an die Tafel, und wir schrieben sie ab. Sie diktierte uns auch die wichtigsten Merkmale jedes Regenten. Heinrich der Achte wurde wegen seiner ehelichen Exzesse verurteilt, war jedoch auch als König nicht gut. Königin Elisabeth war gut, sie wehrte die Spanier ab und regierte mit starker Hand. Sie köpfte auch die schottische Königin Maria Stuart, die eine Katholische war. Unsere Federn kratzten durch den langen Sommernachmittag. Ich hob die Hand: »Bitte, Miss Lavenham, fanden es die Katholiken richtig, daß sie Maria Stuart geköpft hat?« – »Nein, Claudia, ich nehme nicht an, daß sie das richtig fanden.« – »Bitte, sind die Katholiken jetzt dieser Meinung?« Miss Lavenham holte tief Luft: »Nun, Claudia«, sagte sie freundlich, »ich nehme an, einige von ihnen sind vermutlich nicht dieser Meinung. Menschen haben manchmal unterschiedliche Ansichten. Doch darum brauchst du dir keine Sorgen zu machen. Schreib einfach ab, was an der Tafel steht. Nimm rote Tinte für die Überschriften, und schreib schön klar und deutlich.«

Und plötzlich reißt der fade graue Teich der Geschichte vor mir auf, birst in tausend miteinander kämpfende Wellen, ich höre das Gemurmel von Stimmen. Ich lege meine Feder aus der Hand und grüble, meine Überschriften sind nicht hübsch und deutlich mit roter Tinte geschrieben, am Ende des Schuljahres habe ich 38 %, »das Klassenziel nicht erreicht«.

2

»Vor dem Zorn der Nordmänner, o Herr, errette uns...«
Gibt einem das nicht einen Stich, wenn man auf seinem Sofa sitzt und so etwas liest, das Licht brennt, die Tür ist verschlossen, das zwanzigste Jahrhundert hüllt einen gemütlich ein? Und natürlich tat Er das nicht, oder nicht immer. Er tut es nie, aber das konnten sie damals nicht wissen. Er lieferte bloß die Worte, und der arme Mönch, der sie aufgeschrieben hat, endete vermutlich mit einem Pfund Wikingereisen in der Kehle oder ging mitsamt seiner Kirche in Flammen auf.

Als ich ungefähr neun Jahre alt war, bat ich Gott, meinen Bruder Gordon zu vernichten. Schmerzlos, aber endgültig. Das ereignete sich zufälligerweise in Lindisfarne, wohin man mit uns nicht etwa deshalb gefahren war, um über den Ansturm der Wikinger nachzusinnen, von dem Mutter wahrscheinlich nie etwas gehört hatte, sondern um über den Damm zur Insel zu spazieren und dort ein Picknick zu veranstalten. Und Gordon und ich rannten über diesen Fetzen Land um die Wette, und da Gordon ein Jahr älter und ein ganzes Stück schneller war als ich, war völlig klar, daß natürlich er gewinnen würde. Und ich schickte dieses Stoßgebet zum Himmel, voller Wut und Inbrunst, und ich meinte es wirklich ernst – o ja, ganz ernst. Nie wieder, sagte ich, werde ich Dich um irgend etwas bitten. Um überhaupt nichts. Nur dieses eine mußt Du tun. Jetzt. Sofort. Es ist interessant, daß ich darum bitten mußte, Gordon auszulöschen und nicht darum, aus mir eine schnellere Läuferin zu machen. Und selbstverständlich unternahm Gott nichts dergleichen, und ich schmollte den ganzen herrlichen Nachmittag hindurch, an dem der Wind den Geruch des Meeres trug, und wurde Agnostikerin.

Jahre später waren Gordon und ich wieder dort. Dieses

Mal rannten wir nicht um die Wette. Wir gingen ganz ruhig, diskutierten, wie ich mich erinnere, über das Dritte Reich und den bevorstehenden Krieg. Und mir fiel dieses mönchische Gebet wieder ein, und ich sagte, jetzt sei es wieder so wie zu Zeiten der Wikinger, die blutroten Segel am Horizont, die klirrenden Schritte schwerbewaffneter Männer. Und die Möwen kreischten, und das Gras auf den Klippen federte wie ein weiches Polster aus wilden Blumen unter unseren Füßen, wie zweifellos auch damals im neunten Jahrhundert. Zwischen den Ruinen aßen wir Brote und tranken Ingwerlimonade, später lagen wir in einer Kuhle in der Sonne. Jasper war uns unbekannt, und Lisa. Sylvia. Laszlo. Ägypten. Indien. Noch nicht ausgeformte Schichten.

Wir sprachen über unsere Pläne, im Krieg und danach, falls es ein Danach gab. Gordon versuchte gerade, sich in den Geheimdienst hineinzumogeln (jeder arbeitete damals mit Tricks und zog an irgendwelchen Fäden). Ich wußte, was ich vorhatte. Ich würde Kriegsberichterstatterin werden. Gordon lachte. Er sagte, daß er mir keine großen Chancen dafür einräumte. Probier's, sagte er, und ich wünsch' dir das Beste, aber ganz ehrlich... Und ich ging weiter. Du wirst schon sehen, sagte ich. Du wirst sehen. Und er mußte mich einholen und mich besänftigen. Wir waren immer noch Rivalen. Unter anderem. Neben anderem. Damals, und auch später.

Der Arzt bleibt stehen und schaut durch das gläserne Guckloch in der Tür. »Mit wem spricht sie? Hat sie Besuch?« Die Krankenschwester schüttelt den Kopf, einen Augenblick lang beobachten sie die Patientin, deren Lippen sich bewegen, deren Gesichtsausdruck... gespannt ist. Etwas Klinisches scheint nicht vorzuliegen, sie knarren und quietschen wieder den Korridor entlang.

Claudia steht vor Gordon, nicht im Seewind an der Küste von Lindisfarne, sondern 1946 in der rosafarbenen alkoholisierten Atmosphäre des »Gargoyle«. Sie spürt, wie sie glüht, entflammt ist von privaten Triumphen.

Gordon schaut finster. »Er ist ein widerlicher Kerl«, sagt er.

»Halt den Mund.«

»Er kann uns nicht hören. Der bastelt doch gerade an seiner Karriere.«

Jasper steht einige Meter weiter an einem anderen Tisch, spricht mit den dort Sitzenden. Sein gebräuntes Gesicht im Licht einer Kerze: ausdrucksvoll, gutaussehend. Er gestikuliert, bringt eine Pointe an, Gelächter bricht aus.

»Du hast in bezug auf Männer immer schon einen zweifelhaften Geschmack gehabt«, sagt Gordon weiter.

»Tatsächlich?« sagt Claudia. »Das ist doch mal eine interessante Feststellung.«

Sie starren sich an.

»Ach, hört doch auf, ihr beiden«, sagt Sylvia. »Das hier soll eine Feier sein.«

»Genau«, sagt Gordon. »Genau. Los, Claudia, feiern.« Er kippt den Rest aus der Flasche in ihr Glas.

»Das ist wirklich toll«, sagt Sylvia. »Dozent in Oxford! Ich kann's immer noch nicht ganz glauben.« Ihre Augen ruhen immerzu auf Gordon, der sie kein einziges Mal ansieht. Sie zupft einen Faden von seinem Jackenärmel, berührt seine Hand, zieht ein Päckchen Zigaretten heraus, läßt es fallen, hebt es vom Boden auf.

Claudia beobachtet weiterhin Gordon. Aus einem Augenwinkel schätzt sie zwischendurch immer mal wieder Jasper ab. Auch andere nehmen Jasper wahr, er ist ein Mensch, den man bemerkt. Sie hebt ihr Glas: »Glückwunsch! Noch mal. Und denk dran, daß ich dich besuchen und an eurer Tafel speisen will.«

»Geht nicht«, sagt Gordon. »Keine Damen.«

»Eine Schande«, sagt Claudia.

»Wo hast du den her?«

»Wen her?«

»Du weißt verdammt genau, wen ich meine.«

»Oh – Jasper. Äh, na ja... wie war das doch? Ich habe ihn für ein Buch interviewt.«

»Ach«, sagt Sylvia strahlend. »Wie kommt das Buch denn an?«

Sie ignorieren sie. Und Jasper kommt an den Tisch zurück. Er nimmt Platz, legt seine Hand auf die von Claudia. »Ich habe eine Flasche Schampus bestellt. Also trinkt aus.«

Sylvia versucht, eine Zigarette aus dem Päckchen zu ziehen, läßt es fallen, krabbelt auf dem Boden herum, um es zu suchen, und merkt, daß ihre teure Frisur völlig auseinanderrutscht. Und das Kleid ist auch kein Erfolg, viel zu rosa und niedlich und mädchenhaft. Claudia trägt Schwarz, sehr tief ausgeschnitten, mit einem türkisfarbenen Gürtel.

»Und wie kommt das Buch denn nun wirklich an?« fragt sie. Und Claudia antwortet nicht, also muß Sylvia die Pause dadurch ausfüllen, daß sie ihre Zigarette anzündet, pafft und sich im Zimmer umsieht, als ob sie ohnehin keine Antwort erwartet hätte.

So geht das schon den ganzen Abend. Wie immer, wenn Claudia da ist. Dieses elektrisierende Gefühl, ob sie nun streiten oder nicht (und *sie* hat sich weiß Gott mit *ihrem* Bruder noch nie so gestritten), als ob es außer ihnen niemanden auf der Welt gäbe. Man fühlte sich dann wie ein Eindringling, der eigentlich aus dem Zimmer gehen müßte. Und Gordon hat sie nicht ein einziges Mal berührt.

Jasper kommt zurück, und sie ruft erleichtert: »Wo bist du denn so wunderbar braun geworden?«

»In Südfrankreich herumgetrieben?« sagt Gordon. »Ich dachte, Leute wie du hätten dauernd so viel zu tun?« Ich kenn' euch doch, denkt er: immer im feschen Zwirn und auf der Suche nach der besten Gelegenheit.

Der Champagner wird gebracht. Der Korken knallt, es wird eingeschenkt. Jasper hebt sein Glas. »Auf dein Wohl, Gordon! Ich war für ein paar Tage in Südfrankreich, um meinen Vater zu besuchen.«

»Ich nehme an, du wirst bald an irgendeinen spannenden Ort versetzt?« sagt Sylvia.

Jasper spreizt die Finger, zieht ein Gesicht. »Mein liebes Mädchen, das Außenministerium wird mich vielleicht nach Addis Abeba abschieben, wer weiß?«

Gordon leert sein Glas in zwei Zügen. »Ein Karrierediplomat schafft es doch sicher, sich auch mit dem weniger Angenehmen zu arrangieren? Oder siehst du dich nicht so? Wie bist du übrigens in deinem Alter ins Außenministerium gekommen?« Er schaut Jaspers Hand an, die auf der von Claudia liegt. »Gordon...«, murmelt Sylvia. »Das ist wirklich schrecklich *grob*.«

»Überhaupt nicht grob«, sagt Jasper lächelnd. »Naheliegend. Du kannst das ruhig fragen. Späten Einstieg nennt man das. Ein oder zwei Sätze von den richtigen Leuten sind da ganz hilfreich.«

»Zweifellos«, sagt Gordon. Die Hände sind jetzt leicht miteinander verschränkt. »Und das ist jetzt endgültig, ja? Ich habe gehört, daß du schon eine ziemlich bunte Karriere hinter dir hast.«

Jasper zuckt die Schultern. »Ich finde, man sollte immer flexibel bleiben, oder? Die Welt ist viel zu interessant, um sich an einer Sache festzuklammern.«

Gordon fällt so schnell keine passende Antwort ein, die bissig genug wäre; der Champagner tut bereits seine Wirkung. Sylvia drückt ein Knie gegen seines. Er kann nicht ganz begründen, warum er eine derartige Abneigung gerade diesem Mann gegenüber empfindet, Claudia hat doch schon oft genug Männer mitgebracht. Natürlich wurden sie alle abgelehnt. Aus irgendeinem Grund ist Jasper anders. Er schenkt sich Champagner nach, trinkt, blickt Jasper finster an: »Sehr geschickt von dir, daß du einen Vater hast, der in Südfrankreich lebt.«

Claudia lacht. »Du bist blau, Gordon«, sagt sie.
Die Schichten in den Gesichtern. Meines ist jetzt eine erschreckende Karikatur dessen, was es einmal war. Ich kann gerade noch die kräftige Kinnpartie und die schönen Augen und eine Andeutung des blassen, makellosen Teints erkennen, der so einen hübschen Gegensatz zu meinem Haar bildete. Doch als Ganzes ist es jetzt eine zerknitterte und eingefallene und faltige Angelegenheit, wie ein teures Kleidungsstück, das in der Wäscherei verdorben wurde. Die Augen sind tief eingesunken und fast verschwunden, die Haut ist von einem feinen Netz überzogen, wie bei einem Reptil hängen Säcke unterm Kinn, die Haare sind so dünn, daß die rosa Kopfhaut durchscheint.

Gordons Gesicht war auf unheimliche Weise immer ein Spiegelbild von meinem. Man fand nicht, daß wir einander ähnlich sahen, doch ich konnte mich in ihm und ihn in mir erkennen. Ein Blick, eine Mundbewegung, ein Schatten. Gene, die sich von selbst offenbarten. Das ist ein eigenartiges Gefühl. Manchmal erlebe ich das auch mit Lisa, die mir überhaupt nicht gleicht (auch ihrem Vater nicht, was das betrifft — sie könnte ein untergeschobenes Kind sein, das arme Ding, zeigt tatsächlich die klassische Blässe und kümmerliche Physis eines Wechselbalgs). Doch ich sehe sie an und erblicke einen Moment lang wie ein kurzes Aufflackern mein eigenes Gesicht. Gordons Haare waren dicht und blond, nicht rot, seine Augen grau statt grün, mit achtzehn war er einen Meter achtzig groß und hatte diese schlaksige, beiläufige Leichtigkeit derjenigen, die mit den Händen in den Taschen und pfeifend durchs Leben gehen. Ein Goldjunge, dieser Gordon. Bringt Preise nach Hause und weiß Freunde zu finden.

Ein hübsches Paar, sagten sie immer zu meiner Mutter. Die murmelte abwehrend. Es gehörte sich nicht, die eigenen Kinder zu bewundern. Außerdem hatte Mutter ihre Vorbehalte.

Als wir beide dann studierten, war Mutter bereits dabei, sich aus der Geschichte zurückzuziehen. South Dorset hatte sie sich wie ein großes Tuch um die Schultern gelegt und damit soviel wie möglich aus unserer Zeit zugedeckt. Der Krieg war natürlich anstrengend. Doch forderte er eine stoische Gelassenheit, und darin war sie ziemlich gut. Es machte ihr nichts aus, kein Benzin zu haben und Verdunkelungen anzubringen und sich mit einem Fingerhut heißem Wasser zu waschen. Auch daß Köche und Gärtner ausblieben, ließ sich ertragen. Sie zog sich von jeglichem tieferen Empfinden zurück und damit von allem, was mehr Engagement erforderte als einfache Kirchenbesuche und ein Interesse an Rosenstöcken. Sie hatte keine Überzeugungen und liebte niemanden, hatte einfach einige Menschen gern, einschließlich mich und Gordon, wie ich annehme. Sie kaufte sich einen Highlandterrier, dem man beigebracht hatte, sich bei dem Kommando »Stirb für dein Vaterland!« auf den Rücken zu rollen; offensichtlich störte Mutter sich daran nicht.

Historie ist natürlich randvoll mit Menschen wie Mutter, die alles einfach nur aussitzen. Die Ausnahme sind die an vorderster Front – die einen finden sich dort wieder, ob sie es nun wollen oder nicht, und die anderen wollen mitmischen. Gordon und ich waren solche Frontkämpfer, jeder auf seine Art. Jasper in hohem Maße. Sylvia hätte es gern ausgesessen, wenn es ihr möglich gewesen wäre, und bis zu einem gewissen Punkt tat sie das dann auch, bloß hatte sie sich an Gordon angekoppelt und mußte daher von Zeit zu Zeit mit an die vorderste Front. Nach Amerika, von dem sie am allerliebsten nichts gehört oder gesehen hätte.

Sylvia war letzte Woche hier. Oder gestern. Ich tat so, als wäre ich nicht da.

»O je«, sagt die Krankenschwester. »Ich fürchte, sie hat einen schlechten Tag. Bei ihr weiß man das nie so genau...« Sie beugt sich über das Bett. »Ihre Schwägerin ist hier, wollen Sie ihr nicht guten Tag sagen? Wachen Sie auf, meine Liebe.« Sie schüttelt bedauernd den Kopf. »Setzen Sie sich doch in jedem Fall ein wenig zu ihr, Mrs. Hampton, das wird sie freuen, da bin ich sicher. Ich bringe Ihnen eine Tasse Tee.«

Und Sylvia sitzt unbehaglich da. Sie betrachtet das große Bett mit dem Gestell aus Winden und Drähten und Röhren, und die Gestalt, die einsam darin thront. Die geschlossenen Augen, das dünne, spitze Gesicht. Es erinnert sie an die Figuren auf den Grabsteinen in Dorfkirchen.

Neben dem Bett steht eine Vase mit Blumen, eine zweite auf dem Fensterbrett. Sylvia erhebt sich mit Mühe (der Stuhl ist niedrig, und sie ist leider stämmiger, als ihr lieb ist) und geht hinüber, um die Karte zu lesen. Nervös schaut sie über ihre Schulter: »Claudia? Ich bin's, Sylvia.« Doch die Gestalt auf dem Bett bleibt still. Sylvia riecht an den Blumen, nimmt die Karte in die Hand. »Alles Gute von...« Sie kann den Schnörkel nicht entziffern und setzt ihre Brille auf. Vom Bett her kommt ein Ruck. Sylvia läßt die Karte fallen und kehrt hastig zu ihrem Stuhl zurück. Claudias Augen sind noch geschlossen, doch eindeutig ist zu hören, daß sie furzt. Sylvia macht sich mit rotem Gesicht in ihrer Handtasche zu schaffen; wühlt darin nach einem Kamm, einem Taschentuch...

»Bitte, Miss Lavenham«, sagte ich, als ich vierzehn war, mit tückischer Unschuld. »Was soll gut daran sein, etwas über Geschichte zu lernen?« Wir sind gerade bei der Meuterei in Indien und dem Schwarzen Loch von Kalkutta angekommen und angemessen entsetzt. Miss Lavenham schätzt, wie ich wohl weiß, keine Fragen, die nicht Daten oder die Schreibweise von Namen betreffen, und meine Frage, so mutmaße ich, obwohl ich den Grund nicht genau nennen kann, ist einer Gotteslästerung gefährlich nahe. Miss Lavenham ist einen Moment lang still und sieht mich unwillig an. Doch überraschenderweise ist sie der Situation gewachsen. »Weil man dann verstehen kann, warum England eine große Nation wurde.« Gut gemacht, Miss Lavenham. Ich bin sicher, daß Sie nie etwas von der Position der Whigs zur Geschichte mitbekommen haben und auch nichts damit hätten anfangen können, aber innerer Adel macht sich eben doch bemerkbar.

Die Lehrer mochten mich alle nicht. »Ich fürchte«, schrieb jemand in einem Zeugnis, »daß sich Claudias Intelligenz durchaus als Stolperstein erweisen kann, solange Claudia nicht lernt, ihre Begeisterungsfähigkeit zu kontrollieren und ihre Talente zu steuern.« Klar, Intelligenz ist immer von Nachteil. Bei den ersten Anzeichen sollten alle Eltern den Mut verlieren. Ich war unglaublich erleichtert, als ich feststellte, daß Lisa nur durchschnittlich begabt war. Um so bequemer verlief ihr Leben. Weder ihr Vater noch ich hatten ein bequemes Leben, doch die Frage, ob wir es anders gewollt hätten, ist damit nicht beantwortet. Gordons Leben war von Zeit zu Zeit ziemlich ungemütlich; dasselbe gilt dann natürlich auch für Sylvia, und damit würde meine Theorie über Intelligenz und Glück hinfällig. Sylvia ist zutiefst dumm.

Gordon lernte sie nach dem Krieg kennen. Sie war die Schwester von jemandem (natürlich – so wie sie jetzt die Frau von jemandem ist). Er begegnete ihr beim Tanzen, fand sie hübsch (was sie tatsächlich war), machte ihr Avancen, brachte sie nach Hause, begann, mit ihr zu schlafen, und gab zur gegebenen Zeit seine Verlobung mit ihr bekannt.

Ich sagte: »Weshalb?«

Er zuckte die Achseln: »Weshalb nicht?«

»Warum denn ausgerechnet die, um Himmels willen?«

»Ich liebe sie«, sagte er.

Ich lachte.

Sie hat wenig Kummer gemacht. Sie hat sich Haus und Kindern verschrieben. Ein nettes altmodisches Mädchen, sagte Mutter bei ihrer dritten Begegnung über sie und durchschaute damit ziemlich genau die oberflächliche

Verkleidung mit rosa Fingernägeln, wirbelnden New-Look-Röcken und einer Wolke Mitsouko Eau de Cologne. Es gab eine ordentliche Hochzeit, die Mutter herrlich fand, mit weißen Gartenlilien, kleinen Brautjungfern und einem großen Zelt auf dem Rasen von Sylvias Elternhaus in Farnham. Ich lehnte es ab, Brautführerin zu spielen, und beim Empfang betrank sich Gordon reichlich. Ihre Flitterwochen verbrachten sie in Spanien, und Sylvia stellte sich darauf ein, bis ans Ende ihrer Tage glücklich in Nordoxford zu leben.

Bedauerlich aus ihrer Sicht war, daß Gordons Wissenschaftsdisziplin zu denen gehört, die an vorderster Front Verwendung finden, aus der Sicht der Geschichte betrachtet. Volkswirtschaftler stehen mittendrin im Geschehen. Sylvia wäre mit einem Altphilologen besser dran gewesen, der dann in Griechenland und Rom auf Spurensuche gegangen wäre. Gordon hat nicht nur mit dem Hier und Heute, sondern mit dem Morgen zu tun, und genau dafür interessieren sich Regierungen. Sie brauchen Leute wie Gordon, über die sie verfügen können, die ihre schlimmsten Befürchtungen bestätigen, ihr Selbstvertrauen stärken. Gordon blieb immer länger aus Nordoxford weg, er wurde an aufstrebende afrikanische Staaten »ausgeliehen«, nach Neuseeland, nach Washington. Sylvia redete irgendwann nicht mehr davon, wie aufregend sie es fand, daß Gordon so gefragt war, und begann zu überlegen, ob die ständigen Schulwechsel gut für die Kinder waren. Sie entschloß sich, in Nordoxford zu bleiben, wo sie sich Gedanken darüber machte, was sie versäumte und was Gordon vielleicht gerade tat. Sie fing an, zu viel zu essen, und wurde dick. Sie machte gute Miene zu der ganzen Situation, das war das Beste, was sie tun konnte, und gescheiter, als ich von ihr erwartet hätte.

Vermutlich bin ich nicht die einzige, die diese Heirat eigenartig findet. Da ist Gordon, der sich von einem Goldjungen zu einem erfolgreichen Mann entwickelt hat, klug, angesehen und dabei gutaussehend. Von Singapur bis Stanford liegen ihm die Frauen zu Füßen. Und da ist Sylvia, deren mädchenhafte Hübschheit einer fülligen, farblosen Reife gewichen ist und deren Gesprächsthemen sich auf das Wetter, die Preise und das schulische Leben ihrer Kinder beschränken. Ich habe gesehen, wie andere Sylvia beobachtet haben, die sich wie ein plumpes, an einer Yacht vertäutes Beiboot im Kielwasser von Gordon bewegt, habe Gastgeberinnen beobachtet, die sie am Tischende sicher untergebracht haben, habe das Gähnen in den Augen von Gordons ehrgeizigen Freunden gesehen. Doch ich bin ziemlich sicher die einzige, die weiß, daß Gordon von einer grundlegenden inneren Trägheit ist. Oh, er arbeitet viel... er wird sich zu Tode schuften, wenn es um etwas geht, das mit dem Intellekt zu tun hat. Seine Trägheit ist von einer komplizierteren Art, es ist eine Trägheit der Seele, und Sylvia ist ihre Manifestation. Gordon braucht Sylvia, wie manche Menschen es brauchen, jeden Tag ein oder zwei Stunden einfach aus dem Fenster zu schauen oder Däumchen zu drehen. Gordons intellektuelle Energie ist erstaunlich, seine emotionale Energie dagegen ist minimal. Diese brillanten, klugen Frauen, mit denen man ihn gelegentlich sieht, wären auf die Dauer nicht die Richtigen für ihn. Sylvias Position ist immer schon viel gesicherter gewesen, als ihr vermutlich klar war.

Vor langer Zeit, als wir dreizehn und vierzehn und auf jedem Gebiet Rivalen waren, wetteiferten wir um die Aufmerksamkeit eines jungen Mannes, den Mutter für einen Sommer als Hauslehrer eingestellt hatte. Mit Gordon sollte er Griechisch und Latein pauken. Er war Student, neunzehn oder zwanzig Jahre alt, wie ich glaube, ein untersetzter junger Mann namens Malcolm, dessen Haut im Lauf dieses endlosen, trägen Sommers in Dorset die Farbe von dunklem Kaffeebraun annahm. Anfangs sperrten wir uns gegen seine Anwesenheit, die unseren genüßlichen Müßiggang beeinträchtigte. Man mußte uns ins Studierzimmer schleifen; waren wir nicht dort drinnen, ignorierten wir ihn. Und dann geschah etwas Interessantes. Eines Tages kam ich ins Zimmer, als Gordon dort mit Malcolm allein war und Vergil zerlegte, und mir fiel zweierlei auf: Gordon hatte Spaß an dem, was er tat, und es bestand eine gewisse Übereinstimmung zwischen den beiden. Malcolms Hand lag auf der Schulter von Gordon, der sich über ein Lehrbuch beugte. Ich sah erst auf die Hand – eine magere braune Hand – und dann auf Malcolms Gesicht mit den dicken dunklen Augenbrauen und den braunen Augen, die gespannt auf Gordon gerichtet waren. Und heiße Eifersucht stieg in mir auf, ich wollte, daß die Hand auf meiner Schulter lag, ich wollte, daß sich dieser erwachsene, männliche und plötzlich unendlich attraktive Blick auf mich richtete.

Ich lief los, um meiner Mutter, die ich bei ihren Rosen antraf, zu sagen, daß ich Latein lernen wollte.

Nun könnte man vermutlich sagen, daß die Leichtigkeit, mit der ich Jahre später die Reifeprüfung nahm, den ersten Anflügen von sexueller Lust zu danken ist. Jedenfalls büffelte ich den Rest des Sommers im ›Latin Primer‹ von Kennedy. Ich arbeitete mich von Nominativ und Akkusativ zum Konjunktiv und zu Konditionalsätzen vor, zu Cäsar und den Galliern. Nichts konnte mich aufhalten. Ich lehnte mich mit meiner Grammatik in der Hand an Malcolms warmen, kräftigen Schenkel und bat um Erklärungen; meinen Arm ließ ich den seinen streifen, wenn er meine Aufgaben korrigierte, ich zierte mich und kokettierte und schmeichelte mich ein. Gordon war verzweifelt, durcheilte die ›Aeneis‹, stürzte sich auf die ›Ilias‹. Wir stachelten uns gegenseitig zu immer wilderen Anstrengungen an. Armer Malcolm, er hatte gedacht, einen geruhsamen Sommer ohne große Anforderungen zu verbringen und sich ein wenig Taschengeld zu verdienen, und wurde jetzt zum Ziel schonungsloser jugendlicher Begierde. Mich beflügelten meine aufkeimende Sexualität und das Bedürfnis, besser als Gordon zu sein. Gordon saß seine Rivalität zu mir im Nacken und die

Schmach, Malcolms Interesse an ihm schwinden zu sehen. Malcolm war ein netter, ganz normaler Student, der wohl, geprägt von der Public School, ein gewisses Maß an homosexuellen Neigungen in sich trug. Möglicherweise verspürte er ganz normale Gelüste nach Gordon — bis ich meine pubertären Fingerchen auf ihn legte, meinen gerade erst anschwellenden Busen wie ein verspielter junger Hund an ihm rieb und ihm dabei schöne Augen machte. Ich verwirrte und erschreckte ihn. Am Ende des Sommers war der bedauernswerte junge Mann ebenso aufgeheizt wie wir.

Mutter bemerkte nichts davon. Sie nahm an der Sommerausstellung der Royal Horticultural Society für Südwestengland teil (in den Kategorien Floribunda und Hybrid Tea) und gewann einen Trostpreis.

Natürlich wußte ich mit meinen dreizehn Jahren noch nicht, wie Sex funktioniert. Mutter, die Arme, schob den schrecklichen Tag, an dem alles einmal erklärt werden mußte, immer weiter hinaus. Ich wußte nur, daß da ganz eindeutig etwas Heimliches vor sich ging, denn sonst wäre es nicht so geheimnisumwoben. Ich hatte auch meine eigenen Vermutungen; nicht umsonst hatte ich die ganzen Jahre über bei jeder Gelegenheit Gordons Anatomie studiert. Und die Empfindungen, die Malcolms stämmiger, goldener, nach Mann riechender Körper in mir weckte, verstärkten meine Neugier.

Der Sommer ging zu Ende, Malcolm verließ uns. Ich kam wieder zu Miss Lavenham, Gordon nach Winchester, wo ihn sein Hausleiter eines Nachmittags, nachdem Mutter sich mit gemurmelten Andeutungen über das vaterlose Leben des Jungen an ihn gewandt hatte, zu einem Gespräch in sein Arbeitszimmer holte.

Die ganze erste Woche der Weihnachtsferien trägt er seine Überlegenheit ständig mit sich herum. Und schließlich kann er, so wie er es von Anfang an wußte, nicht länger widerstehen, und es bricht an einem Punkt heraus, wo er wirklich genug von ihr hat, als sie unerträglich herumgeprotzt hat.

»Ich weiß jedenfalls«, sagt er, »wie Babys gemacht werden.«

»Ich auch«, sagt Claudia. Doch da war eine winzige, verräterische Pause.

»Wetten, du weißt es nicht.«
»Wetten, ich weiß es.«
»Und wie?«
»Sag' ich nicht«, sagt Claudia.
»Weil du's nicht weißt.«

Sie zögert, sitzt in der Falle. Er beobachtet sie. In welche Ecke wird sie springen? Sie zuckt endlich, herrlich beiläufig, mit den Schultern. »Ist doch klar. Der Mann steckt sein – Ding – in den Nabelknopf der Frau und das Baby geht in ihren Bauch, bis es groß genug ist.«

Gordon bricht vor Schadenfreude fast zusammen. Er kugelt auf dem Sofa herum, laut aufjaulend. »In ihren Nabelknopf! Was bist du doch für eine blöde Kuh, Claudia! In ihren Nabelknopf...!«

Sie steht vor ihm, rot nicht vor Verlegenheit, sondern vor Ärger und Wut. »Das macht man so! Ich weiß, daß man das so macht!«

Gordon hört auf zu lachen. Er setzt sich auf. »Sei doch nicht so doof. Du hast ja *überhaupt keine Ahnung*. Er steckt sein Ding – und das heißt Penis, das hast du auch nicht gewußt, oder? – *dahin*...« Und er bohrt seinen Finger in Claudias Schritt, der Stoff ihres Kleides bauscht sich zwischen ihren Schenkeln. Ihre Augen weiten sich – vor Überraschung? Aus Empörung? Sie starren einander an. Irgendwo im Parterre sitzt weit weg in ihrer eigenen Welt Mutter an ihrer gleichmäßig surrenden Nähmaschine.

»Ich werd's dir nicht sagen«, sagt sie.
»Weil du's nicht weißt.«
Mit Freuden würde sie ihn schlagen, wie er da selbstzu-

frieden auf dem Sofa lümmelt. Und sie weiß es ja sowieso — sie ist sich dessen fast sicher. Sie sagt herausfordernd: »Und ich weiß es doch. Er steckt sein Ding in den Nabelknopf von der Frau.« Sie fügt nicht hinzu, daß die für eine solche Aktion unpassende Größe ihres eigenen Nabels sie beunruhigt — sie geht davon aus, daß er größer werden muß, wenn sie älter wird.

Er wälzt sich vor Lachen. Er ist sprachlos. Dann beugt er sich vor. »Ich wußte, daß du es nicht weißt«, sagt er. »Hör zu. Er steckt seinen Penis — das heißt Penis, nebenbei — *dahin*...« Und er bohrt seinen Finger in Claudias Kleid, zwischen ihre Beine.

Und ihr Zorn verfliegt seltsamerweise, verblaßt neben etwas anderem, genauso Starkem, Verwirrendem. Etwas Geheimnisvolles ist jetzt da, etwas, das sie nicht greifen oder benennen kann. Verwundert starrt sie ihren Bruder in seinem grauen Flanellanzug an.

3

Die Besetzung wird vollständiger, die Handlung verdichtet sich. Mutter, Gordon, Sylvia. Jasper. Lisa. Mutter wird bald nicht mehr dabeisein, sich 1962 nach einer Krankheit taktvoll mit einem Minimum an Aufregung zurückziehen. Andere, deren Namen noch nicht gefallen sind, werden kommen und gehen. Einige sichtbarer als andere, vor allem einer. Im Leben wie in der Geschichte wartet immer das Unerwartete, linst um die Ecke. Erst hinterher wissen wir über Ursache und Wirkung Bescheid.

Kurz werden wir uns noch mit den Strukturen befassen, mit der Anlage des Schauplatzes. Anfänge haben mich immer interessiert. Wir alle erforschen unsere Kindheit, befassen uns mit der spannenden Frage der Schuldzuweisungen. Meine Sucht sind die Anfänge, diese Unschuldsmomente der Ankunft, die die Geschichte ankurbeln. Ich sinne gern über ihre unbekannten Beteiligten nach, die sich mit so prosaischen Dingen wie Hunger, Durst, Gezeiten, dem Kurs eines Schiffes, Streitereien und nassen Füßen plagen und an alles andere als an das Schicksal denken. Diese seltsamen Gestalten auf dem Wandteppich von Bayeux, die in ihrem eigenen Kontext ganz und gar nicht seltsam sind, rauhe, derbe, tatkräftige Gesellen, die mit Seilen und Segeln und verängstigten Pferden hantieren und sich von schlechtgelaunten Vorarbeitern anschnauzen lassen müssen. Cäsar, der Betrachtungen über die Küste von Sussex anstellt. Marco Polo, Vasco da Gama, Captain Cook... all diese welterfahrenen Reisenden, denen es um ihren persönlichen Gewinn geht oder die von angeborener Rastlosigkeit gepackt sind, die ihre Kompasse studieren und mit den Eingeborenen verhandeln und dabei für ihre eigene Unsterblichkeit sorgen.

Und die interessanteste Ankunft von allen: ein knarzendes, topplastiges Schiff, das seinen Namen von einem englischen Heckenstrauch hat, vollgestopft ist mit Töpfen und Pfannen, Angelhaken, Musketen, Butter, Nahrungsmitteln und dickköpfigen, idealistischen, ehrgeizigen, verwegenen Leuten — dieses Schiff tastet sich vor in die einladende Bucht von Cape Cod. Eine Ahnung hattet ihr kaum von dem, was ihr damals ins Rollen gebracht habt — William Bradford, Edward Winslow, William Brewster, Myles Standish, Steven Hopkins, seine Frau Elizabeth und all die anderen. Wie hättet ihr Sklaverei und Sezession voraussehen können, Goldrausch, Alamo, Transzendentalismus, Hollywood, den Ford Modell T, Sacco und Vanzetti, Joe McCarthy? Vietnam. Ronald Reagan, um Himmels willen. Ihr habt euch Gedanken gemacht über Gott, über das Klima, die Indianer und diese nörgelnden Spekulanten daheim in London. Doch ich denke trotzdem gern an euch, daran, wie ihr eine Stelle gesucht habt, wo ihr euch niederlassen konntet, Holz hacken, Häuser bauen, Felder anlegen, beten. Heiraten und sterben. In der Wildnis herumtrampeln, wo Sauerampfer, Schafgarbe, Leberblümchen, Brunnenkresse und besonders kräftige Flachs- und Hanfarten zu finden waren. Phantasielose Leute wart ihr vermutlich, und das war auch gut so. Die zwanziger Jahre des siebzehnten Jahrhunderts in Massachusetts waren nicht gerade eine Zeit, in der man einfach seinen Gedanken nachhängen konnte — das ist ein Luxus für heutige Zeitgenossen wie mich, wenn ich über euch nachdenke.

Ihr seid öffentliches Eigentum — die allseits anerkannte Vergangenheit. Doch ihr seid auch etwas Privates — mein Blick auf euch ist mein eigener, eure Bedeutung für mich hat mit mir zu tun. Ich sinniere gern über die dünne, schwankende Verbindung, die von euren Hütten der Plymouth Plantation zu mir, Claudia, führt, wenn ich dank PanAm und TWA und BA über den Atlantik springe, um meinen Bruder in Harvard zu besuchen. Darauf läuft alles hinaus, wie Sie sehen. Die egozentrische

Claudia ordnet die Geschichte wieder einmal ihrem eigenen kümmerlichen Leben unter. Aber – tun wir das nicht alle? Jedenfalls unternehme ich nichts anderes, als mich in den historischen Prozeß einzubauen, mich an seine Rockschöße zu heften, irgendwie hineinzuboxen. Die Äxte und Musketen aus dem Plymouth des Jahres 1620 finden einen schwachen Nachhall in meinem eigenen Stückchen aus dem großen Kuchen Zeit, sie haben mein Leben konditioniert, im Großen wie im Kleinen.

Die Scherben des Denkens möchte ich aufsammeln, die euer Denken mit meinem verknüpfen – einige wenige kernige Ansichten über Recht und Gesetz, die Verteilung des Eigentums, über gutes Benehmen und Achtung vor dem Nächsten. Doch die Ausbeute ist gering. Das meiste bleibt verborgen hinter einem geheimnisvollen, undurchdringlichen Nebel, in dem das, was ich als Intoleranz bezeichnen würde, als heiliger Glaube gilt, in dem man fröhlich den Kopf eines ermordeten Indianers vor dem Fort aufspießen kann, in dem man Entbehrungen aushält, die mich innerhalb einer knappen Woche umbringen würden, doch in dem man auch an Hexerei glaubt, in dem man nicht einfach glaubt, sondern *weiß*, daß es ein Leben nach dem Tod gibt.

In gewisser Hinsicht habt ihr damit recht behalten, allerdings nicht so, wie ihr euch das gedacht hattet. Ich bin das Leben danach. Ich, Claudia. Ich spähe in die Vergangenheit, berichte und beurteile. Ihr würdet euch keinen Deut für mich interessieren – eine gottlose, unflätige alte Frau mit einer grauenhaften Lebensbilanz voller Ehebruch und Blasphemie. Nein, ihr würdet mich auf keinen Fall mögen, ich wäre eine Bestätigung all eurer schlimmsten Befürchtungen für das Kommende.

Doch ihr verdient einen angemessenen Raum in meiner Geschichte der Welt, und den sollt ihr auch erhalten. Ich werde nachsichtig zwischen euch umherschlendern, eure Ordentlichkeit herausstellen, euren Gerechtigkeitssinn, eure Fähigkeit zuzupacken. Euren Mut. Die Indianer, hatte man euch erzählt, »ergötzen sich daran, Männer auf gar grausame Art zu foltern, ihnen mit Messern aus Fischbein die Haut abzuziehen, anderen die Gliedmaßen stückweis abzuschneiden und über einem Feuer zu rösten, und ihre Opfer zu zwingen, Brocken ihres eigenen Fleisches zu essen, solange sie noch leben...« Und trotzdem setzt ihr die Segel. Natürlich beißen am Ende die Indianer ins Gras, die armen Idioten. Und wenn man das politische Klima der Zeit bedenkt, hätte es euch zu Hause genauso passieren können, daß man euch die Nase oder die Ohren abschneidet. In einer rauhen Welt muß man Mut wohl anders bewerten. Nichtsdestoweniger verdient ihr Respekt.

Eure Welt wirkt wie eine verzauberte Märchenwelt. Ein bösartiger Garten Eden mit Eichen, Kiefern, Walnußbäumen und Buchen, unter denen Löwen und Wölfe lauern. Kein einziges Mal erwähnt ihr den Giftsumach, der mich einmal in Connecticut bei einem Picknick fast umgebracht hat. Herrscher ist die Natur: also keine unsinnigen Gedanken darüber, wie sie zu erhalten wäre, denn die alles bestimmende Frage ist, ob sie geneigt ist, euch zu erhalten. Indirekt holt sie sich durch Unterernährung und Krankheit nicht gerade wenige von euch. Die sich durch diesen angsterfüllten ersten Winter kämpfen, setzen alle Kraft daran, der Natur ins Handwerk zu pfuschen. Tausende von Bäumen werden gefällt, eure Felder düngt ihr mit Heringen, kaum zu glauben, die ihr mit den Köpfen nach oben in kleinen Erdhügeln wie gefüllte Pasteten anordnet; für Biber und Otter seid ihr entwicklungsgeschichtlich so verheerend wie für Wampanaug und Narragansett. In den ruhigen, tadellosen Lebenswandel von Strandschnecke und Venusmuschel habt ihr eingegriffen und diese beiden Geschöpfe des Meeres zu Zahlungsmitteln gemacht; sie wurden poliert und durchbohrt und so zu Wampun, harter Indianerwährung im Pelzhandel. Vom Londoner Marktpreis für Biberpelze hing der Wert des Wampuns ab; hübsch bizarr ist diese ökonomische Verknüpfung — daß ein Hut, der im Regen von Middlesex ein Haupt bedeckt, über Leben und Tod von Muscheln entscheidet, die in den Untiefen von Cape Cod herumkriechen.

An Bord der »Mayflower« gab es einen Spaniel. Dieser kleine Hund wurde einmal nicht weit von der Siedlung von Wölfen gejagt; er rannte zu seinem Herrn und kauerte sich hilfesuchend zwischen dessen Beine. Kluger Hund — er wußte, daß Musketen schärfer als Zähne sind. Bemerkenswert an diesem Tier finde ich, daß ich überhaupt von seiner Existenz weiß, daß seine unbedeutende Reise durch die Zeit festgehalten wurde. Dadurch wurde es zu einer dieser unverzichtbaren Belanglosigkeiten, die einen davon überzeugen, daß Geschichte wahr ist.

Ich weiß von diesem kleinen Spaniel. Ich weiß, wie am Mittwoch, dem 7. März 1620 das Wetter in Massachusetts war (kalt, aber klar, der Wind kam von Osten). Ich kenne die Namen der Toten dieses Winters und die der Überlebenden. Ich weiß, was ihr gegessen und getrunken habt, was für Möbel in euren Häusern standen, welche Männer tugendsam und fleißig waren und welche nicht. Und ich weiß auch wieder gar nichts. Denn ich kann nicht meine Haut ab- und eure überstreifen, kann nicht vorhandenes Wissen und Vorurteile aus meinem Denken verbannen, kann die Welt nicht mit dem reinen Blick eines Kindes sehen, bin in meiner Zeit ebenso gefangen wie ihr in eurer.

Nun, daran ist nichts zu ändern. Auch so überläuft mich ein Schauder, wenn ich über euch nachdenke, unschuldige Geschöpfe, die sich frei in diesem Garten Eden bewegen (das heißt, so unschuldig, wie es eben möglich ist, wenn man dem Europa des siebzehnten Jahrhunderts entstammt). Doch bringt es nichts, die Analogie noch weiterzutreiben. Mich reizt es jedoch, euch dem Kommenden gegenüberzustellen, dem Undenkbaren, dem brodelnden Kontinent, den ich kenne — Hochzeit alles Bestaunenswerten mit allem Erschreckenden.

Ich mag Amerika. Gordon mag Amerika. Sylvia mag Amerika nicht. Arme Sylvia. Dort ist sie gestrandet, hilflos und schwerfällig wie eine Schildkröte auf dem Trockenen. Sie hat sich nie die Sprache dort angeeignet, die Umgangsformen, die Sitten. Es gibt Menschen mit den Fähigkeiten eines Chamäleons (wie ich, auch Gordon, und – natürlich – auch Jasper), und solche, die irgendwann in ihrer Jugend unbeweglich geworden sind. Sylvia verlor mit ungefähr sechzehn Jahren die Fähigkeit, sich auf ihre Umgebung einzustellen. Sie wollte es nett haben, Kinder, ein hübsches Zuhause, nette Freunde. All das hat sie bekommen und dann erwartet, bis ans Ende ihrer Tage glücklich und zufrieden zu leben. Mit äußeren Faktoren hatte sie nicht gerechnet. Gordon machte eine steile Karriere. In der Mitte ihres Lebens sah es für Sylvia so aus, daß sie jeweils ein halbes Jahr auf der anderen Seite des Atlantiks verbrachte, während Gordon seinen Verpflichtungen in Harvard nachging.

Es ist völlig klar, daß Sylvia sich auf den Rücksitz setzt. Sie spricht es selbst an, legt ihre Hand auf die Tür und sagt: »Ich gehe nach hinten, Claudia«, dabei korrigiert sie in letzter Minute eine allzu saloppe Wendung, die ihr auf der Zunge liegt – Amerikanismen, mit denen man sich zwar wohl oder übel vertraut gemacht hat, aber es gibt auch Grenzen. Nur manchmal, wenn sie nervös ist – und natürlich ist sie jetzt nervös –, hat sie ihre Redeweise anscheinend nicht mehr unter Kontrolle, und dann kommt ein schrecklicher Mischmasch heraus, der als Ausdrucksweise weder zu ihr noch zu Amerika gehört. Sylvia hat die Orientierung verloren, und sie weiß das. Sowohl physisch als auch sprachlich ist sie immer irgendwie fehl am Platze. Nichts macht sie hier richtig – benimmt sich immer wieder daneben, weil sie jemandem zur Begrüßung die Hand gibt, wenn eigentlich eine Umarmung angebracht wäre, und jemanden umarmt, wo ein Händedruck richtig gewesen wäre; ständig sagt sie zuviel oder zuwenig, kann Status, Verbindungen und Hintergründe in den Beziehungen nicht einordnen. Gordon ist anders, der bewegt sich ohne Veränderungen seiner Ausdrucksweise, Kleidung oder Umgangsformen zwischen Oxford und Harvard und ist an beiden Orten zu Hause, gleichermaßen willkommen, gleichermaßen respektiert.

Claudia sagt nicht »Nein, nein – ich setze mich nach hinten, Sylvia.« Sie rutscht einfach nach vorn neben Gordon, während sich Sylvia ein wenig schnaufend auf die Rückbank des Kombis zwängt und sich nach den großen, weichen amerikanischen Wagen von früher sehnt.

Schicksalsergeben richtet sie sich auf die lange Fahrt ein. »Laß es doch, fahr nicht mit«, hatte Gordon gesagt, doch natürlich mußte sie mit, sogar an diesem fürchterlich dampfenden Hochsommertag in Massachusetts, die Temperaturanzeige neben der Straße steht auf 37 °C, ihr Kleid klebt ihr am Körper, Schweiß rinnt ihr zwischen den Schulterblättern herunter. Wäre sie nicht mitgefahren, so würde sie jetzt den ganzen Tag über im kühlen Haus sitzen, würde sich ausgeschlossen und unerwünscht fühlen, daran denken, wie die beiden ohne sie lachen und Spaß haben, sich von ihr entfernen und sie übersehen. Und schon hat sie das Gefühl, sich unbedingt bemerkbar machen zu müssen, beugt sich verkrampft vor, um Gordon zu fragen, ob sie nicht die Fenster schließen und die Klimaanlage anstellen könnten, und versucht zu hören, was Claudia sagt.

»Fenster schließen?« sagt Claudia. »Wir brauchen frische Luft, um Himmels willen!«

Also rauscht die frische heiße Luft durch das Auto, das grüne, glühendheiße Massachusetts fliegt vorbei; Sylvia gibt es auf und sackt zurück. Claudias Haare sind, das fällt ihr jetzt auf, dreifarbig – grau und weiß mit Einsprengseln im altbekannten Dunkelrot. Sie trägt es kurzgeschnitten und etwas nachlässig frisiert, doch sie schafft es (natürlich), gut auszusehen. Sylvias Haare sind immer noch aschblond, sorgfältig gelegt und jeden Monat nachgetönt, jetzt haben sie unter der stürmischen Brise des Fahrtwinds arg zu leiden. Sylvia kramt ein Halstuch heraus. Claudia trägt Jeans, dazu eine passende Jacke und ein knappes, gestreiftes Oberteil, das aussieht, als hätte sie es in Frankreich gekauft. Sylvia kann sich nicht vorstellen, wie sie sich das in ihrem Alter erlauben kann – doch (natürlich) wirkt es nicht auf jung getrimmt, sondern einfach toll.

»Alles in Ordnung?« fragt Gordon über seine Schulter.

»Es ist furchtbar windig«, sagt Sylvia. Gordon dreht sein Fenster eine Handbreit höher, Claudia ihres um einige Zentimeter.

Sylvia denkt ans Essen. Wenigstens ein nettes Restaurant mit Klimaanlage wird es dort geben, und sie wird sich, na ja, zu fünfzig Prozent an ihre Diät halten und jedem Eis oder Clubsandwich widerstehen, dafür aber bestimmt einen gigantischen Thunfischsalat mit einer Unmenge Salatsoße essen. Das Essen ist eine der guten Seiten an Amerika. Damit hat sie so manches kompensiert in den vergangenen zehn Jahren dieses schizophrenen Lebens, immer hin und her, sechs Monate Oxford, sechs Monate Cambridge, Massachusetts. Immer wieder alles einpacken und verstauen und auspacken und einräumen. So ein herrliches Leben! sagen die Leute und ernten lahme Zustimmung von Sylvia. Entschlossen denkt sie an ihre beiden netten Häuser, daran, wie viele interessante und namhafte Menschen sie auf beiden Seiten des Atlantiks kennt, obwohl nicht gerade viele davon enge Freunde von ihr sind; nicht solche Leute für einen freundlichen Schwatz, sondern eher solche, die zum Abendessen kommen oder auf einige Drinks oder einen zum Abendessen oder auf einige Drinks einladen, immer zuerst Gordon begrüßen und dann ein »Hallo, Sylvia« nachschieben. Gordon gehört, wie sie erfahren hat, zu den bestbezahlten Akademikern in seinem Fachbereich. Der Umfang ihrer Ausgaben für die Haushaltsführung verblüfft sie immer noch, ihr fällt nichts mehr ein, wofür sie noch mehr Geld ausgeben könnte. Gordon ist natürlich viel unterwegs, das ist der Preis des Ruhmes. In schlaflosen Nächten fragt sie sich manchmal, ob er gelegentlich noch andere Frauen hat. Möglich. Wahrscheinlich. Doch wenn es tatsächlich so ist, möchte sie es nicht wissen. Er wird seine Ehefrau jetzt nicht wegen einer anderen verlassen, da das Unfug wäre und seiner Arbeit in die Quere käme. Und vor langer Zeit schon, als es diese indische Statistikerin gab, hat sie begriffen, daß es nichts bringt, sich deswegen aufzuregen. Man muß es bloß aussitzen, bis es vorbei ist.

»Wie lang dauert es noch?« fragt sie klagend. Claudia wirft einen Blick auf die Straßenkarte und sagt etwas von einer halben Stunde oder so. Ein wenig ungeduldig bemerkt sie das knapp über die Schulter. Sie diskutiert (natürlich) mit Gordon, und plötzlich ist das Gespräch zu Ende und sie brechen beide in Gelächter aus. »Worüber lacht ihr?« ruft Sylvia. »Erzähl ich dir später«, sagt Gordon immer noch lachend.

Endlich sind sie da. Sie stellen das Auto ab. Sylvia blickt sich um. »Ich sehe keine Blockhütten«, sagt sie, »und auch niemanden, der sich verkleidet hat.« Sie begreift nicht, warum Claudia unbedingt auf diesem Ausflug bestanden hat – daß es einen Ort gibt, an dem sich Menschen kostümieren und so benehmen, als ob sie in der Vergangenheit lebten, hört sich unbeschreiblich dumm an und überhaupt nicht nach etwas, das Claudia interessieren könnte. Oder Gordon. Claudia und Gordon steuern schon das Besucherzentrum hinter dem Parkplatz an. Sylvia taucht dankbar in die kühle Luft der Klimaanlage ein und geht zur Damentoilette. Sie kämmt sich, frischt ihr Make-up auf und liest das Informationsblatt durch, das sie erhalten hat. »Plimoth Plantation«, liest sie, ist eine Nachbildung des »Pilgrim Village« aus dem Jahr 1627. Sie werden die Gegenwart verlassen und in das siebte Jahr der Kolonisierung eintreten. Die Menschen, denen Sie hier begegnen, verkörpern in Sprache, Bekleidung, Verhaltensweisen und Denken nachgewiesene Bewohner der Kolonie, deren Leben uns überliefert ist. Sie sind jederzeit zu einem Gespräch bereit. Sie können ihnen jede Frage stellen, und bedenken Sie: Jede Antwort spiegelt die Persönlichkeit eines bestimmten Menschen des siebzehnten Jahrhunderts wider.

Sylvia kichert. Nachdem sie sich gepudert und erleichtert hat, fühlt sie sich etwas besser. Sie geht zurück zu den anderen. »Eine ziemlich ulkige Veranstaltung ist das hier wohl«, sagt sie.

»Noch eine halbe Stunde«, sagt Claudia. Während der ganzen Fahrt hat Sylvia immer wieder darum gebeten, die Fenster hinauf- oder hinunterzudrehen, hat ihr Gespräch unterbrochen und gefragt, wie weit es noch sei. Wie ein Kind, du liebe Güte, denkt Claudia, als ob Lisa oder eines von Gordons Blagen hinten säße. Doch Sylvia ignoriert man am besten, so wie immer. Und es ist Monate her, seit sie und Gordon sich getroffen haben. Sie überläßt Sylvia sich selbst und wendet sich wieder Gordon zu. Vehement und genußvoll streiten sie sich über die politische Linie in Malawi, wo Gordon vor kurzem war. Gordon gibt den Ministern solcher Länder Ratschläge, wie sie ihre Wirtschaftspolitik führen sollen. »Blödsinn, Claudia«, sagt er. »Du weißt doch gar nicht, wovon du redest. Du warst noch nie in diesem verdammten Land.« — »Seit wann«, sagt Claudia, »bin ich vom persönlichen Augenschein abhängig, um eine fundierte Meinung vertreten zu können?« Und sie lachen beide. Sylvia plärrt irgend etwas von hinten.

Sie sind da. In einem kühlen, abgedunkelten Saal sehen sie eine Diashow, ein Kommentar vermittelt eine kurze, vereinfachte, doch klare Darstellung der Kolonisierung der Ostküste. Nicht schlecht, denkt Claudia, gar nicht schlecht.

Sie kommen wieder ins grelle Sonnenlicht und direkt

in das Jahr 1627. Sie betreten die mit einer Palisade befestigte Siedlung und durchqueren das kleine Fort. Die lange, abfallende Dorfstraße ist zu beiden Seiten von Blockhäusern gesäumt. Hühner und Gänse scharren im Dreck. Ein Mensch in einem Lederwams und mit breitrandigem Hut repariert eine Hürde, um ihn herum stehen Zuschauer in ärmellosen T-Shirts. Eine Frau mit Sonnenhut scheucht Federvieh mit ihrem Besen, jemand fotografiert sie.

Claudia geht in die erste Blockhütte. Drinnen brodelt etwas in einem schwarzen Kochtopf über einer Feuerstelle, das Mobiliar ist schlicht, von Deckenbalken hängen getrocknete Pflanzen herunter, hinter einem Vorhang steht ein Bett mit einer Decke aus Stoffresten. Und ein junger Mann in Kniebundhosen und weißem Hemd sitzt dort, schweigend beobachtet von einer ganzen Traube von Besuchern. Claudia fragt ihn, ob er mit der »Mayflower« herüberkam. Nein, sagt er, mit der »Anne«, zwei Jahre später. Warum sind Sie gekommen? möchte Claudia wissen. Der junge Mann legt seine religiösen Überzeugungen dar und die Schwierigkeiten, die sich in England daraus ergeben haben. Claudia fragt, ob er hoffe, in der Neuen Welt reich zu werden. Der junge Mann antwortet, daß viele Siedler erwarten, nach all diesen harten Jahren belohnt zu werden. Halten Sie durch, rät ihm Claudia, ich werde Ihnen etwas verraten: Es kommt am Ende etwas sehr Interessantes dabei heraus. Der junge Mann sieht sie etwas spöttisch an und sagt, daß sie auf Gott vertrauen. Das werden Sie brauchen, sagt Claudia. In absehbarer Zeit wird Er sich noch um einige andere seiner Schäfchen kümmern, soviel erzähle ich Ihnen auch noch. Frag ihn, ob das getrocknete Zeug Majoran ist, sagt Sylvia, ich habe noch nie gesehen, daß das hier wächst. Frag ihn doch selbst, sagt Claudia, er spricht Englisch. Oh, das kann ich nicht, sagt Sylvia, es kommt mir so blöd vor. Der junge Mann ist damit beschäftigt, eine Angelschnur zu reparieren, und beachtet sie nicht. Also, sagt Claudia, viel Glück in den Kriegen mit den Indianern. Sie verläßt die Hütte, Sylvia hinter ihr her, und stakst die Straße hinunter in das nächste Haus, wo sich Gordon mit einem stämmigen Kerl mit irischem Akzent unterhält. Der Ire erklärt gerade, daß er nach Virginia unterwegs war und zufällig hier hängengeblieben ist. Er hat vor, zu gegebener Zeit in den Süden aufzubrechen, wo man mit Tabakanbau gute Chancen haben soll. Gordon nickt weise: Sie werden Ihr Glück dort schon machen, sagt er. Hören Sie auf mich, fügt Claudia hinzu, fangen Sie nicht damit an, Arbeitskräfte zu importieren, so ersparen Sie sich später eine Menge Ärger. Du machst die ganze Geschichte kaputt, sagt Gordon. Vielleicht gibt es eine Alternative zu dieser Geschichte, sagt Claudia. Und was ist mit der Theorie vom vorbestimmten Lauf des Schicksals? fragt Gordon. Claudia zuckt die Schultern: Ich habe das immer schon für gefährliches Zeug gehalten. Wie bitte, Ma'am? sagt der Ire. Schicksal, sagt Claudia, überbewertet, meiner Ansicht nach. Ich kann mir nicht vorstellen, daß Sie sich darüber jetzt viele Gedanken machen. Na ja, ... sagt der Ire. Genau, fährt Claudia fort, auch nicht mehr als ich. Erst später werden die auftauchen, die vom Schicksal predigen. O je, klagt Sylvia, das ist mir zu hoch. Jedenfalls leben Sie, sagt Claudia zu dem Iren, in aufregenden Zeiten. Ideologisch gesehen. Sehen Sie, vielleicht kommt es Ihnen so vor, als ob das hier an Ihnen vorbeirauscht, zum jetzigen Zeitpunkt, aber glauben Sie mir: Es hat weitreichende Konsequenzen. Einige werden finden, daß es danach nur noch bergab geht. An diesem Punkt wird der Blick des Iren ein wenig aufgeregt. Andere, die neben ihnen stehen, treten unbehaglich von einem Fuß auf den anderen. Ach, laß doch, sagt Gordon, danach kommt ja noch die Aufklärung. Ja, und wohin hat die geführt? fragt Claudia. »Gezeiten gibt es auch im Tun der Menschen...«, erwidert Gordon. Noch so eine überstrapazierte Idee, sagt Claudia. Hier drinnen ist es schrecklich heiß, murmelt Sylvia. Jedenfalls ist es ein

Gedanke, sagt Claudia zu dem Iren, bleiben Sie bei der Subsistenzwirtschaft und warten Sie ab, was passiert. Ja, Ma'am, sagt der Ire ein wenig erschöpft. Erleichtert wendet er sich einer Frau zu, die wissen möchte, wie er ohne Zündhölzer sein Feuer anzündet.

Sie verlassen die Hütte. Sylvia zieht ein Kleenex aus der Handtasche und wischt sich das Gesicht ab. Claudia steuert auf den Mann zu, der unter einem Baum eine Hürde repariert, und fragt ihn nach seinem Namen. Winslow, antwortet er, Edward Winslow. Ich kenne einen Ihrer Nachfahren. Laß das Getue mit den Namen, sagt Gordon. Der junge Mann neigt würdevoll den Kopf. Die sind ganz schön reich, sagt Claudia. Der junge Mann schaut mißbilligend. Reichtum ist ihm so egal wie dir oder mir, sagt Gordon. Im Gegenteil, entgegnet Claudia, das interessiert ihn sehr. *Après moi le déluge* ist eine korrupte und ziemlich moderne Einstellung – dir hat schon immer die Sensibilität für das Historische gefehlt. Und du, sagt Gordon, hast dich noch nie für Ideen interessiert, sondern nur mit plakativen Verallgemeinerungen und unpräzisen Meinungen beschäftigt. Du hast immer alles weggeschoben, was dich nicht interessiert hat. Ideologie. Industriegeschichte. Wirtschaft.

Wirtschaftswissenschaftler, spricht Claudia zum Himmel von Massachusetts, sind akademische Buchhalter. Und was polemische, sogenannte Historiker angeht... setzt Gordon an, ... Du meine Güte! blafft Sylvia, die Leute hören doch zu! Nein, das tun sie eben nicht, sagt Claudia, unser Freund Mr. Winslow ist im Jahr 1627 gut aufgehoben, deshalb hat er von einem Familienstreit aus dem zwanzigsten Jahrhundert keine Ahnung. Oh! schreit Sylvia, ihr macht euch beide lächerlich. In ihrem Gesicht zuckt es. Sie merken, daß sie kurz davor ist, in Tränen auszubrechen. Mir reicht's jetzt von dieser Veranstaltung, schreit Sylvia, ich gehe etwas essen. Und sie hastet die staubige Straße zwischen den Blockhäusern entlang, stolpert einmal, auf dem Rücken ihres Kleides zeigt sich ein dunkler Schweißfleck, ihre Frisur ist völlig aufgelöst.

O je, sagt Claudia.

Gordon sagt: Na ja, du hast das ja auch angeheizt, oder? Er beobachtet die unsichere Gestalt seiner Ehefrau, überlegt, ob er ihr nachgehen soll, findet, daß sie sich allein eher wieder fangen wird, weiß, daß er sich jetzt anders hätte verhalten sollen. Tut mir leid, sagt Claudia freundlich zu Mr. Winslow. Schon gut, Ma'am, sagt Mr. Winslow. Claudia runzelt die Stirn: Ich bin nicht ganz sicher, ob das authentischer Sprachgebrauch ist – meiner Meinung nach greifen Sie ein wenig vor. An diesem Punkt bemächtigt sich des jungen Mannes ein Anflug von Irritation. Pardon, hebt er an, aber wir absolvieren alle einen Intensivkurs in... Claudia, sagt Gordon und ergreift ihren Arm, genug ist genug.

Ich komme gerade richtig in Fahrt, sagt Claudia und läßt es doch geschehen, daß Gordon sie wegführt. Ich weiß, erwidert Gordon, das ist ja das Problem. Ich habe gleich gesagt, daß hier einiges geboten sein könnte, erklärt Claudia, und genauso ist es. Und ich finde, sagt Gordon, daß wir vielleicht wieder auf den Teppich kommen sollten.

Claudia lehnt sich über einen Zaun, um ein träges Schwein zu betrachten, das einen schattigen Schlafplatz gefunden hat. Findest du die Vorstellung einer alternativen Geschichte denn nicht wenigstens ein bißchen faszinierend? fragt sie. Nein, sagt Gordon, das ist Zeitverschwendung. Ich dachte, du giltst als Theoretiker? sagt Claudia und piekst das Schwein mit einem Zweig. Meine Theorien, sagt Gordon, befassen sich mit Möglichkeiten, nicht mit Fantastereien. Laß das arme Tier in Ruhe. Wie überaus langweilig, sagt Claudia. Und alle Welt weiß, daß Schweine es lieben, wenn man ihnen den Rücken kratzt. Übrigens habe ich vergangenen Monat Jasper getroffen. Wir sind mit unseren Enkeln in ein schauderhaftes Musical gegangen. Was für ein reizender Familienausflug, sagt Gordon. Wie gefällt ihm denn sein Dasein als Lord? Über die Maßen, sagt Claudia. Schicksal, sagt Gordon, ist sicher ein Thema für Jasper. Wenn es um sein eigenes geht. Er als Mann des Schicksals. Stimmt, sagt Claudia. Und deines, fährt Gordon fort, wäre ein ganzes Stück weniger verquer verlaufen, wenn es sich nicht mit seinem verbunden hätte. Oh, das weiß ich nicht, sagt Claudia — ich glaube, Jasper war mir einfach vorbestimmt, sonst wäre ich an jemand ähnlichen geraten. Und ich habe immer gut rausgegeben, das mußt du zugeben. Natürlich, sagt Gordon. Ist er zur Zeit verheiratet? Sozusagen ja, sagt Claudia, sogar noch in seinem Alter aktiv.

Das Schwein steht auf und schlendert zum anderen Ende des Geheges. Das blöde Ding hat keine Ahnung von Tradition, sagt Claudia. Ich schlage vor, wir gehen weiter und suchen Sylvia. Ja, sagt Gordon, das sollten wir wohl tun. Sie bleiben, wo sie sind. Wie unbeständig du bist, sagt Claudia, in einem persönlichen Kontext ziehst du alternative Schicksale sehr wohl in Betracht. Ich denke einfach, daß Menschen verschiedene Entscheidungen treffen können, sagt Gordon, obwohl ich einräume, daß das manchen besser gelingt als anderen. Doch es sind nur die rettungslos Dummen, die keinerlei Kontrolle über ihr Leben ausüben. Wie dieses unglückselige Schwein des zwanzigsten Jahrhunderts, sagt Claudia, das dazu verdammt ist, wegen der Interessen der Touristikbranche und des nationalen Erbes Amerikas unter den Bedingungen des siebzehnten Jahrhunderts zu leben.

Langsam gehen sie dann zum Besucherzentrum hinüber, in den heutigen Tag hinein und zu Sylvia. Ich habe mir ein neues Spiel ausgedacht, sagt Gordon, dafür brauchen wir nur uns als Spieler, nichts sonst. Es funktioniert wie »Consequences«. Wir geben jeder zu, daß wir eine schlechte Entscheidung getroffen haben, und der andere bestimmt dann eine Alternative. Du gibst Jasper zu und du bekommst dafür... äh, warte mal... statt dessen

Adlai Stevenson, den du, soviel ich weiß, einmal kurz kennengelernt und ganz nett gefunden hast. Und von dem hast du einen prima Sohn, der zur Zeit für den Gouverneursposten in Massachusetts kandidiert. Und was gibst du zu? fragt Claudia forschend. Ich gebe zu, daß ich meinen Beruf schlecht gewählt habe. Ich hätte bei Cricket bleiben sollen, dann wäre ich jetzt pensionierter *Captain of England* und könnte dort Respekt erwarten, wo es drauf ankommt. Sei nicht so albern, sagt Claudia. Ich merke schon, daß es in diesem Spiel Regeln gibt, die für mich gelten und andere für dich. Da spiele ich nicht mit. Und außerdem habe ich Durst.

Im Restaurant sitzt Sylvia allein vor einem Glas Eistee und einer sehr großen Salatschüssel. Ihr Gesicht ist fleckig. Sie begrüßt die beiden mit gequälter Würde. Ich hatte keine Ahnung, wann ihr aufkreuzen würdet, sagt sie, also habe ich angefangen. Gordon legt eine Hand auf ihre Schulter. Tut uns leid, Liebes, wirklich. Wir haben getrödelt. Ich hoffe, du hast dich erholt. Kann ich dir noch etwas bringen? Sylvia antwortet, verletzt und distanziert, daß sie vielleicht etwas Eis möchte.

Parkplätze, Besucherzentren, Toiletten und Restaurants sind der Wildnis aufgepfropft. Und mir erscheint dieser Ort wie viele Orte – wirklich und unwirklich, erlebt und erfunden zugleich. Er wird zu einem Bestandteil meiner eigenen Bezugspunkte, die kollektive Vergangenheit wird Privatbesitz. An diesem Nachmittag vor einigen Jahren bewegen sich Gordon und Sylvia zwischen den Siedlern von Plymouth und einem Haufen verkleideter Museumsangestellter.

4

»Was ist das?« flüstert sie und deutet mit dem Finger.
»Was ist was, Miss Hampton?« fragt die Krankenschwester. »Da ist nichts, nur das Fenster.«
»Da!« – sie bohrt mit dem Finger in die Luft – »bewegt sich... wie heißt das? Name!«
»Nichts, was ich erkennen könnte«, sagt die Schwester energisch. »Machen Sie sich nicht verrückt, meine Liebe. Sie sind heute ein wenig zerstreut, das ist alles. Schlafen Sie. Ich ziehe die Vorhänge zu.«
Unversehens entspannt sich das Gesicht. »Vorhang«, murmelt sie. »Vorhang.«
»Ja, meine Liebe«, sagt die Schwester. »Ich ziehe die Vorhänge zu.«

Heute kam mir die Sprache abhanden. Ich konnte für eine einfache Sache das Wort nicht finden – einen ganz normalen, vertrauten Teil der Einrichtung. Einen Moment lang starrte ich in eine Leere. Die Sprache bindet uns an die Welt, ohne sie schießen wir wie Atome in alle Richtungen durch den Raum. Später zählte ich alles auf, was es in dem Zimmer gab – eine Aufzählung von Einzelteilen: Bett, Stuhl, Tisch, Bild, Vase, Schrank, Fenster, Vorhang. Vorhang. Und ich konnte wieder durchatmen.
Wir öffnen den Mund, und Wörter strömen heraus, deren Vorläufer wir nicht einmal kennen. Wir sind wandelnde Lexika. In einem einzigen Satz alltäglicher Unterhaltung setzen wir Latein, das Angelsächsische und Altnordische ein; wir tragen ein Museum im Kopf herum, in jedem Tag ist ein Gedenken an Völker, von denen wir nie gehört haben. Mehr als das – wir sprechen Bände, unsere Sprache ist die Sprache all dessen, was wir nicht gelesen haben. Shakespeare und die Bibelübersetzung der »Authorised Version« tauchen in Supermärkten

auf, auf Autobussen, gehören zum Geschwätz in Radio und Fernsehen. Ich finde das erstaunlich und werde nie aufhören, mich darüber zu wundern. Daß Wörter haltbarer sind als alles andere, daß sie mit dem Wind verwehen, Winterschlaf halten und wieder erwachen, sich wie Parasiten bei den unwahrscheinlichsten Wirten verbergen, überleben und überleben und überleben.

Ich kann mich noch an die Erregung erinnern, in die mich volltönende Sprache in meiner Kindheit versetzen konnte. Ich saß in der Kirche, rollte die Worte wie Murmeln in meinem Mund – Tabernakel und Pharisäer und Hohepriester, Babylon und Apostel und Apokalypse. Auswendig und mit heller Stimme habe ich vorgetragen: »Lars Porsena of Clusium, By the Nine Gods he swore, That the Great House of Tarquin, Should Suffer wrong no more...« Voller Schadenfreude war ich über Gordon, der das längste Wort aus dem Wörterbuch nicht buchstabieren konnte: ANTIDISESTABLISHMENTARIANISM. Ich reimte und lästerte und staunte. Ich sammelte die Namen von Sternen und Pflanzen: Arcturus und Orion und Beteigeuze, Honigklee und Erdrauch und Leinkraut. Ein Ende der Wörter schien nicht abzusehen – zahllos wie die Sandkörner am Strand, die Blätter der großen Esche vor meinem Schlafzimmerfenster, unmeßbar und unbesiegbar. »Kennt irgend jemand alle Wörter von der ganzen Welt?« frage ich meine Mutter. »Überhaupt *irgend jemand*?« – »Ich nehme mal an, daß sehr kluge Menschen sie schon kennen«, sagt Mutter unbestimmt.

In ihrer Kindheit fand ich Lisa dann am interessantesten zu beobachten, wenn sie mit der Sprache kämpfte. Ich war keine gute Mutter im herkömmlichen Sinn. Babys finde ich ziemlich widerlich, kleine Kinder sind langweilig und machen mich rasend. Als Lisa zu sprechen begann, hörte ich ihr zu. Ich verbesserte die Albernheiten, zu denen ihre Großmütter sie ermunterten. »Hund« sagte ich. »Pferd. Katze. So etwas wie Wauwau und Miezmiez gibt es nicht.« – »Pferd«, sagte Lisa und genoß das

Wort nachdenklich. Zum erstenmal konnten wir uns verständigen. »Miezmiez weg?« wollte sie wissen. »Die ist weg, genau«, sagte ich. »Weg. Kluges Mädchen.« Und Lisa wurde wieder einen Schritt reifer.

Kinder sind nicht wie wir. Sie sind Wesen aus einer anderen Welt: undurchschaubar, unnahbar. Sie leben nicht in unserer Welt, sondern in einer, die wir verloren haben und nie zurückgewinnen können. An die Kindheit erinnern wir uns nicht – wir stellen sie uns vor. Wir suchen sie vergeblich unter dicken Staubschichten und entdecken einige verdreckte Fetzen, die wir dann dafür halten wollen. Und die ganze Zeit über leben die Bewohner dieser Welt unter uns, wie Ureinwohner, Minoer, wie Menschen, die in ihrer ganz eigenen Zeitkapsel sicher aufgehoben sind.

Als Lisa fünf und sechs Jahre alt war, ging ich immer mit ihr in den Wäldern bei Sotleigh spazieren, Jaspers Mutter und das schwerfällige Schweizer Kindermädchen hängten wir dabei ab. Sie amüsierte und faszinierte mich – diese kleine, unerreichbare fremde Kreatur, gefangen in ihrem amoralischen Zustand noch vor allem Lesen und Schreiben, ohne Kenntnis von Vergangenheit oder Zukunft, ohne jede Bindung, noch ganz unschuldig. Ich wollte wissen, was das für ein Gefühl ist. Immer wieder fragte ich sie danach, voller List, mit erwachsener Schläue, Freud und Jung im Hintergrund und dazu jahrhundertealte Erkenntnisse und Meinungen. Und sie entglitt mir immer wieder, zeigte sich unzugänglich, verfügte über ihre eigenen Wege, mir zu entkommen, mit geheimen Kräften, Verwandlungskünsten.

Claudia und Lisa, die eine einen Meter siebzig groß, die andere knapp einen Meter, vierundvierzig Jahre alt die erste und sechs die zweite, spazieren durch Glockenblumen, Waldanemonen und Blätterberge. In den Bäumen Vogelgezwitscher. Ein alter Labrador schlurft vor ihnen her, schnüffelt nach Pilzen. In großen Flecken bricht das

Sonnenlicht durch die Bäume, breitet sich über die Wurzeln, die Äste, über Arme und Beine, über den Rücken des Hundes. Claudia summt vor sich hin. Lisa hockt sich gelegentlich auf den Boden und pult mit winzigen, sorgfältigen Fingern kleines Zeug aus dem Erdboden.

»Was hast du denn da?« fragt Claudia.

»Ein Dings«, sagt Lisa.

Claudia beugt sich zu ihr, um es zu betrachten. »Das ist eine Bohrassel.«

»Es hat Beine«, sagt Lisa.

»Ja«, sagt Claudia leicht erschauernd. »Eine Menge Beine. Quetsch sie nicht so. Du wirst ihr weh tun.«

»Warum will es nicht, daß ich ihm weh tu'?«

»Na ja...« Claudia sucht nach Worten, runzelt die Stirn. »Man mag es eben nicht, daß andere Leute einem weh tun, oder willst du das?«

Lisa starrt Claudia ausdruckslos an. Sie läßt die Bohrassel fallen. »Du hast komische Augen.«

Claudia, die schon manche liebenswürdige Bemerkung über ihre Augen gehört hat, verliert den Ausdruck wohlwollenden Interesses.

»Sie haben schwarze Löcher«, sagt Lisa weiter.

»Aha«, sagt Claudia. »Die heißen Pupillen. Du hast die auch.«

»Nein, hab' ich nicht«, sagt Lisa und lacht leichthin. Sie geht weiter, direkt vor Claudia, die langsamer gehen muß, um nicht über ihre Tochter zu fallen. Claudia fühlt sich eigenartig benachteiligt, sowohl wegen der unangenehm kleinen Schritte, zu denen sie gezwungen ist, wie auch aus einem anderen, weniger eindeutigen Grund. Sie hört auf zu summen und denkt darüber nach. Dann fragt sie: »Erinnerst du dich noch daran, wie wir an den Strand gefahren sind und du geschwommen bist?«

»Nein«, antwortet Lisa sofort.

»Natürlich erinnerst du dich«, sagt Claudia scharf. »Ich habe dir einen gelben Schwimmreifen gekauft. Und eine Schaufel. Das war erst letzten Monat.«

»Es ist so lange her, noch gar nicht so lange her«, sagt Lisa.

»Also! Du erinnerst dich doch daran.«

Lisa ist still. Sie dreht sich zu Claudia um und schielt dabei schrecklich.

»Laß das, sonst bleibt es dir.«

»Ich ziehe ein Gesicht.«

»Das sehe ich. Es ist kein sehr hübsches Gesicht.«

Ein Rotkehlchen singt mit durchdringender Stimme. Der Wald zittert und bebt und wogt. Der warme Sommerwind von Devon streicht über ihre Gesichter und Glieder. Der Hund verrichtet sein Geschäft auf einem Mooskissen. Lisa sieht wortlos zu. Claudia setzt sich auf einen Stamm, der am Boden liegt. »Warum setzt du dich?« fragt Lisa.

»Meine Beine werden müde.«

Lisa reibt ihre Wade. »Meine nicht.«

»Die sind kürzer«, sagt Claudia. »Vielleicht ist das der Grund.«

Lisa streckt ein Bein aus und betrachtet es. Claudia beobachtet sie. Der Hund liegt auf einem Grasflecken, die Schnauze zwischen den Pfoten. Lisa sagt: »Rex hat auch kurze Beine. Mehr Beine.«

»Wenn er mehr Beine hat«, sagt Claudia, »meinst du, daß er deshalb müder wird?«

»Ich weiß nicht«, sagt Lisa prompt. »Wird er denn müder?«

»Weiß ich auch nicht. Was meinst du?«

Lisa zupft jetzt einigen Butterblumen die Köpfe ab und schichtet sie auf einen kleinen Haufen. Sie ignoriert Claudia, die sich eine Zigarette anzündet. Der Rauch, den Claudia ausatmet, vermischt sich mit den gelben Streifen des Sonnenlichts und bleibt darin hängen, eine wabernde Masse in der reinen Waldluft. Lisa steht wieder auf und geht durch diesen Dunst zu dem Hund hinüber, die Butterblumenköpfe streut sie über seinen Rücken. Der Hund bewegt sich nicht. Lisa kniet sich neben ihn und flüstert ihm etwas zu.

Claudia sagt: »Was erzählst du Rex denn?«
»Nichts«, antwortet Lisa, abwesend.

Die Bäume singen. Es ist auch ein Schnauben und Zischen um sie herum, und aus den Stämmen starren Augen, die Umrisse von großen bösen Augen, man darf nicht hinsehen, sonst kommen so Wesen heraus und fangen einen – Geister und Hexen und alte Männer wie der alte Mann, der in London die Straße vor Claudias Haus kehrt. Wenn sie es schafft, bis zehn zu zählen, bevor sie bei diesem Baum ist, dem, der sie so anschnieht und finster herschaut, wenn sie also bis zehn zählen kann ohne einen falschen Schritt, dann wird ihr nichts passieren, die grausigen Augen werden verschwinden; sie schafft es, und so geschieht es auch.

Claudia ist eigentlich Mami, aber sie mag es nicht, Mami zu sein, deshalb muß sie Claudia sagen. Omi Hampton und Omi Branscombe sind beide gern Omis, also ist es ganz in Ordnung, wenn sie Omi sagt. Mami ist ein dummes Wort, doch Claudia ist mein richtiger Name. Doch ist ein lustiges Wort, man sagt es nicht, man bläst es. Doch, doch. Doch Claudia ist mein richtiger Name.

Lisa ist ein besserer Name. Claudia knallt, wie der Gong in der Halle in Sotleigh. Bang – wumm! Lisa macht ein kleines, seidiges Geräusch, wie Wasser oder Regen. Lisa. Lisa. Wenn man es immer wieder hintereinander sagt, dann ist es nicht mehr du, nicht mehr ich Lisa, ich, ich, sondern ein Wort, das du vorher noch nie gehört hast. Lisa. Lisa.

Dieses Dings mit Beinen, dieses Asseldings, könnte, das fällt ihr plötzlich ein, beißen. Sie läßt es schnell fallen. Sie würde am liebsten drauftreten, um ganz sicher zu gehen, widerliches Dings, aber Claudia schaut zu. Claudias Augen haben schwarze Löcher wie die Augen in den Bäumen, und innendrin in Claudia sind kleine, böse Tiere, die vielleicht aus diesen Augen gekrochen kommen, kleine Tiere, die beißen, mit scharfen Zähnen.

Sie stellt sich auf die Zehenspitzen, um Claudias Augen besser sehen zu können, und Claudia schaut jetzt ganz ärgerlich.

Einmal vor langer Zeit noch gar nicht so lang her, da ist sie mit Claudia zum Strand gefahren. Sie sind in Claudias Auto zum Strand gefahren. Die Bäume neben der Straße machen scha-scha-scha-scha beim Entlangfahren und die Hecken flitzen vorbei und dann war der Strand da und das Meer wälzt sich auf einen zu, zu naß zu tief zu rauh. Claudia hat dich in einen gelben Gummiring gesteckt und dann hast du den Boden unter den Füßen verloren. Keine Angst, sagte Claudia, es ist alles in Ordnung, ich halte dich fest, ich lasse dich nicht los. Und unter dir ist nur Wasser tiefes tiefes Wasser mit Fischen drin und wenn Claudia dich losläßt sinkst du auf den Grund. All das war vor langer Zeit. Ziemlich langer Zeit.

Sie wird Butter auf den Rücken von Rex streichen und ein Sandwich aus ihm machen. Ein Hundesandwich. Erst Butter, dann Marmelade. Die Beeren von dem Busch da drüben können die Marmelade sein. Aber erst die Butter... ganz, ganz viel Butter. Wenn sie Claudia nicht zuhört, wenn sie nicht antwortet, wird Claudia mit ihren Fragen aufhören und verschwinden. Wusch! Wusch wird sie in der Luft verschwinden wie Zauberei, wie der Rauch von ihrer Zigarette zerlaufen zerlaufen verschwinden in nichtsmehrübrig, garnichts. Man kann durch den Rauch gehen, den gelben, sonnigen Rauch, man kann ihn mit den Händen wegschieben, durchgehen wie durch Wasser.

Sie wird Claudia wegzaubern wie den Rauch. Rex erzählt sie, daß sie Claudia jetzt verhext.

Jene Lisa — jene durch Ignoranz behinderte, aber auch befreite Lisa — ist jetzt so tot wie Ammoniten und Belemniten, wie die Gestalten auf viktorianischen Fotografien, wie die Siedler von Plymouth. Nicht wieder auffindbar auch für die Lisa von heute, die wie wir anderen nach ihrem fernen Selbst sucht, diesem anderen Ich, diesem kurzlebigen, ungreifbaren Wesen. Die Lisa von heute ist eine ängstliche, vielbeschäftigte Frau von fast vierzig Jahren, die versucht, mit zwei aufsässigen halbwüchsigen Söhnen und einem Ehemann fertig zu werden, der allseits als prominenter Immobilienhändler gilt und meiner Ansicht nach ein beispielhaftes Exemplar dafür ist, wie sehr Großbritannien in der Zeit zwischen der Ära Macmillan und der Ära Thatcher degeneriert ist. So tief sind wir gesunken. Harrie Jamieson hat einen feuchten Händedruck, feuchte Ansichten, die er aus den Tiefen seiner Ortsgruppe des Rotary Club und des ›Daily Telegraph‹ bezieht, er besitzt ein schreckliches Eigenheim in den Außenbezirken von Henley, nebst dazugehörigem Tennisplatz, Swimmingpool und einer Kiesauffahrt, welches das Landgut nachäfft, das er eigentlich anstrebt. Ich habe seit der Hochzeit nicht mehr als ein halbes Dutzend Stunden mit Harry verbracht. Und dies, möchte ich betonen, sowohl aus Nächstenliebe wie aus Selbstschutz: Der arme Mann hat Angst vor mir. Sobald er meiner ansichtig wird, gerät er ins Stocken, seine Stirn wird schweißnaß, seine Hände, mit denen er Gin und Tonic oder Pimms No. 1 ausschenkt, fummeln mit den Eiswürfeln, lassen Gläser fallen, schneiden sich mit dem Zitronenmesser. Wenn ich Lisa treffen möchte, lade ich sie zum Mittagessen in London ein und überlasse Harry Jamieson der Beschaulichkeit seines Golfclubs, der Essen mit den Rotariern und dem Gemeinderat.

Warum hat sie ihn geheiratet? Ja, warum. Das ist jetzt wieder etwas für mich – über die seltsamen Kräfte nachsinnen, die zwei Menschen zusammenschweißen, sie aneinandergekettet durch den Lauf der Jahre treiben. Ich sollte mir darüber im klaren sein, daß die Schuld in diesem Fall ebenso bei mir wie bei jedem anderen liegt. Wäre ich nicht der Mensch gewesen, der ich bin, hätte sich Lisa niemals genötigt gefühlt, mit neunzehn Jahren zu heiraten, um sich durch diesen Status eine eigene Welt zu schaffen, und sich dafür den ersten passenden jungen Mann gegriffen.

Natürlich war ich bei der Hochzeit dabei. Wie auch ihr Vater.

Claudia steht direkt vor Jasper, im Zentrum einer diskreten Leere; die anderen Gäste beobachten sie voller Neugier.

»So«, sagt sie. »Du bist also auch da.«

»Ich bin auch da. So wie du. Du siehst sehr gut aus, Claudia.«

Ein wenig Grau durchzieht seine Haare. Er sieht immer noch ein bißchen zerknittert aus – der teure Anzug müßte gebügelt werden, die Krawatte sitzt schief, auf dem Ärmel des Jacketts sind Aschenkrümel. Intensiv nimmt sie seinen Geruch auf. »Wie ich höre, hast du eine neue Freundin. Eine, die noch jünger ist als die letzten. Das ist ein schlechtes Zeichen – früher hast du mehr Wert auf Stil gelegt.«

Er ignoriert das. Mit seiner Brille macht er eine Handbewegung: »Wer sind all diese Leute?«

»Die *jeunesse dorée* von Henley«, sagt Claudia.

»Wir sollten ein wenig herumgehen, glaube ich.«

»Ich halte dich nicht auf.«

Er lächelt, sein anzügliches, vertrauliches Lächeln, und sie spürt, wie Irritation und Verlangen sie erstarren lassen.

Jasper sieht, mitten unter all diesen schlecht gekleideten Fremden, Claudia. Claudia in einem roten Kleid, als einzige ohne Hut zwischen den unzähligen Schleiern und Federn, auf herrliche Art daneben. Sie gehen aufeinander zu. Als er vor ihr steht, kommen die Erinnerungen an sie, an ihre Reize und Sinnlichkeit. »Wie ich sehe, ist dein neuestes Buch überall ein Erfolg, Claudia.«

»Das will ich wohl hoffen.«

»Geht es dir gut?«

»Danke, ja.«

»Ist dieser junge Mann... in Ordnung?«

»Scheint so«, sagt Claudia, »jedenfalls annehmbar.«

»Lisa sieht wunderbar aus.«

»Nein, das stimmt nicht. Sie ist erschöpft, wie immer, und dieses Kleid ist grauenhaft. Das hat deine Mutter zu verantworten.«

Er schaut über ihre Schulter und sieht seine Mutter, die tapfer lächelt und grüßt. »Wir sollten herumgehen.«

»Ich halte dich nicht auf«, sagt Claudia. Sie sieht ihn an, und plötzlich beschließt er, heute abend wohl doch nicht nach London zurückzufahren.

»Wollen wir zusammen zu Abend essen?«

»Kommt nicht in Frage«, blafft Claudia.

Er zuckt die Schultern. »Erwartet dich jemand?«

»Kümmer dich um deine eigenen Angelegenheiten, Jasper.«

In diesem Moment wird aus der flüchtigen Eingebung eine Notwendigkeit. Er legt seine Hand auf ihre und nimmt das Glas. »Ich bringe dir noch einen Drink, Claudia.«

Und Lisa, so angespannt, daß sie das Gefühl hat, gleich zu platzen — aus ihrem mageren Körper herauszubrechen, aus dem himmlischen Kleid aus Tussahseide, das Omi bei Harrods gekauft hat — sieht sie in der Mitte des Raumes beieinander stehen (die Leute starren sie verstohlen an...), und ihr Magen dreht sich um. Streiten sie sich? Wenn sie sich nicht streiten, ist das unter Umständen um so schlimmer. Sie beißt sich auf die Lippe, ihr Herz pocht heftig, und der Glorienschein dieses Tages verblaßt. Sie wünscht sich, die beiden wären nicht gekommen, sie sollen weggehen, sie sollen gar nicht existieren. Ihre Mutter hat sich nicht einmal bemüht, einen Hut aufzutreiben, und ihr Vater trägt nicht wie Harrys Vater einen Stresemann, sondern nur einen normalen Anzug. Doch auch in dieser Aufmachung sehen sie unvergleichlich bezaubernder aus als alle anderen, bedeutender und strahlender und viel interessanter.

Jasper und ich verbrachten die Nacht zusammen in einem Hotel in Maidenhead, stritten uns beim Frühstück und sahen uns dann zwei Jahre nicht mehr. Wie in alten Zeiten. Ausdauernder und bemerkenswerter Sex, der Streit danach entsprechend. Es ging vor allem um Jaspers derzeitige Aktivitäten als Fernsehmogul. Er war die treibende Kraft hinter der aufwendigen Serie, die vor kurzem ausgestrahlt wurde und eine dramatisierte Geschichte des Zweiten Weltkriegs war. Die Laufbahn eines fiktiven jungen Offiziers führte den Zuschauer an verschiedene Kriegsschauplätze, vom Balkan in den Fernen Osten; den Hintergrund gaben nachgestellte historische Ereignisse ab: Churchills Kriegskabinett, die Landung in der Normandie, Jalta... Das ganze Projekt wurde viel gelobt und diskutiert, es wurde zum Vorreiter für viele ähnlich prächtige, aufwendige Produktionen, in denen mit peinlicher Genauigkeit die Vergangenheit rekonstruiert wurde. Jasper schnurrte vor Zufriedenheit. Er wollte meine Anerkennung. Ich sagte: »Ich fand es scheußlich.« Er fragte, warum. Ich erklärte es ihm: weil die Vergangenheit damit verniedlicht würde, Geschichte nur noch Unterhaltung wäre. Eigensinnig und dogmatisch wie immer, sagte Jasper, das Schlimme an dir ist, daß du in deinen Einstellungen so unflexibel bist. Das ist doch ein neues Medium. Die Emotionen heizen sich auf. Ich sagte, das sei es in der Tat, und es ermögliche Leuten wie ihm, mit dem Leiden anderer eine Menge Geld zu verdienen. Du, bellte Jasper, machst dein Geld mit den Tantiemen aus Büchern über ähnliche Themen. Ich hielt dagegen mit Ausführungen über den Unterschied zwischen fundierter historischer Analyse und historisierender Unterhaltung. Er sagte, meine Bücher wären oberflächliches, anspruchsloses Zeug, er sagte, ich wäre eifersüchtig. Er fing mit diesem Film über Cortez an. Das war etwas anderes, sagte ich, da war ich fast nur Zuschauerin. Über das gestärkte weiße Tischtuch eines reizenden Lokals am Fluß hinweg schleuderten wir uns die Sätze um die Ohren, während sich die Kellnerinnen an den Wänden entlang drückten. Und schließlich sagte er: »Es ist wirklich absurd, wie übersteigert du das siehst, Claudia. Anscheinend verstehst du diese Serie als einen persönlichen Angriff. Man fragt sich nur, warum.« Ich stand auf und ging hinaus. Ziemlich dumm von mir.

Claudia sitzt allein vor dem Fernseher. Das Zimmer ist warm und ruhig, die Vorhänge sind zugezogen, Regen und Verkehr bleiben draußen; sie hat ein Glas Wein in der Hand, die Füße hochgelegt, die Arbeit dieses Tages ist getan. Der Titel erscheint auf dem Bildschirm, die Geschichte beginnt. Sie ist sowohl Bestandteil der allgemeinen Historie wie auch ganz privat. Man sieht den jungen Helden, der sich nach seiner Einberufung im Jahr 1939 von seiner Mutter und seiner Verlobten verabschiedet, die Wehrmacht marschiert in Frankreich ein, Churchill konferiert mit seinen Beratern. Auch die Handlung verläuft auf zwei Ebenen. Da ist zum einen die teure erfundene Geschichte mit ihren hervorragenden Schauspielern, der perfekt durchgearbeiteten Produktion, der Aufmerksamkeit, die jedem Detail gewidmet wurde – angefangen beim Schimmer, den das Haaröl auf dem Kopf des jungen Helden erzeugt, über die Beulen in den Teetöpfen der Truppenbetreuer bis zum knatternden Motor eines Jeeps im Hintergrund. Und in diese Erzählung eingestreut sind Filmausschnitte, die im Kontrast irgendwie amateurhaft, kurios und nicht ganz real wirken – Aufnahmen von feuernden Geschützen, von schweigenden, rennenden Soldaten, Reihen von Panzern oder Lastwagen, die auf der einen Seite des Bildschirms auftauchen und auf der anderen Seite wieder davonfahren. Die Spielhandlung ist in warmen Farben gedreht, die Schauspieler haben rosa Gesichter, es gibt grünes Gras und blauen Himmel; die Wirklichkeit ist schwarzweiß, die jungen Soldaten, die an Deck eines Schiffes lachen und winken, haben weiße Gesichter, das Meer ist schwarz und die Wüste grau. Claudia nippt an ihrem Wein und sieht genau zu – sie registriert die Packung Players-Zigaretten, die der Held aus der Brusttasche seiner Kampfuniform zieht, und wie schräg das flache Hütchen seiner Verlobten sitzt; der klebrige Geschmack nostalgischer Erinnerungen ist dort hinter dem gläsernen Schirm eingefangen. Sie beobachtet, wie italienische Gefangene als schwarze Gestalten in einer Reihe durch die graue Wüste trotten, schwarzer Rauch steigt von einem abgestürzten Flugzeug auf, weißer Rauch aus einer Panzerkanone.

Die Geschichte, die sie jetzt sieht, hat noch eine dritte Dimension, die wesentlich ungenauer und gleichzeitig auch deutlicher ist. In dieser Dimension gibt es Gerüche und Gefühle und Berührungen. Es riecht nach Moon Tiger, Kerosin, Dung und Staub. Die Gefühle sind so eindringlich, daß Claudia aufsteht, den Fernseher ausschaltet und auf die leere Glasscheibe starrt, wo die Geschichte weitergeht.

»Geschichte«, spuckte Jasper über den Frühstückstisch, »ist immerhin ein Allgemeingut.«

O ja, das ist wohl wahr. Genau das ist das Problem, wie die geplagte Allgemeinheit seit Jahrhunderten immer wieder feststellt. Und natürlich ist etwas dran an dem, was er sagt: Historiker streichen ihre Honorare ein – warum also nicht auch Jasper und seinesgleichen? Nur ein eigensinniges, dogmatisches Miststück wie ich kann darüber diskutieren, daß es bestimmte heilige Werte gibt, und daß wir zwar alles als Unterhaltung verwursten können, am Ende aber feststellen werden, daß es überhaupt kein Spaß war.

Jasper wurde reich. Auch vorher war es ihm schon ziemlich gut gegangen, doch jetzt war er vermögend. Im Vorstand verschiedener Filmgesellschaften und Handelsbanken, Berater für dies und jenes, überall gefragt; bewundert, ungeliebt, umschmeichelt, mißtrauisch beäugt.

Mein Tito-Buch erschien nach fünf Jahren Arbeit und

wurde viel beachtet. Jasper schrieb: »Glückwünsche, meine Liebe. ›Wer im Glashaus sitzt...‹«

Genug von Jasper. Inzwischen sollte deutlich geworden sein, welchen Platz er im Gesamtschema einnimmt. Liebhaber vor allem, immer auch der Gegner im Ring, Vater meines Kindes. Unsere Lebenswege verliefen zeitweise gemeinsam, dann strebten sie auseinander, blieben jedoch immer miteinander verbunden. Ich habe ihn einmal geliebt, kann mich aber nicht daran erinnern, was für ein Gefühl das war.

Über Sprache habe ich bereits vorher etwas gesagt. Sprache ist für mich eine Glaubensfrage — daher die Panik, wenn mir ein einfaches Wort entgleitet, wenn ich ein Stück Stoff mit Blumenmuster vor einem Fenster sehe und nicht weiß, wie ich das nennen soll. Vorhang. Dem Himmel sei Dank. Solange ich die Welt bezeichnen kann, habe ich sie unter Kontrolle. Deshalb müssen sich Kinder um das Sprechen bemühen, lange bevor sie irgend etwas anderes tun, müssen die Wildnis zähmen, indem sie sie beschreiben, Gott in Frage stellen, indem sie Seine hundert Namen lernen. »Wie heißt das?« hat mich Lisa immer wieder gefragt. »Und das? Und das?«

Lisa konnte ich nicht den üblichen Hort mütterlicher Liebe und Zuwendung bieten, dafür meinen Verstand und meine Energie. Wenn sie diese nicht als Erbanlagen mitbekommen hätte, war ich durchaus darauf vorbereitet, sie im Denken und Handeln zu unterweisen. Ich war nicht gut darin, Tränen wegzuküssen oder Gutenachtgeschichten zu erzählen — das kann jede Mutter; meine Gaben waren potentiell wesentlich bedeutender.

Für mich war sie eine Enttäuschung. Und ich vermutlich auch für sie. Ich suchte nach meinem *Alter ego*, nach der zweifelnden, rebellischen Einzelgängerin, die ich selbst als Kind gewesen war. Lisa wollte eine Bezugsperson, die ihr Sicherheit bot, mit ihr Kleider kaufen ging und die Sherry trank wie die Mütter ihrer Schulfreundinnen. Als sie älter wurde, spürte ich immer deutlicher ihren stummen Blick, bei jedem Besuch in Sotleigh, oder wenn ich sie nach Beaminster zu meiner Mutter brachte, oder sie einige Tage bei mir in meiner Londoner Wohnung war. Dort ging sie von Zimmer zu Zimmer, eine gedrückte, blasse, kleine Gestalt, die unter der Tür stehenblieb oder auf einem Sofa saß. Ich nahm sie mit in Museen und Kunstgalerien, versuchte, Neugier und eine eigene Meinung in ihr zu wecken. Lisa wurde größer und dabei immer unbeweglicher in ihrem Denken, sie wurde gewöhnlich. Sie begann mich zu langweilen. Und ich spürte ihre Mißbilligung. Mein ganzes Leben lang habe ich Mißbilligung auf mich gezogen. Meistens läßt mich das kalt, gelegentlich erheitert es mich. Doch die Mißbilligung eines Kindes ist unangenehm und beunruhigend. Wenn ich von meinem Schreibtisch aufsah, klammerte sich Lisa an einen Vorhang, kaute auf ihren Fingernägeln herum und starrte mich an. Dieses Bild hat sich in mein Gedächtnis eingegraben, so viele Male gab es diese Situation, sie ist mit den Stunden verbunden, die in unser beider Leben eingegangen sind. Erinnerungen, die wir kaum teilen. Meine Stunden und die von Lisa sind verschieden, so verschieden wie ich und Lisa sind.

»Lies doch das Buch, das ich dir gegeben habe«, sagt Claudia, ihr Füller fliegt über das Papier.

»Das habe ich schon gelesen.«

»Dann...«, Claudia hält inne, überliest, was sie geschrieben hat, denkt nach. Sie sieht auf. Sieht Lisa — ein kleiner Schatten vor dem Fenster, Eindringling, Störenfried. »Kau nicht so an deinen Fingernägeln, Liebling. Und zieh nicht am Vorhang.«

Lisa schweigt. Ihr Finger fällt aus dem Mund, ihre Hand läßt sofort den Vorhang los. Sonst bewegt sie sich nicht.

Claudia nimmt ein neues Blatt Papier, schreibt. »Bitte, Lisa, such dir irgendeine Beschäftigung. Ich habe zu tun, muß diese Briefe beantworten. Später machen wir etwas zusammen.«

»Ich weiß nicht, was ich tun soll«, sagt Lisa, nach einer Minute... zwei Minuten.

Damit muß jetzt Schluß sein, denkt Claudia, nächstes Mal hole ich ein Mädchen von einer Agentur, das mit ihr in den Park oder in den Zoo oder sonstwohin geht... Es muß einem liegen, sich mit Kindern zu beschäftigen. Mir liegt es nicht. Gott sei Dank.

Claudia hat rosa Fingernägel. Leuchtend rosa wie Zuckermäuse. Wenn du solche Fingernägel wie Claudia hättest, wärst du wie Claudia; du könntest tun, was du willst und sagen was du willst und gehen wohin du willst. Du hättest ständig zu tun würdest ständig mit deinen Freunden telefonieren, kommen und später wieder gehen sag dem Portier er soll uns ein Taxi rufen Liebling, zieh deinen Mantel an schnell schnell.

Wenn du an deinen Fingernägeln kaust, wird dich keiner heiraten wollen, sagt Omi. Keiner hat Claudia geheiratet. Jasper und Claudia haben nicht geheiratet, weil sie sich nicht genug geliebt haben, sagt Claudia. Man muß jemanden sehr lieben, bevor man heiratet. Wenn jemand zerkaute Fingernägel hätte, würdest du ihn nicht heiraten wollen, selbst wenn du ihn sehr liebtest. Du kannst deine Fingernägel erst lackieren, wenn du groß bist, und das wird niemals sein. Auf Claudias Frisiertisch stehen kleine Flaschen mit verschiedenen Rosafarben – Pink Clover und Blush Pink und Hot Pink und Hawaiian Red. Auf Omis Frisiertisch sind Eau de Cologne und Pond's Cold Cream und die Haarbürste von Maison Pearson und der Spiegel mit dem silbernen Griff.

»Beschäftige dich mit irgend etwas«, sagt Claudia. Ich kann nicht, schreit Lisa, ich kann nicht ich kann nicht ich kann nicht ich weiß nicht wo ich etwas zum Beschäftigen finden soll ich weiß nicht wo ich es suchen soll ich will rosa Fingernägel wie du ich will du sein nicht ich ich will so sein daß du mich ansehen mußt ich will daß du sagst Lisa wie hübsch du bist.

5

»Gott«, sagt sie, »ist ein prinzipienloser Kerl, finden Sie nicht auch?«

Und die beiden Krankenschwestern, einundzwanzig und vierundzwanzig Jahre alt, erstarren einen Moment lang in ihren geübten, flinken Bewegungen, mit denen sie falten und heben und Tücher umschlagen. Sie wechseln schnelle wissende Blicke. »Du liebe Güte«, sagt die blonde Schwester. »Das ist ja eine komische Ansicht. Möchten Sie Tee oder Kaffee, Miss Hampton?«

»Kommen Sie«, sagt Claudia. »Sie können doch nicht an einem Ort wie diesem arbeiten und noch nie darüber nachgedacht haben. Ist Er nun ein prinzipienloser Kerl oder nicht?«

»Oh, ich bin nicht religiös«, sagt die dunkle Schwester. »Kein bißchen. Aber meine Mutter schon, sie geht in die Kirche. Tee oder Kaffee, meine Liebe?«

»Na, ich hoffe, sie weiß, was sie da tut«, sagt Claudia. »Tee. Ohne Zucker.«

Ich wäre nie damit einverstanden gewesen, daß Lisa getauft wurde. Jasper wäre jede Entscheidung egal gewesen. In seltener Einmütigkeit hatten die Großmütter das miteinander durchgezogen, ohne mit uns darüber zu sprechen, indem sie sie zum Vikar nach Sotleigh schmuggelten (und hinterher gab es eine nette Teegesellschaft im kleinen Kreis für einige alte Freunde, daran habe ich keinen Zweifel). Ich fand das Ganze Monate später zufällig heraus und fiel über beide her. »Was soll das?« sagte ich. »Geistige Schutzimpfung? Eine besonders schlaue Lebensversicherung? Und wer hat mich gefragt?« Sie verteidigten sich, so gut sie eben konnten. »Wir haben dich nicht gefragt, weil du so viel zu tun hattest«, sagte Mutter. »Und wir wußten doch, daß du nicht kommen würdest.«

Lady Branscombe seufzte. »Claudia, Liebchen... Wir dachten einfach, es wäre nett. Das arme kleine Ding – man möchte doch nur das Beste für sie. Und der Vikar wäre sonst so verletzt gewesen.« Lisa wurde Angehörige der Anglikanischen Kirche, damit niemand beleidigt war und Lady Branscombe das alte Taufkleid und das Crown-Derby-Teeservice aus dem Familienbesitz hervorholen konnte. »Na ja«, meinte Jasper, »es schadet jedenfalls nicht, würde ich mal sagen.« O nein, ganz und gar nicht; es ist genauso gut, wie Mitglied in mehreren Clubs zu sein, man weiß nie, welcher mal wichtig wird.

»Übrigens«, sagt Claudia, »bist du jemals aus der Kirche ausgetreten?«

Lisa zuckt zusammen und läßt das Buch sinken, in dem sie gelesen hat. Die Augen ihrer Mutter sind noch geschlossen, ihre scharfe dünne Nase weist noch zur Zimmerdecke, doch ganz offensichtlich schläft sie nicht.

»Du bist ja wach... das habe ich nicht gemerkt.«

»Aha«, sagt Claudia. »Bin ich das wirklich? Manchmal bin ich mir nicht so sicher.«

Lisa schlägt das Buch zu. Sie steht auf, streicht ihr Kleid glatt, geht zum Bett und schaut auf Claudia hinunter. Dabei fällt ihr ein, daß sie bisher noch nicht sehr oft von oben auf Claudia herabgesehen hat. Sie fragt, ob Claudia irgend etwas braucht. Soll sie die Schwester rufen?

»Nein«, sagt Claudia. »Ich sehe reichlich Krankenschwestern. Du hast meine Frage nicht beantwortet.«

»Ich gehe nicht oft in die Kirche«, sagt Lisa, »falls du das meinst. Nur gelegentlich – Weihnachten, bei besonderen Schulgottesdiensten oder ähnlichem.«

»Das habe ich nicht gemeint«, sagt Claudia.

Lisa betrachtet Claudias Gesicht, das die Farbe von vergilbtem Elfenbein hat und in dem die Augen in tiefen violetten Höhlen liegen; unter der runzligen Haut kann sie die Knochen von Claudias Schädel erkennen. »Ich bin nicht sicher, ob ich an Gott glaube.«

»Oh, ich schon«, sagt Claudia. »Wer sonst könnte alles so hervorragend versauen?«

Eine Krankenschwester steckt den Kopf zur Tür herein – die blonde, einundzwanzigjährige. »Alles in Ordnung?«

»Ja«, sagt Lisa. »Danke.«

»Heute hat sie mal einen guten Tag. Freundlich und gesprächig.«

Die Tür wird geschlossen. Claudia öffnet ein Auge, um zu sehen, ob die Schwester verschwindet, starrt an die Decke. »Erzähl mir, was du getan hast.«

»Ach«, sagt Lisa. »Am letzten Wochenende hatten die Jungs Halbzeit, da hat Harry sie zu einem Rugby-Spiel mitgenommen. Und am Samstagabend waren wir alle im Theater – ›King Lear‹ von der Royal Shakespeare Company. Sehr gut. Danach zum Abendessen bei ›Rules‹ – Tim hatte Geburtstag. Und ... äh ... warte mal ...«

Und am Montagabend habe ich den Mann besucht, der seit vier Jahren mein Liebhaber ist und von dem du nichts weißt und nie etwas wissen wirst. Nicht, weil du das nicht gutheißen würdest, sondern gerade im Gegenteil. Und weil ich seit meiner Kinderzeit Dinge vor dir versteckt habe: einen silbernen Knopf, den ich auf einem Weg gefunden habe, einen Lippenstift aus deiner Handtasche, Gedanken, Gefühle, Meinungen, Absichten, meinen Liebhaber. Du bist nicht, wie du denkst, allwissend. Du weißt nicht über alles Bescheid, und ganz sicher kennst du mich nicht. Du urteilst und verkündest deine Meinung, du irrst dich nie. Ich streite nicht mit dir, ich beobachte dich nur und weiß, was ich weiß. Weiß, was du nicht weißt.

Mein Geliebter heißt Paul. Ich habe ihm von dir erzählt, und von Jasper; bis zu einem gewissen Punkt, so weit es für einen anderen Menschen überhaupt möglich ist, versteht er alles. Er würde dich gern kennenlernen, keine Frage. Vielleicht bringe ich ihn eines Tages mit, nur damit er dich sehen kann – durch das runde gläserne Bullauge in der Tür. Du wirst ihn nicht sehen.

»Lasset uns beten...«, sagt Claudia. »Hach! Zweimal in meinem Leben habe ich gebetet, und gebracht hat es mir rein gar nichts. Auch sonst niemandem.«

Gott wird eine Hauptrolle in meiner Weltgeschichte haben. Wie könnte es anders sein? Wenn es Ihn gibt, dann ist Er verantwortlich für die ganze wunderbar schreckliche Geschichte. Wenn es Ihn nicht gibt, dann hat allein die Vermutung, daß es Ihn geben könnte, mehr Menschen getötet und mehr Gedanken in Bewegung gesetzt als sonst etwas. Er beherrscht die Szene. In Seinem Namen wurde die Folterbank erfunden, die Daumenschraube, die Eiserne Jungfrau, der Scheiterhaufen. Für Ihn wurden Menschen gekreuzigt, gehäutet, geröstet, verbrüht, gestreckt; Er hat die Kreuzzüge hervorgebracht, die Pogrome, die Inquisition und mehr Kriege, als ich aufzählen kann. Ohne Ihn gäbe es keine ›Matthäuspassion‹, nicht die Werke von Michelangelo und nicht die Kathedrale von Chartres.

Wie also soll ich Ihn darstellen – diesen unsichtbaren, alles beherrschenden Katalysator? Wie soll ich meinen Lesern (keine gebildeten, aufgeklärten Leser – Besucher aus dem Weltall, nehmen wir das einmal an) die außerordentliche Tatsache nahebringen, daß während der meisten Zeit, die durch Überliefertes dokumentiert ist, die meisten Menschen an die Herrschaft einer undefinierbaren, nicht zu besänftigenden Macht über alles Seiende glaubten?

Ich werde dafür ein Gebäude verwenden. Ein Gebäude, das die Form eines Kreuzes hat und weder als Wohnstatt noch zur Verteidigung angelegt ist. Dieses Gebäude werde ich tausendfach, zehntausendfach, hunderttausendfach vervielfältigen. Es kann so klein wie ein einziges Zimmer sein; es kann sich auch hoch in den Himmel erheben. Es kann alt oder neu sein, einfach oder prunkvoll, aus Stein gebaut oder aus Holz oder Ziegeln oder Lehm. Dieses Gebäude findet man in den Herzen der Städte und an den wilden Stellen der Erde, auf Inseln, in

Wüsten und in den Gebirgen. In der Provence und in Suffolk und in der Toskana und im Elsaß und in Vermont und in Bolivien und im Libanon. Die Wände und die Ausstattung dieses Gebäudes erzählen Geschichten; sie berichten von Königen und Königinnen und Engeln und Teufeln; sie unterweisen und drohen. Sie sollen erheben und erschrecken. Sie sind die Manifestation einer Behauptung.

Diese Behauptung ist ein anderes Thema. Was ich an dieser Stelle demonstrieren möchte, ist das verblüffende Erbe Gottes – oder seiner möglichen Existenz – nicht in der Gestalt von Ideen, sondern als Eingriff in die Landschaft. Kirchen hatten für mich immer etwas Unwiderlegbares. Sie legen mir die Frage nahe, ob ich mich – es wäre ja immerhin möglich – vielleicht irre.

Und das veranlaßte mich eines Tages zu beten. In der St.-Georgs-Kathedrale von Kairo zu knien und einen eventuell existenten Gott um Vergebung und Hilfe zu bitten. Ich war einunddreißig Jahre alt.

Aus dem grellen Licht und dem Chaos – der Hitze, dem Rattern der Straßenbahnen und Karren, den Menschen und Fahrzeugen und Tieren, dem für Kairo typischen Gestank von Dung und Kerosin – tritt sie in die Stille und relative Kühle der Kathedrale. Frauen in Kleidern aus Seide und Crêpe de Chine, in Hut und Handschuhen, lächeln einander zurückhaltend zu. Offiziere – große Freibeuter mit kühnen Schnurrbärten, in Khaki und Leder gewandet – legen ihre Mützen auf den Bänken ab, beugen einen Moment lang das Knie und halten dabei die Hand vor die Augen. Claudia ist allein, verbirgt sich eher, ist zögerlich und unglücklich und sucht sich einen Platz in den hinteren Reihen, im Schatten einer Säule. Ihre Sonnenbrille setzt sie nicht ab – trotzige Verkleidung.

Die Messe wird gemäß dem Ritus der Anglikanischen Kirche gelesen. Der Herr wird gelobt und angefleht und verehrt. Stühle scharren, Kleider rascheln, Schuhe quietschen auf steinernem Fußboden. Fliegen krabbeln über schwitzende Haut und werden verstohlen erschlagen. Der Bischof bittet Gott um seinen Schutz für die englischen Soldaten, Seeleute und Flieger und um einen schnellen Sieg in der Wüste. »Amen...«, murmeln die gebeugten Häupter – kräftige Männerstimmen, klare, helle Frauenstimmen.

Und Claudia bringt stumm ihre eigene, umständliche Fürbitte vor. O Gott, sagt sie, oder wer auch immer oder was auch immer, so weit bin ich nun in meinem Elend. Ich weiß nicht, wer Du bist oder ob es Dich gibt, doch alleine komme ich nicht mehr weiter, und irgend jemand muß etwas für mich tun. Ich kann es nicht länger ertragen. Laß ihn nicht tot sein. Laß ihn nicht in Stücke gerissen in der Wüste liegen. Laß ihn nicht dort draußen in der Sonne verkommen. Und vor allem laß ihn nicht langsam verdursten und verbluten, unfähig zu schreien, von den Sanitätern übersehen. Wenn es nicht anders geht, soll er Gefangener sein. Das will ich ertragen. Doch bitte, o bitte, er soll nicht länger als vermißt und wahrscheinlich gefallen gelten.

»Vergib uns unsere Sünden...«

Claudias innere Stimme zögert. Gut, auch das noch. Vergib mir meine Sünden. Wenn es denn welche sind.

»Ich glaube an Gott den Vater, Gott den Sohn, Gott den Heiligen Geist...«

Sogar das. All das. Wenn Du Deinen Teil übernimmst.

Und dann folgt eine Sammlung für das koptische Waisenhaus in Heliopolis, und die Gemeinde betet noch einmal (»Verhilf uns zum Sieg, o Herr, und erleuchte unsere Feinde...«) und erhebt sich. Sie verlassen die Kathedrale, in ihren Kleidern aus Seide und Baumwolle, den Uniformen, den Tropenanzügen, und kehren zurück auf den baumbestandenen Boulevard am Nilufer. Claudia geht schnell vorbei, sieht niemanden an und überquert die Straße, um allein zu sein. Sie geht zur Brücke. Einige

Augenblicke bleibt sie stehen und schaut über den Fluß nach Gezira, zu den graugrünen Palmwedeln und Kasuarinen, über das glitzernde Wasser, den weißen Bogen eines Felukkensegels. Dies ist ein Land, das ganz in der Hand von Göttern ist. Für jedes Anliegen gibt es einen Gott. Jetzt spricht sie noch einige weitere Gebete. Wahllos vertraut sie dem trockenen Wüstenwind ihre Gebete an.

Lisa beobachtet Claudia, die vielleicht schläft, vielleicht auch nicht. Man kann es nicht sicher sagen; Claudias Augen sind geschlossen, doch ein- oder zweimal zucken ihre Lippen. Wann war Claudia jemals so? Lisa kann sich bei ihr an keine Krankheit erinnern, an keine Unpäßlichkeit. Die jetzige Situation wirkt auf sie, als ob ein vertrauter Baum gefällt würde. Lisa denkt nicht an das, was möglicherweise am Ende steht, denn eine Welt, in der Claudia nicht existiert, ist nicht vorstellbar. Claudia ist einfach da, war immer da und wird immer da sein.

Lisa denkt über die Liebe nach. Sie liebt ihre Söhne. Sie liebt ihren Geliebten. Auf eigentümliche Weise liebt sie ihren Ehemann. Liebt sie auch Claudia? Liebt Claudia eigentlich sie?

Diese Fragen kann oder will sie nicht beantworten. Was zwischen ihr und Claudia besteht, ist letztendlich unentrinnbar. Daran kann man jetzt nichts mehr ändern, genausowenig wie früher. Seit langem hat sie das eingesehen, sie hat es bereits als Kind mit schonungsloser Klarsicht erkannt.

Lisa hat Claudias Bücher gelesen, darüber wäre Claudia sicher sehr erstaunt. In irgendeiner Ecke verwahrt Lisa einen braunen Umschlag mit zwei oder drei Fotos von Claudia, die in Zeitungen veröffentlicht wurden, wie auch einen langen Artikel über Claudia. »Profil« lautet die Überschrift, und tatsächlich ist dort Claudia im Profil zu sehen, nicht so zusammengesunken und gelb wie heute, sondern als feingeschnittene Kontur in eleganter

Haltung vor einem Samtvorhang und von einem kundigen Fotografen ausgeleuchtet. Der darunter zu lesende Text ist weniger schmeichelhaft: »Claudia Hampton löst Kontroversen aus. Als Amateur-Historikerin – sie gilt als ›Populärwissenschaftlerin‹ – erntet sie die hochmütige Verachtung mancher Historiker, wird sie von anderen zornig abgelehnt. Die Verachtung empört sie – ›Nur weil ich die Nerven hatte, meine Arbeit allein anzugehen, anstatt mich anzupassen und es mir mit einem sicheren akademischen Stipendium bequem zu machen, denken sie, sie könnten mich bevormunden‹ –, die Ablehnung genießt sie wegen der Chance zurückzuschlagen. ›Ich liebe einen guten Schlagabtausch in den Medien. Meistens gewinne ich sowieso.‹ Sie führt die Verkaufszahlen ihrer Publikationen ins Feld – ›Wer bringt denn die Leute dazu, Bücher über Geschichte zu lesen? Doch Autoren wie ich – nicht die Eltons und Trevor-Ropers.‹ Doch auch wenn sie sich noch so sehr dagegen wehrt – Claudia Hampton hatte durchaus schon einige literarische Schläge einzustecken. Kritiker haben ihr oft ihren überbordenden und – man muß das sagen – häufig unsachlichen und widersprüchlichen Stil vorgehalten. ›Geschichte als Breitwandkino‹, ›die Elinor Glyn der historischen Biografie‹, ›Salbaderei einer Autodidaktin‹ – Zitate aus kritischen Äußerungen über sie.«

Lisa sieht diese ganzen Auseinandersetzungen unbefangen. Sie fand die Bücher wesentlich leichter zu lesen, als sie erwartet hatte; es würde sie nicht überraschen, wenn sie Fehler enthielten. Sie kennt Claudia schließlich, sie weiß, daß Claudia sich bei ganz einfachen, grundlegenden Dingen irren kann. Claudia hat sich immer über Lisa getäuscht.

Denn Claudia hat Lisa niemals losgelöst von ihrer eigenen Person betrachten können. Lisa wurde von Claudia in den Schatten gestellt, von Anfang an war das so; sogar jetzt sitzt sie in diesem fremdartigen, unpersönlichen Krankenhauszimmer und wartet ergeben auf Claudias nächste Regung. Claudia löscht Lisa aus – zieht ihr die Farbe aus den Wangen, nimmt ihr die Sprache oder zumindest jede Äußerung, die überhaupt von Interesse sein könnte, macht sie einige Zentimeter kleiner, weist ihr einen Platz zu. Die andere Lisa ist nicht so. Die andere Lisa, die Claudia unbekannte, ist dem Leben gegenüber positiv, sogar selbstbewußt eingestellt, sie ist hübscher, gescheiter, eine gute Köchin, eine umsichtige Mutter, eine beinahe beispielhafte Ehefrau. Sie weiß inzwischen, daß sie zu jung und zu schnell den falschen Mann geheiratet hat, hat jedoch gelernt, das Beste aus der Situation zu machen. Sie hat auch herausgefunden, daß sie eine geschickte, unaufdringliche Organisatorin ist: Seit fünf Jahren ist sie die unentbehrliche Sekretärin in der Privatpraxis eines Top-Chirurgen, bei dem sie auch ihren Liebhaber, ebenfalls ein Arzt, kennengelernt hat. Vielleicht heiraten sie beide eines Tages, wenn die Jungen größer sind und sie davon ausgehen kann, daß Harry gut damit zurechtkommt und wieder eine neue Partnerin finden wird.

Im Krankenzimmer wird es dunkel, der Winternachmittag klopft an die Scheiben. Lisa steht auf, schaltet das Licht ein, überlegt, ob sie die Vorhänge zuziehen soll, beginnt, ihre Sachen zusammenzusuchen. Als sie mit einem Arm in den Mantel schlüpft, öffnet Claudia die Augen.

»Versteh mich nicht falsch«, sagt Claudia. »Eine Auseinandersetzung mit Gott bedeutet nicht, daß ich mich darauf einstelle, Ihm gegenüberzutreten. Das ist alles völlig abstrakt gemeint.«

Plötzlich verzieht sie das Gesicht. Angespannt preßt sie die Lippen aufeinander. Eine Hand schiebt sich über die Bettdecke. Lisa sagt: »Geht es dir gut?«

»Nein«, sagt Claudia. »Aber wem geht es schon gut?«

Lisa hält in ihrer Bewegung inne, einen Arm im Mantel, den anderen draußen. Sie verspürt ein äußerst eigenartiges Gefühl. Ein oder zwei Augenblicke lang kann sie es nicht einmal genau benennen. Sie sieht auf Claudia hinunter. Jetzt wird ihr klar, was sie empfindet. Claudia tut ihr leid, Mitleid macht sich in ihr breit, wie Hunger oder eine Krankheit. Natürlich haben ihr bisher auch schon andere Menschen leid getan. Doch Claudia nie. Einen Moment lang legt sie eine Hand auf Claudias Arm. »Ich muß jetzt gehen«, sagt sie. »Ich komme am Freitag wieder.«

Wenn ich Lisa jetzt so ansehe, erkenne ich die Schatten ihres fortgeschrittenen Alters in ihrem Gesicht. Das verwirrt mich. Das Kind, das man geboren hat, bleibt immer jung. Wird vielleicht zum Mädchen, sogar zur jungen Frau – doch die sich verhärtenden Gesichtszüge, die schwammigeren Körperformen, all diese Hinweise darauf, daß die Vergangenheit mit der Zukunft gleichzieht... du liebe Güte, nein. Verwundert betrachte ich diese Matrone, die so behütet im Londoner Umland lebt, und frage mich, wer sie ist – und dann starrt mich aus den Augen, um die sich kleine, verletzliche Faltenfächer gelegt haben, die achtjährige, die sechzehnjährige und dann die seit einem Jahr verheiratete Lisa mit ihrem ersten Kind, einem roten, brüllenden Baby an.

Es wird immer schwieriger, in Lisa das russische Viertel ihrer Abstammung wiederzuentdecken. Irgendwo in und hinter dieser so grundsoliden Mittelklassegestalt aus Mittelengland, in ihrem Kostüm von Jaeger, seidener Schluppenbluse und sauber geputzten Schuhen liegt das am meisten gequälte Volk der Geschichte verborgen. Irgendwo in Lisas Seele geistern – obwohl sie wenig davon weiß und sich noch weniger daraus macht – die wispernden Stimmen von St. Petersburg und der Krim, von Puschkin und Turgenjew, von Abermillionen leidender Bauern, von erbarmungslosen Wintern und sengenden Sommern, von der schönsten Sprache dieser Erde, von Samowaren und Droschken und den traurigen, dunkeläugigen Gesichtern Tausender Ikonen. Solche Vorgeschichte im

Blut wird sich bemerkbar machen – das glaube ich so unerschütterlich, aber nicht so angstvoll wie Lady Branscombe, die alles daran setzte, die unseligen Vorfahren ihrer Enkelin zu vergessen (und dann war es auch noch ihre Schuld, die arme Isabel hatte ihr Leben lang an ihrer jugendlichen Vernarrtheit von Paris zu tragen). Lisa hat Dinge in sich, von denen sie nichts weiß. Das finde ich interessant. Ich finde es tatsächlich fesselnd. Wenn ich Lisa ansehe, dann heulen die Wölfe in der Steppe, in Borodino fließt das Blut in Strömen, Irina sehnt sich nach Moskau. Alles in konzentrierter Form, alles in Gedanken – aufbereitete Fakten und Fantasien bilden unser Wissen um die Welt. Nichtsdestotrotz hatte Lisa einen russischen Großvater, und das zählt.

Jaspers Vater allein war die beste Rechtfertigung für die russische Revolution: Ein moralisch völlig verwerflicher Mann, der keinen einzigen Tag in seinem Leben gearbeitet und bis zu seinem dreißigsten Lebensjahr das Familienvermögen durchgebracht hat – jedenfalls das, was sein eigener Vater davon übriggelassen hatte. Den ersten Teil seines Lebens verbrachte er in Paris, Baden-Baden und Venedig mit gelegentlichen Ausflügen nach Rußland, um wieder einige Werst Land oder das Haus in St. Petersburg zu verkaufen. Nach der Scheidung lebte er in leicht eingeschränkten Verhältnissen an der Riviera und vergrößerte sein Einkommen nach besten Möglichkeiten durch Glücksspiele oder Verbindungen mit reichen Frauen. Als Jasper heranwuchs, fand seine Bewunderung für den Vater bald ihr Ende. Jasper wollte ein erfolgreicher Mann werden; Sascha, der für den sechzehnjährigen Schüler einen schillernden Bohemien abgegeben hatte, wurde von dem zwanzigjährigen Studenten anders wahrgenommen: als schäbiger Schmarotzer, der nur noch naive amerikanische Erbinnen und zweitklassige französische Gesellschaftsdamen beeindrucken konnte. Nach 1925 sah Jasper seinen Vater nur mehr selten. Ich habe ihn einmal getroffen, im Jahr 1946. Sascha kreuzte damals in London auf, nachdem er den Krieg recht bequem in Menton verbracht und es irgendwie geschafft hatte, nicht interniert zu werden; jetzt war er auf der Suche nach Geldquellen und nützlichen Kontakten, für die ihm sein Sohn, der durchaus schon einen Namen hatte, ganz vielversprechend erschien. Jasper lud ihn zum Mittagessen in seinen Club ein und bat mich dazu. Sascha war siebzig, und das konnte man jetzt auch sehen: ein faltiges Gesicht, wüste, tiefliegende Augen, das füchsische Lächeln des professionellen Charmeurs. Nach einem Handkuß sagte er all die Dinge zu mir, die er seit fünfzig Jahren zu den Frauen sagte. Und bösartig wie ich war, bestand ich darauf, daß er sich in den bequemsten Stuhl setzte, und fragte ihn teilnahmsvoll, ob ihm das kalte Wetter etwas ausmachte. Sascha war nicht dumm und spielte die Rolle des galanten Vaters – sprach mich mit »meine Liebe« an, beklatschte Jaspers Erfolge mit schmeichlerischem Getue, lud uns beide in seine Villa an der Riviera ein. Unnötig zu sagen, daß wir nie dorthin fuhren. Jasper empfand seinen Vater als peinlich, mir war er unheimlich. Doch noch heute sehe ich ihn vor mir, in seinem sorgfältig gepflegten Kaschmirmantel aus Vorkriegszeiten und seinem Hermès-Schal, ein heruntergekommener Überlebender einer vergangenen Klasse, eines vergangenen Zeitalters. Und nach diesem Essen hatten Jasper und ich eine Auseinandersetzung: ein interessantes Geplänkel, eine Vorstufe für unsere späteren wesentlich hitzigeren Streitereien.

»Tja«, sagt Jasper. »Das ist er also, der alte Betrüger. Ist er so, wie du es erwartet hast?« Claudia, die in ihrem smaragdgrünen Kostüm blendend aussieht, segelt über die Pall Mall und zieht bewundernde Blicke auf sich. Er nimmt ihren Arm, pariert die Blicke.

»Bis zu einem gewissen Punkt.«

»Ich habe ihm einen Scheck über hundert Pfund zugesteckt«, sagt Jasper. »Hoffentlich hält er jetzt still, für ein oder zwei Jahre wenigstens.«

»Hm«, sagt Claudia.

»Wie bitte?«

»Ich sagte: hm.« Sie schaut stur geradeaus. Nicht zu Jasper hin, der diese knisternde Wut in sich spürt, die nur Claudia erzeugen kann. Ein *frisson*, der untrennbar mit aufsteigender sexueller Lust verbunden ist.

An der Ecke von St. James bleiben sie stehen. »Du hast seine Hände«, sagt Claudia. »Und auch so einen Zug um den Mund.«

»Das glaube ich kaum.«

Claudia zuckt die Schultern. »Du kannst deine Vorfahren nicht leugnen.«

»Was ich bin, habe ich selbst aus mir gemacht«, sagt Jasper und tritt auf die Straße. »Komm, wir können rübergehen.« Claudia hat seinen Arm losgelassen, um etwas in ihrer Handtasche zu suchen. Jasper geht voraus. Claudia bleibt auf der anderen Seite stehen. Autos und Taxis trennen sie. Jasper wartet auf der gegenüberliegenden Seite. Claudia schneuzt sich die Nase und geht langsam über die Straße.

»Plus das«, sagt sie, »was du mitbekommen hast. Sascha hat dich mit einer reichlich dramatischen Vergangenheit versorgt. Findest du das nicht interessant?«

»Nicht so besonders.«

»Du interessierst dich nicht für eintausend turbulente Jahre Geschichte?«

Claudia ist mit ihrer klaren, tragenden Stimme deutlich zu vernehmen. Ein oder zwei Herren mit Bowlerhüten drehen sich um.

»Das hat mit mir nichts zu tun«, sagt Jasper. »Und du bist wirklich überheblich.«

»Ich verstehe nicht«, sagt Claudia und kämpft sich jetzt bei St. James einige Schritte voraus durch das Gewühl, »wie du dich dermaßen selbstherrlich völlig deiner Vorfahren entheben kannst, bloß weil dir dein Vater nicht paßt.«

Trotz des klirrend kalten Dezembertages wird es Jasper

plötzlich glühendheiß. Er holt Claudia ein. »Du sprichst ziemlich laut, wenn ich dir das einmal sagen darf, Claudia. Und wenn ich schon die Bürde von ganz Rußland auf mich nehmen muß, dann hast du vermutlich das Kreuz von einigen Generationen träger Bauern aus Dorset zu tragen. Paßt nicht so ganz zu deinem Stil, Liebling.«

»Oh, das weiß ich nicht«, sagt Claudia. »Vielleicht haben die ein gehöriges Quantum Belastbarkeit eingebracht.« Sie lächelt den grollenden Jasper liebenswürdig an.

»Und was hast du jemals aushalten müssen?«

»Mehr, als du je erfahren wirst.«

Und Jasper, der Claudia seit acht Monaten und neun Tagen kennt, kämpft heftig mit seinen Gefühlen. Sie macht ihn wahnsinnig, sie ist die interessanteste Frau, die er bisher kennengelernt hat, er kann sie jetzt kaum ertragen, er kann es nicht erwarten, wieder mit ihr im Bett zu sein.

»Vielen Dank für das nette Mittagessen«, sagt Claudia.

Warum haben die Stürme aus Rußland das Speisezimmer von Jaspers Club mit seinem braunen Leder braunen Vorhängen braunen Fußboden durchweht? Wie kommt es, daß dieser falsche, verschlagene alte Gauner aus Monte Carlo den Anflug echter Atmosphäre mit sich bringt, ein unheimliches Echo längst vergangener Zeiten und Orte? Ein Echo von Dingen, über die der alte Schwindler nichts weiß, denkt Claudia. Was weiß der schon von Geschichte? Und ich wette, daß er nie Tolstoj gelesen hat.

Natürlich ist der springende Punkt, daß ich ihn gelesen habe. Was sich mit ihm verbindet, ist in meinem und nicht in seinem Kopf. Aber ist das nicht interessant? Zeit und Universum liegen in unserem Denken herum. Wir sind die schlafende Geschichte der Welt.

»Irgendwann«, sagt sie, »werde ich ein äußerst anspruchsvolles Buch verfassen. Ich werde eine Geschichte der Welt schreiben.«

Doch Jasper hat die St. James Street schon fast überquert und schreitet mit mächtigen Schritten aus. Sie bleibt auf der Verkehrsinsel stehen, putzt sich die Nase, denkt über Jaspers Arroganz, Jaspers Eigensinn, Jaspers aufregenden Körper nach. Auf dem Gehsteig trifft sie wieder auf Jasper und setzt das Gespräch fort, was amüsant wird, da Jasper jetzt gereizt ist. Weder Natur noch Erziehung wird Jasper jemals annehmen, da er zutiefst egoistisch ist, und der Egoist sieht sich natürlich als aus sich selbst geschaffenes Geschöpf, Schulden oder Verweise auf andere Menschen kann er sich nicht leisten. Seine Verdienste sind nur seine eigenen.

»Vielen Dank für das nette Mittagessen«, sagt sie.

»Nicht der Rede wert.«

»Ich muß weiter«, sagt sie. »Habe viel zu tun...«

»Wann sehe ich dich?«

»Hm...«, sagt Claudia. »Ruf mich an...« Sie spielt mit der Vorsehung, denn wenn Jasper allzu sehr irritiert ist, ruft er vielleicht einen Tag, zwei Tage, drei, vier Tage lang nicht an, und das wäre schlecht – oh, sehr schlecht. Doch die *amour propre* ist ihr wichtiger als ihre Bedenken; Claudia wird nie zulassen, daß Jasper ihr gegenüber im Vorteil ist.

»Abendessen morgen«, sagt Jasper. Das ist eine Feststellung, keine Frage.

»Vielleicht...«, sagt Claudia.

6

Ich bin mit diesem Jahrhundert alt geworden; es ist von beiden von uns nicht mehr viel übrig. Das Jahrhundert der Kriege. Geschichte ist natürlich immer die Geschichte von Kriegen, doch diese hundert Jahre haben sich selbst übertroffen. Wie viele Millionen Erschossene, Verstümmelte, Verbrannte, Erfrorene, Verhungerte, Ertrunkene? Gott allein weiß das. Ich hoffe, daß Er es weiß; Er sollte Buch geführt haben, wenn auch nur für sich selbst. Ich habe zwei Kriege am Rande miterlebt, den nächsten werde ich nicht mehr erleben. Der erste hat mich nicht sonderlich beschäftigt, dieses Ding, das Krieg genannt wurde, holte Vater weg und behielt ihn für immer. Ich habe diesen Krieg als eine Art unvermeidlichen klimatischen Effekt begriffen, wie ein Gewitter oder einen Schneesturm. Der zweite sog mich auf, spuckte mich jedoch unbeschädigt wieder aus. Im technischen Sinn unbeschädigt. Ich habe gesehen, was Krieg ist, in diesem Sinn habe ich am Krieg teilgenommen, ich habe Bomben gehört und Kanonen und ihre Wirkungen beobachtet. Und doch scheint mir das, was ich vom Krieg kenne, im Kopf am lebendigsten zu sein: Wenn ich nachts wach liege und erschauere, dann sind es keine Erlebnisse, sondern es ist das Wissen, das meine Gedanken aufwühlt. Nur aus einer Laune Gottes heraus war ich nicht unter all den Millionen, die nebenbei ausgelöscht wurden: an der Somme, in Frankreich, in Deutschland, Spanien, auf dem Balkan, in Libyen, Rußland. In Rußland... vor allem in Rußland. Dort hätte Sascha ehrenhaft im Herzen der Geschichte sterben sollen, anstatt sich mit seiner Bronchitis und seinen Emphysemen in einem Pflegeheim in Monte Carlo durchzuhusten. Er hätte einer in der Statistik werden sollen, dann hätte man sich mit ihm befassen können. Er hätte Teil all dieser Zahlen sein sollen, die das

Blut in den Adern gefrieren lassen: eine Million Tote in Leningrad, drei Millionen Arbeitssklaven aus Weißrußland und der Ukraine, zwei Millionen Gefangene in Kiew, eine Viertelmillion durch Erfrierungen Verstümmelte, mehr oder weniger zwanzig Millionen Männer, Frauen oder Kinder, die 1945 einfach nicht mehr länger Bürger Rußlands oder irgendeines anderen Landes waren. Sascha hätte ein alter Mann in Smolensk oder Minsk oder Wjasma oder Gschatsk oder Rschew sein sollen, der langsam in der kältestarren Landschaft stirbt, während sein Haus in Trümmern liegt und die deutschen Horden weiterziehen. Er hätte diese gebeugte, in Lumpen gehüllte Gestalt sein sollen, die sich 1942 mit einer Kiste auf dem Rücken durch die Kraterlandschaft des zerbombten Murmansk schleppt – auf einer Fotografie, die ich einmal gesehen habe. Oder er wäre besser dieses ewig gegenwärtige anonyme graue Gesicht gewesen, das sich über die Leichen seiner erschossenen Ehefrau und seiner Tochter beugt, in Smolensk oder Minsk oder Wjasma oder Gschatsk oder Rschew.

In diesen Begriffen überlebt die Wirklichkeit. Der Schnee, die zwanzig Grad unter Null im Winter 1941, die russischen Gefangenen, die unter freiem Himmel in Lager gepfercht wurden, bis sie dort vor Kälte oder Hunger starben, der Kessel von Stalingrad, die dreißig zerstörten Städte, die sieben Millionen geschlachteten Pferde, die siebzehn Millionen Stück Vieh, die zwanzig Millionen Schweine. Und hinter diesen Worten die Bilder: Skelette von Gebäuden, von denen das Feuer nur nackte Wände und Kamine übriggelassen hatte, frostzerfressene Körper, die Schreie in den Gesichtern der Verwundeten. Das ist die Bilanz, darauf wird Geschichte am Ende reduziert, das ist die Sprache des Krieges.

Nicht diese andere Sprache – diese wahnsinnige Sprache, die einen Nebelschleier aus Erfindungen webt – diese verrückte Sprache von Generälen und Politikern: Plan Barbarossa, mit seinen wagnerischen Anklängen, die Operationen Schneeglöckchen, Hyazinthe, Narzisse und Tulpe, die todgeweiht gen Tobruk tanzen. Das war die Sprache, die ich in Kairo immer hörte, aus dem Mund der Haudegen der Achten Armee – das lakonische Gerede über Matildas und Honeys, kümmerliche Umschreibungen für etliche Tonnen beweglichen, todbringenden Metalls, und so reizende Beschönigungen, nach denen solche Dinge bei einem Treffer nicht explodierten (die Besatzungen verschmorten dann bei lebendigem Leib), sondern »hochkochten«. Und das Ganze war natürlich ein Zuckerschlecken, und die Männer starben nicht, sondern sie zahlten drauf, wurden nicht erschossen, sondern es hatte sie erwischt. Wie irrwitzig das alles war, zeigt sich erst im Rückblick. Damals erschien uns das alles normal, sogar annehmbar. Meine Arbeit war das Schreiben, aber eine genaue Analyse dessen, was die Worte tatsächlich ausdrückten, war in dem Moment nicht angesagt. Zumindest nicht allzu genau. Kommuniqués vom Hauptquartier... Informationen des Presseoffiziers... meine eigenen Berichte hämmerte ich in die tragbare Imperial, die ich immer noch besitze. Das waren die Worte, mit denen ich zu tun hatte... eine Sprache, die heute versteinert wirkt, von immer neuen Jargons, neuen Verschleierungen verdrängt wurde. Seither war in der Welt von Overkill und Erstschlag Zweitschlag und negativer Schlagkraft die Rede; den Szenarios künftiger Kriege oder vermutlich des letzten Kriegs eilen ihre verwirrenden Codewörter voraus. Sprache regeneriert sich wie die Landschaft – Worte sterben und andere werden geboren, wie Gebäude dahinsinken und andere an ihrer Stelle errichtet werden, wie der Sand über die Gerippe der Matildas und Honeys und Crusaders blies.

Ich habe Kairo nach den Kriegsjahren wiedergesehen, und die damalige Zeit schien wie eine Fata Morgana über der Gegenwart zu leuchten. Die Hilton- und Sheraton-Hotels waren real genug, die wimmelnde, verbaute, dunkle, am Verkehr erstickende brüllende Stadt, doch in meinem Kopf gab es diesen anderen machtvollen Ort, hervorgezaubert vom Geruch nach Dung und Paraffin, dem Trippelschritt filzgeschützter Eselshufe, Flugzeugen, die an einem porzellanblauen Himmel schweben, der barocken Üppigkeit der arabischen Schrift.

Der Ort sah nicht mehr so aus wie früher, doch das Gefühl war noch dasselbe, Empfindungen packten und verwandelten mich. Ich stand vor einem Hochhausblock aus Beton und Spiegelglas, zupfte eine Handvoll Eukalyptusblätter von einem Strauch, zerdrückte sie in meiner Hand, roch daran, und Tränen stiegen mir in die Augen. Die siebenundsechzigjährige Claudia steht inmitten ältlicher amerikanischer Pauschaltouristinnen auf einem Gehsteig, und sie weint nicht aus Kummer, sondern aus Erstaunen darüber, daß nichts jemals verlorengeht, daß alles wiedergefunden werden kann, daß sich ein Leben nicht linear erfüllt, sondern innerhalb eines Augenblicks. Daß im Kopf alles auf einmal passiert.

Die Terrasse des »Shepheard's Hotel« ist vollbesetzt. Kein einziger Tisch ist frei, und um jeden Tisch gruppieren sich wie geschlossene Gesellschaften jeweils drei, vier, fünf Stühle, ein lärmendes Orchester aus vielen Sprachen. Die Suffragis schlängeln sich mit ihren Tabletts zwischen den Tischen durch, und Claudia windet sich durch das Gedränge. Sie läßt sich Zeit, ignoriert die Schmeicheleien von zwei angetrunkenen Südafrikanern, einen Offizier aus dem unbesetzten Frankreich, der sie anstarrt, die Einladung verschiedener Freunde und Bekannter, sich zu ihnen zu setzen. Sie kennt viele Leute hier; die anderen kann sie über Kleidung und Sprache zuordnen. Jeder trägt die Zeichen von Beruf, Rasse und Konfession.

Das ist wie im Mittelalter, denkt sie – warum ist mir das bis jetzt noch nie aufgefallen? Sie bemerkt die goldenen Rangabzeichen auf dem Ärmel eines Marineoffiziers, die Mütze mit dem roten Band, die ein Brigadier auf dem Knie hält, die roten Feze an einem anderen Tisch.

Diese Szene ist bestes mittelalterliches Stadtleben von 1941, eine klar strukturierte Welt, in der jeder erkennen kann, wer der andere ist. Da drüben sind zwei sephardische jüdische Damen, und der ist ein Sikh-Offizier, und dort hinten sitzen drei aus der alten Heimat. Der Mann dort kann mit einem Flugzeug umgehen, und der da hat gelernt, Panzer zu befehligen, und dieses Mädchen kann Wunden verbinden. Und da sitzt, wenn ich mich nicht irre, der Kerl, der mich direkt an die Front schaffen kann, wenn ich es richtig anstelle.

Sie lächelt – das glänzende Lippenstiftlächeln der damaligen Zeit. Sie nähert sich seinem Tisch – eine hübsche Gestalt in weißem Leinen, mit strahlend kupferrotem Haar, hohen roten Sandalen, braungebrannten, bloßen Beinen – und er steht auf, zieht einen Stuhl heran, schnippt mit den Fingern nach einem Suffragi.

Und schaut bewundernd auf die Beine, das Haar, die Kleidung – das alles sieht nicht gerade nach der durchschnittlichen Kriegskorrespondentin aus.

Zumindest kann man davon ausgehen, daß es bei ihm so abgelaufen ist, da er später mit mir ins Bett zu gehen versucht hat, als Preis für einen Platz in einem Transportflugzeug, das am nächsten Tag in die Wüste aufbrechen sollte. Den Preis habe ich nicht bezahlt – jedenfalls nicht ganz –, aber den Sitzplatz bekommen. Ich habe keine Ahnung, wie er hieß, sehr undeutlich sehe ich noch einen rötlichen Schnurrbart und dieses dunkelbraune, ledrige Gesicht, das sie alle hatten. Er ist auch nicht wichtig – nur ein Versorgungsoffizier, der bei Transporten etwas zu sagen hatte – außer, daß er eine dieser unbedingt notwendigen Verbindungen darstellt, derjenige war, ohne den ich nicht in die Cyrenaica gekommen wäre, nicht in einen Lastwagen, der in einer gottverlassenen Gegend eine Panne hatte, nicht in der völligen Abgeschiedenheit von zwei Offizieren in einem Jeep gerettet worden wäre, von denen der eine...

Ich hätte nicht in allergrößter Glückseligkeit auf der Terrasse des »Winter Palace« in Luxor gesessen, hätte auch nicht in allergrößtem Elend in einem Krankenhausbett in Gezira gelegen, wäre kurz gesagt nicht die geworden, die ich bin. Auch nicht der verstiegenste Historiker – nicht einmal ich – würde abstreiten, daß die Vergangenheit auf bestimmten zentralen und unzweifelhaften Fakten beruht. So ist es auch mit dem Leben, es hat sein Herz, sein Zentrum.

Zu diesem Herzen kommen wir jetzt.

Als ich 1940 in Ägypten ankam, war ich allein, und ich war auch allein, als ich es 1944 verließ. Wenn ich diese Jahre betrachte, sehe ich sie mir allein an. Was dort geschah, geschieht jetzt nur in meinem Kopf – niemand sonst sieht dieselbe Landschaft, hört dieselben Geräusche, kennt die Abfolge der Ereignisse. Es gibt noch eine andere Stimme, doch die höre nur ich allein. Meine Stimme – unsere Stimme – ist der einzige Beweis.

Der einzige Beweis im Privaten. Was das Allgemeine betrifft – die Geschichte –, so gibt es reichlich Belege. Das meiste liegt jetzt gedruckt vor: all diese Aufrechnungen, welcher General es am besten gemacht hat, wer wieviele Panzer hatte, wer wann welchen Punkt erreicht hat und warum. Ich habe das alles gelesen, es hat wenig mit dem zu tun, woran ich mich erinnere. Gelegentlich stelle ich eine solche Tatsache in Frage – einen Namen oder ein Datum, aber meistens scheinen sie einfach unwichtig. Dafür, daß ich selbst derartige Bücher verfaßt habe, ist das natürlich eine eigenartige Haltung. Als es darauf ankam, habe ich mich ausreichend für das alles interessiert – ich mußte schließlich eine Story abliefern. Wenn ich nicht dranblieb und erfuhr, was vor sich ging, und mir Möglichkeiten verschaffte, bei den wichtigen Ereignissen selbst dabeizusein, hatte ich keine Story, die ich zu Papier bringen konnte. Dann hätte ein böses Telegramm aus London meiner Zulassung für den Nahen Osten ein Ende gemacht. Doch all das scheint nicht wichtig zu sein, es hat sich verflüchtigt wie die Sprache von damals oder die Gebäude mit ihren barocken Balkonen in der Altstadt von Kairo, die man durch Bürobauten und Hochhäuser für die Touristen ersetzt hat.

Gordon hatte gesagt, ich würde es nie schaffen als Kriegskorrespondentin. Das war natürlich ein Grund mehr, warum es mir erst recht gelingen mußte. Seiner Meinung nach war ich, oberflächlich betrachtet, nicht dafür qualifiziert. Um diesen Job mußte ich kämpfen wie noch nie zuvor. Ich setzte alle Verbindungen ein, die mir zur Verfügung standen, traf Verabredungen mit allen Menschen, die ich kannte und von denen ich annahm, daß sie mir vielleicht behilflich sein könnten, und wurde schließlich von einer Sonntagszeitung als Reporterin für die aktuellen Kurzmeldungen und von einer Wochenzeitung als Korrespondentin angenommen. Auch dann noch mußte ich weiterkämpfen, und keines der beiden Blätter zahlte mir je genug. Ich griff mein Kapital an – den Notgroschen, den ich von einer Großmutter hatte –, um überhaupt in Kairo leben zu können. Und ich war immer nur geduldet – sowohl bei den beiden Herausgebern in London wie auch bei meinen männlichen Kollegen von der Presse. Ich war immer nur soviel wert wie meine letzte Meldung, doch die war gewöhnlich gut. Selbstverständlich ließ ich es mir nicht nehmen, sie an Gordon zu schicken, um ihm mitzuteilen: Schau her, ich hab's dir gesagt... Sie erreichten ihn normalerweise mit monatelanger Verzögerung, während er irgendwo zur Ausbildung in einem Moor in Schottland war und danach in Indien, dann schrieb er mir – wiederum Monate später – zurück, und so führten wir eine zeitversetzte Unterhaltung, in der er die stilistischen Fehler korrigierte, die ich seiner Meinung nach gemacht hatte. In aller Freundschaft stritten wir uns über Kontinente hinweg. Ich sah meinen Bruder mehr als vier Jahre lang nicht, und als wir uns dann wiederbegegneten, hatten wir jeder große persönliche Veränderungen durchgestanden.

Wir trafen uns auf einem Bahnsteig der Victoria Station, und er sagte: »Du liebe Güte! Du hast deine Haare gefärbt! Ich wußte nicht mehr, daß sie so rot sind. Ich hatte sie eher etwas brauner in Erinnerung!« Wir küßten uns nicht, sondern sahen uns an. Ich sagte: »Woher hast du denn diese Narbe auf der Wange?« – »Ich hatte in Delhi einen ziemlich scheußlichen Hautausschlag. Meine Kriegsverletzung. Und wo sind deine?« Ich antwortete nicht.

Gordon war beim Geheimdienst. Natürlich. Die längste Zeit des Krieges verbrachte er in einem Büro, mit gelegentlichen Aufenthalten an ungesünderen Orten. Wir erzählten uns gegenseitig über diese Jahre, was wir für angebracht hielten. Einmal sagte Gordon: »Ich habe einen Typen kennengelernt, der dich in Ägypten getroffen hat. Er hat sich daran erinnert, daß ihr euch in einem Hotel in Luxor begegnet seid. Er hat mit dir und einem uniformierten Freund von dir etwas getrunken.« Ich sagte: »Das könnte im ›Winter Palace‹ gewesen sein, denke ich.« – »Wer war der Freund?« – »In und um Kairo waren zu der Zeit zwei- oder dreihunderttausend Soldaten stationiert«, sagte ich. »Such dir einen aus.«

Mit Sicherheit war es das »Winter Palace«. Ich glaube nicht, daß es dort noch andere Hotels gab. Wir kamen mit dem Nachtzug aus Kairo; alle Schlafwagenplätze waren ausgebucht, daher mußten wir während der ganzen Fahrt durch die heiße Nacht aneinandergedrückt in einem Abteil sitzen, das wir mit einigen Krankenschwestern auf dem Heimweg von einem Militärhospital in Heliopolis und einem Militärpfarrer teilten, der unbedingt Karten spielen wollte. Schließlich waren alle eingeschlafen, und als der Morgen dämmerte – diese durchsichtige, schimmernde Dämmerung in der Wüste –, waren wir als einzige wach und sahen, wie sich die Konturen der Hügel am anderen Nilufer von Rosa in Bernsteingelb verfärbten und das Wasser saphirblau wurde. Weiße Silberreiher flogen auf, in den Bäumen über dem Flußufer saßen Reiher, und ein schwarzer Ibis stand wie eine Skulptur auf einer Sandbank. Auf den Feldern in der ungefähr eine Meile breiten Anbauzone zwischen dem Fluß und der Wüste glänzte grüner Klee oder dickes, hohes Zuckerrohr, und die Felder waren voller Leben – barfüßige Fellachen, die ihre Galabijahs hochgebunden hatten, Kinder in leuchtend bunten Gewändern – zinnoberrot und karmesinrot und zitronengelb –, reihenweise Kamele und Esel und Wasserbüffel. Und die ganze Gegend schien sich sanft zu wiegen – die graugrünen, fedrigen Palmen mit ihren gebogenen, schuppigen Stämmen schwankten hin und her im leichten Wüstenwind. Wir saßen Hand in Hand und sahen aus dem Fenster und hatten das Gefühl, ein Bild zu betrachten. Vielleicht eines von Breughel – eines dieser detailreichen Gemälde mit so vielen Informationen: Menschen, die ganz bestimmten Verrichtungen nachgehen, ein Hund, der ein Bein hebt, eine Katze sitzt in der Sonne, ein spielendes Kind, diese Bilder, die einem den Eindruck vermitteln, man betrachte einen eingefrorenen Augenblick. Ich sagte, daß man diese Gegend niemals als das wahrnahm, was sie für sich genommen war. Für uns gab sie nur eine Kulisse ab. »Dieses Land ist wunderbar«, sagte ich. »Und wir sehen es nicht.«

Und er sagte: »Wir werden es immer sehen.«

Wir erreichten Luxor, kämpften uns an den Dragomanen und den Verkäufern von Skarabäussteinen und schwarzen Basiliskenköpfen von Ramses II. und Fliegenwedeln und solchen, die auch noch ihre eigene Schwester anboten, vorbei aus dem Bahnhof und bekamen im »Winter Palace« ein Zimmer. Wir gingen ins Bett und blieben da bis in den späten Nachmittag. Nackt lagen wir auf den Laken, die Mittagssonne kam in Streifen durch die Jalousien, wir liebten uns öfter, als ich es für möglich gehalten hätte. Er hatte fünf Tage Urlaub. Ich erfuhr davon durch seine Stimme, die mich am Telefon fragte, ob ich ein langes Wochenende frei bekommen könnte. Er war an der Front gewesen und mußte in der folgenden Woche dorthin zurück. Oder wo auch immer die Front dann sein würde – dieses endlose Durcheinander aus Minenfeldern und Fahrzeugaufstellungen im leeren, neutralen Sand. Nach seiner Schilderung verlief dieser Krieg eher wie eine Seeschlacht als eine an Land geführte, eine Abfolge von Vorstößen und Rückzügen, in denen die Beteiligten nur miteinander zu tun hatten und kaum mit der Landschaft, in der sie sich bewegten. Ein Krieg, dem nichts in die Quere kam – keine Städte, keine Dörfer, keine Menschen – und in dem es nichts Greifbares zu gewinnen oder zu verlieren gab. In dem man um den Besitz eines kaum erkennbaren Felsstücks oder eine Position auf der Landkarte kämpfte. In dem es plötzlich Hunderte und Tausende Männer an Stellen gab, wo vorher nichts gewesen war, und doch blieb der Ort leer. Er sah die Wüste wie ein Spielbrett, auf dem gegnerische Parteien von Feld zu Feld weiterzogen. Dieses Bild verwendete ich in einer meiner Meldungen und erhielt dafür vom Londoner Büro eine Belobigung und sagte zu ihm, daß ich die an ihn weitergeben müßte. Er meinte, daß wir das nach dem Krieg erledigen würden.

Gegen Abend standen wir dann auf, zogen uns an und gingen auf einen Drink auf die Terrasse, von der aus man auf den Nil sehen konnte. Vielleicht habe ich dort mit dem Bekannten von Gordon gesprochen. Wenn ja, dann ist er jetzt vergessen; es bleibt nur die lange, flache braune Hügelkuppe vor dem Tal der Könige, hinter der in einem Feuer aus Gold und Rosa und Türkis die Sonne unterging. Und die milden abendlichen Geräusche Ägyptens, in Gläsern klirrende Eiswürfel, die schlappenden Slipper der Suffragis auf dem Steinboden der Hotelterrasse, Stimmengewirr, Gelächter – wie hundert andere Abende im Sporting Club von Gezira, im Turf Club, im »Shepheard's«. Doch dieser eine Abend – oder der nächste oder der übernächste – steht isoliert in meiner Erinnerung. Ich weiß, daß ich auf einem Sessel aus Peddigrohr saß, durch mein Baumwollkleid drückte sich mir das Muster des Rohrgeflechts ins Fleisch, ich sah auf den Fluß, auf die weißen Segel der vorbeigleitenden Felukken, den Abendhimmel, in dem schon die Sterne über der Wüste glitzerten. Ich weiß, wie ich mich gefühlt habe – reicher, glücklicher, lebendiger als jemals zuvor oder später. Gefühle bewahrt man sich, Gefühle und Orte. Es gibt jetzt keine Abfolge jener Tage mehr, keine Chronologie – ich könnte nicht sagen, wann wir nach Karnak fuhren, zum Koloß, zu den Gräbern – sie überlagern sich. Diese Zeit ist sowohl jetzt gegenwärtig wie auch als Vergangenheit eingefroren, wie eine Dorfszenerie von Breughel, wie die Wände der Grabmäler, auf denen dieselben Enten, Gänse, Fische, Rinder fliegen, schwimmen und laufen wie heute auf den Wassern und an den Ufern des Nils.

»Der Pharao...«, sagt der Führer und weist auf eine Stelle hin. »Sehen Sie den Pharao, der den Göttern und Göttinnen Opfer bringt. Sehen Sie den heiligen *ankh*. Die Frau des Pharaos ist auch Tochter des Pharaos. Er liebt seine Schwester.«

Schwach aufwallendes Interesse. Im Grab herrscht eine schrecklich drückende Hitze. »Inzest«, sagt der Militärpfarrer. »Damals wohl durchaus akzeptiert.« Die beiden ATS-Mädchen sagen, daß sie umkommen, wenn sie noch länger hier drinnen bleiben. »Also, Mustafa, machen wir ein bißchen schneller, ja?« sagt der Pfarrer. Die kleine Gruppe schiebt sich in der sandigen, von Taschenlampen erhellten Düsternis vorwärts.

Claudia zaudert. Sie betrachtet die knabenhafte Gestalt des Pharaos und seine schlanke, dunkeläugige Gefährtin mit den hohen Brüsten.

»Schönes Paar«, sagt Tom.

»Ja.«

Der Strahl von Toms Taschenlampe gleitet über ein Ochsengespann, Sklaven, die erlegte Gazellen tragen, Enten, die aus einem Schilfstück auffliegen.

»Laß sie uns noch einmal ansehen«, sagt Claudia. Der Lichtkegel schwebt über die Wandfläche. »Sie ist wunderbar. Ist deine Schwester hübsch?«

»Jennifer? Du liebe Güte – darüber habe ich nie nachgedacht. Ja, ich glaube schon.« Er lacht. »Aber *solche* Neigungen habe ich eigentlich nicht.«

Er legt seinen Arm um sie. »Bitte weiterkommen«, ruft der Führer aus dem dunklen Gang durch das Grab. »Dame und Herr ... bitte kommen Sie jetzt.«

Claudia schaut immer noch auf die herrlichen unerreichbaren Gestalten, die für immer jung, für immer miteinander verbunden sind.

»Woran denkst du?« fragt er.

»Mm... an nichts.« Sie spürt seinen Arm um ihre Schultern, seine Hitze an ihrer Brust. Sie ist dermaßen erregt, daß sie sich am liebsten gleich ausziehen und in den Staub legen möchte. Er wendet sich ihr zu und küßt sie, sucht mit seiner Zunge ihren Mund.

In dem einen Jahr, das ich damals bereits dort war, schien das Land nicht mehr als ein Hintergrund zu sein. Ich war in seine Hitze, in seinen Staub und in seine Gerüche geraten, und sie wurden zur beiläufigen Begleiterscheinung der wesentlich drängenderen Angelegenheit, die der Krieg darstellte. Man lernte, damit umzugehen – mit den Unbequemlichkeiten und Behinderungen und Zufällen – und kümmerte sich um das, was zählte. Die britische Armee drückte der Landschaft und der Gesellschaft ihr Bild auf: Ihre Lastwagen verstopften die Straßen, ihre Depots waren über das ganze Delta von Kairo bis Alexandria verstreut, ihr Personal füllte die Straßen und Cafés von Kairo mit englischen Lauten. Die Dialekte von Lancashire, Dorset, Eton, Winchester, dem Londoner East End waren in den Moscheen und Basaren zu hören, bei den Pyramiden und auf der Zitadelle. Kairo, diese polyglotte Stadt mit ihrem Rassengemisch, absorbierte und ignorierte zugleich, was da geschehen war. Auf einer Ebene nutzte und manipulierte der Ort die Situation, auf einer anderen ging das Leben weiter wie bisher. Die Reichen wurden reicher, die Armen wateten weiterhin im Dreck der Kanäle, verwendeten Büffeldung als Heizmaterial und bettelten in den Straßen.

Vielleicht nahm ich das Land an diesem Wochenende in Luxor zum erstenmal wahr. Heute meine ich, daß es so gewesen ist. Ich erkannte plötzlich, daß es wunderschön war. Ich sah das harte, entbehrungsreiche Leben auf den Feldern und in den Dörfern – eine Welt aus Staub und Wasser, Stroh und Blättern, Menschen und Tieren – und ich sah das gewaltige Ausmaß der weitläufigen Strukturen der Wüste, den vom Wind geformten Sand, die glitzernden Luftspiegelungen. All das war so fein wie ein Aquarell – überall weiches Graugrün und Blaßblau und Rehbraun und Hellbraun. Wunderschön und gleichgültig – wenn man einen Blick für all das bekam, sah man auch die Geschwüre um die Münder der Kinder, die Fliegen, die um die blinden Augen eines Babys krabbelten, das bloße, eitrige Fleisch auf dem Rücken eines Esels.

Ich sah es durch ihn und mit ihm. Jetzt sind der Ort und er eins geworden, in den Gedanken verschmolzen zu einem einzigen Bild aus seiner Stimme und seiner Berührung, diesen Szenen und Gerüchen.

In den frühen Morgenstunden liegt sie wach. Auf dem Nachttisch steht ein Moon Tiger. Der Moon Tiger ist eine grüne Spirale, die die ganze Nacht über langsam abbrennt, die Moskitos verjagt und dabei stückweise als graue Asche abbricht, ihr glimmendes rotes Auge ein Gefährte in der heißen, von Insekten schwirrenden Dunkelheit. Während Claudia daliegt, denkt sie an nichts, ist einfach da, voller Zufriedenheit im ganzen Körper. Wieder fällt ein Stück des Moon Tiger in die Untertasse.

Tom bewegt sich. Claudia murmelt: »Bist du wach?«

»Ich bin wach.«

»Das hättest du sagen sollen. Wir hätten uns unterhalten können.«

Er legt eine Hand auf ihre Hüfte. »Worüber sollten wir reden?«

»Über alles, wofür es nie Zeit gab. Praktisch alles.«

»Wir haben jetzt ungefähr fünfzig Stunden miteinander verbracht. Seit wir uns begegnet sind.«

»Zweiundvierzig«, sagt Claudia.

»Hast du mitgezählt?«

»Natürlich.«

Stille. »Ich liebe dich«, sagt er.

»Ja, gut«, sagt Claudia. »Ich auch. Ich liebe dich auch, meine ich. Sprich mit mir. Erzähl mir etwas.«

»Also gut. Was möchtest du denn gern hören? Möchtest du wissen, was ich von Aldous Huxley halte? Meine Ansichten über den Völkerbund? Vielleicht finden wir etwas, wo wir nicht einer Meinung sind – ich weiß, daß du etwas Wirbel ganz gern hast.«

»Nicht unbedingt jetzt. Laß uns von uns sprechen, das ist das einzige, was mich im Moment interessiert.«

»Mich auch«, sagt Tom. Er nimmt ihre Hand. Sie liegen Seite an Seite. Wie, denkt Claudia, die Gestalten in den Gräbern, oder die nebeneinandergestellten Sarkophage. Der Moon Tiger raucht und schwelt sanft vor sich hin, hinter der Jalousie des Fensters liegt die heiße, samtschwarze Nacht – der Fluß, die Wüste.

Tom zündet eine Zigarette an. In dem dunklen Zimmer glühen jetzt zwei rote Augen – der Moon Tiger und die Camel. »Menschen in unserer Lage halten sich immer für einzigartig. Trotzdem... Daß gerade wir beide hier draußen gelandet sind...«

»Geiseln des Schicksals«, sagt Claudia. »Verlassene im Sturm.«

»Genau. Aber soviel Glück dabei. Ich verdanke dich Hitler. Welch ein Gedanke.«

»Laß ihn uns nicht weiterdenken«, sagt Claudia. »Gib

dem Ganzen einen etwas respektableren Namen. Schicksal. Leben. Etwas in dieser Richtung.«

Einige Zeit liegen sie ganz still. »Erzähl du mir etwas«, sagt Tom. »Was ich alles nicht weiß... Kannst du Klavier spielen? Wann hast du Französisch gelernt? Woher hast du die Narbe auf dem Knie?«

»Das ist doch alles langweilig. Das will ich nicht. Ich möchte verwöhnt werden. Ich möchte hier liegen – für immer – und *dir* zuhören, wie *du* erzählst. Ich möchte dabei einschlafen. Du könntest mir eine Geschichte erzählen.«

»Ich weiß keine Geschichten«, sagt Tom. »Ich bin ein völlig phantasieloser Kerl. Nur meine eigene Geschichte kenne ich.«

»Das wäre doch genau richtig«, sagt Claudia.

»Wenn du unbedingt willst. Es ist eine ganz gewöhnliche Geschichte. Geboren in Südengland, die Eltern lebten bescheiden, aber es reichte. Mein Vater war Lehrer, Mutter war... Mutter. Meine Kindheit wurde nur durch eine uneingestandene Angst vor großen Hunden und meine herrschsüchtige Schwester beeinträchtigt. In der Schule habe ich mich durch Unfähigkeit im Lateinunterricht und Unbeholfenheit mit dem Cricketschläger ausgezeichnet. Jugend... die Jugend wird vielleicht ein wenig interessanter, denn wir sehen jetzt, wie unser Held weniger träge, egozentrisch, introvertiert etc. wird, sogar beginnt, anderen Menschen etwas mehr Aufmerksamkeit entgegenzubringen, und tatsächlich leicht idealistische Regungen zeigt, den Wunsch, die Welt zu verbessern und so weiter.« – »Aha«, seufzt Claudia. »So einer also...« – »So einer also. Gefällt dir das nicht?« – »Ganz im Gegenteil. Erzähl weiter. Wie hast du es angefangen?« – »Die ganzen üblichen naiven, enthusiastischen Geschichten. Mitglied in verdienstvollen Organisationen. Teilnehmer an politischen Veranstaltungen. Bücher lesen. Bis in die tiefe Nacht Gespräche mit Typen wie mir.« – »Naiv?« sagt Claudia. »Was ist denn daran naiv? Praktisch, würde ich dazu sagen.« — »Still, das ist meine Geschichte, und ich erzähl' sie so, wie es mir paßt. Autobiographen haben ein Recht am eigenen Text. Also... Die Periode der jugendlichen sozialen Entrüstung gipfelt in einem Job als Reporter einer Provinzzeitung im Norden — warst du mal während der Depression im Nordosten oben?« Claudia denkt nach. »Wenn du erst überlegen mußt«, sagt Tom, »dann warst du nicht dort. Das hat mir die Flausen ziemlich ausgetrieben, sage ich dir. Hampshire war für mich nie mehr so wie früher. Jedenfalls machten mich die Arbeitslosenschlangen so wütend, daß ich zu der Überzeugung gelangte, die Politik sei das einzig Richtige für mich — ich meine, das lag auf der Hand, mit dreiundzwanzig, die Welt ließ sich im Handumdrehen verändern, wenn man nur die Gelegenheit dazu bekam, ganz einfach, ich hatte mir alles zurechtgelegt, mein persönliches Bekenntnis — Ausbildung, Chancen, soziale Wohlfahrt, Einkommensumverteilung.« — »Aber...«, sagt Claudia. »Warum...?« — »Warum das nicht funktioniert hat? Weil, wie wir beide jetzt wissen, das Leben nicht so ist. Unser schwacher Held macht als angehender Politiker die Fliege und sieht sich um, wie es weitergehen könnte. Inzwischen ist er ein oder zwei Jahre älter und ein bißchen, wenn auch nicht sehr viel, klüger geworden. Er hat jedenfalls begriffen, daß er ein im großen und ganzen unwissender Niemand ist und daß es keine Aussicht auf Erfolg im Kampf gegen die Feinde gibt, wenn man nicht die richtigen Argumente hat. Also dachte ich, ich halte besser erst mal den Mund und sperre Augen und Ohren auf. Eine Tante hatte mir etwas Geld hinterlassen, und ich habe es für die Fahrkarte nach Amerika auf den Kopf gehauen. Schau dir mal das Land der Freiheit an, habe ich mir gedacht. Mach ein paar Erfahrungen. Schau und hör zu. Verdien dir was, indem du ein paar schlaue Artikel schreibst. Das habe ich getan. Und kam wieder ein Stück älter und klüger zurück.« — »Hör mal«, sagt Claudia. »Du läßt eine ganze

Menge von dieser Geschichte aus.« – »Ich weiß. Wir haben nicht genug Zeit für alles. Nicht jetzt. Wir bleiben beim Wichtigsten. Amerika. Der Mittlere Westen. Der Süden. Wieder das soziale Gewissen, aber jetzt mit mehr Überlegung. Journalismus. Nüchterner, verantwortlicher Journalismus. Einige kleine Erfolge auf diesem Gebiet.« – »Du solltest das tun, was ich tue«, sagt Claudia. »Warum hast du eigentlich nicht...?« – »Ich wünschte, du würdest nicht vorgreifen. Bei dem Teil sind wir noch nicht angekommen. Im Moment sind die Nazis erst ein unangenehmer Lärm auf der anderen Seite des Kanals. Und unser Held wird jetzt im Hauptberuf Reisender.« – »Sag nicht immer ›unser Held‹«, sagt Claudia. »Das klingt so nach ›The Boy's Own Paper‹.« – »Du bist ja ein ganz schön belesenes Mädchen. Ich hatte gedacht, daß dir dieses Zitat nicht auffällt. Wie gesagt, ich begann jetzt zu reisen. Ich verkaufte Artikel über die Misere der griechischen Kleinbauern oder über die Tricksereien von italienischen Politikern, und wenn so etwas nicht ging, bot ich mich bei Reisegesellschaften als Reiseleiter an. Bin in fast ganz Europa auf diese Weise herumgekommen. Einmal kam ich nach Rußland. Dann dachte ich, jetzt sei es an der Zeit, mich um Afrika zu kümmern, mal sehen, wie es ist, wenn Träume umgesetzt werden. Und dann wurde der unangenehme Lärm auf der anderen Seite des Kanals lauter. Wurde richtiggehend störend.« – »Ja«, sagt Claudia, »ich möchte etwas sagen.« – »Ich dachte, ich sollte hier reden?« – »Das schon. Aber du läßt eben den interessanten Teil weg.« – »Ich fand das alles schon ganz interessant.« – »Stimmt«, sagt Claudia. »Aber es ist nicht sehr persönlich. Ich weiß nicht sehr viel über deine Gefühle. Und«, fügt sie obenhin hinzu, »ich weiß nicht, ob du das alles allein unternimmst oder mit jemandem zusammen.«

»Oh«, sagt Tom. »Aha. Verstehe. Also, ich versuche mal, das deutlicher zu machen. Ich glaube, ich kann dir sagen, warum das alles nicht sehr persönlich klingt. Die ganze Zeit über hat unser Held... Entschuldigung, Entschuldigung. Die ganze Zeit über hatte ich diese grandiosen Vorstellungen über Gesellschaft und ein Leben am Puls der Zeit und so weiter. Ich dachte ziemlich unpersönlich – ein Luxus auf Grund angenehmer Lebensumstände, das weiß ich wohl. Aber sei beruhigt« – und er streichelt mit einer Hand über ihren nackten Körper – »sei beruhigt, daß sich das alles völlig geändert hat. Nur wenn man auf ganz unvermutete Weise mit der eigenen Zeit verbunden ist, kann man auch wirklich alles mit seinem eigenen Blick sehen. Ich glaube, jetzt reicht es mir. Schau, es wird hell. So – jetzt hast du deine Geschichte gehabt.« Und er dreht sich zu ihr.

»Nicht ganz«, sagt Claudia. »Du hast noch nicht gesagt, ob...«

»Immer allein«, sagt Tom. »Bis jetzt. Und nicht mehr lange, hoffe ich.« Er streckt eine Hand aus, zieht mit einem Finger die Konturen von Claudias Gesicht nach. In der Morgendämmerung kann sie jetzt gerade seine Augen, seine Nase, seine Lippen erkennen. »Dieser Teil der Geschichte gefällt mir am besten«, sagt sie.

»Mir auch«, sagt Tom. »Oh, mir auch.«

Und o Gott, denkt Claudia, hoffentlich hat sie einen glücklichen Schluß. Bitte laß sie einen glücklichen Schluß haben. Der Moon Tiger ist fast ganz heruntergebrannt, die graue Aschespirale in der Untertasse wurde zum Gegenbild der grünen Spirale. Auf den Jalousien spielen Lichtstreifen, die Welt hat sich einmal gedreht.

7

Ich kann nichts Chronologisches über Ägypten schreiben. Altägypten. Das sogenannte alte Ägypten. In meiner Geschichte der Welt – dieser realistischen, kaleidoskopartigen Geschichte – wird Ägypten seine ihm gemäße Stellung als selbstgefällige, unzerstörbare Macht einnehmen, die sich in Form von soviel bearbeitetem Gestein, bemalten Wänden, Papyri, Granit, Blattgold, Lapislazuli, Tonscherben und Holzstückchen verewigt hat, um alle Museen dieser Welt damit zu füllen. Ägypten ist nicht vergangen, sondern gegenwärtig, es prägt unsere Sicht der Dinge. Das Bild der Sphinx ist auch denen geläufig, die nie etwas von Pharaonen oder Dynastien gehört haben; die neue Brutalität von Karnak ist allen vertraut, die mit der Architektur der dreißiger Jahre aufgewachsen sind.

Wie jeder andere Mensch kannte ich Ägypten, bevor ich dorthin kam. Und wenn ich jetzt daran denke – wenn ich daran denke, wie ich Ägypten in der Geschichte der Welt heraufbeschwören werde –, muß ich es als ein fortdauerndes Phänomen sehen: Die Menschen der Pharaonenzeit in ihren plissierten Gewändern strömen in das Niltal des zwanzigsten Jahrhunderts, die Streitwagen und Lotuspflanzen, Horus und Ra und Isis neben den Mamelukken-Moscheen, die brodelnden Straßen von Kairo, Nassers Staudamm, die khakifarbenen Konvois des Jahres 1942, die opulent ausgestatteten türkischen Villen. Vergangenheit und Gegenwart existieren im Niltal nicht so sehr nebeneinander; eher haben sie aufgehört, überhaupt von Bedeutung zu sein. Was im Sand verborgen liegt, findet seine Entsprechung an der Oberfläche, nicht nur in den Souvenirs, die die Abkömmlinge der Grabräuber verkaufen, sondern im ewigen, bedächtigen Kreislauf des Landes – die Sonne geht über der Wüste im Osten auf und über der Wüste im Westen unter, das Frühjahrshochwasser des Flusses, die Wiedergeburt alles Lebendigen – der Silberreiher und Wildgänse, der Lasttiere, der duldsamen Bauern.

Im »Ramses-Hilton« lernte ich vor einigen Jahren einen Mann kennen, der der größte weltweit tätige Händler für Toilettenspülkästen war. Zumindest behauptete er das. Einer aus dem Mittelwesten, der kurz vor dem Rentenalter stand und zu einer dieser Gruppen ungebundener alter Amerikaner gehörte, die in allen Hotels zwischen Dublin und Singapur zu finden sind. Dieser Mann, der ohne Begleitung war, sah mich in der Bar und nahm an, ich sei eine von seinem Schlag. »Was mir bei diesen Kerlen nicht klar ist«, sagte er und schob seinen in Polyester gekleideten Hintern auf den Hocker neben mir, »ist ihre Motivation. Lassen Sie mich einen Drink für Sie bestellen. Wie sie das konstruiert haben, ist schon verrückt genug, das können Sie mir glauben, aber die Motivation kapier' ich nicht. Alles nur, um sich begraben zu lassen.« Ich bat um einen Whisky und fragte den Mann, ob er Angst vor dem Tod habe. »'türlich hab' ich Angst vor dem Tod. Jeder hat doch Angst vor dem Tod, oder?« – »Die Ägypter nicht. Ihnen ging es darum, daß der Geist überlebte. Oder die Seele – nennen Sie es, wie Sie wollen. Nicht, daß sie damit die einzigen gewesen wären, aber wir haben heutzutage doch das Interesse daran ziemlich verloren.« Er sah mich argwöhnisch an – bedauerte schon, daß er den Whisky geordert hatte, und fragte sich zweifellos, was er sich da an Land gezogen hatte. »Sind Sie irgendeine Art Lehrerin?« – »Nein«, sagte ich. »Ich bin Tourist, wie Sie. Was sind Sie von Beruf?« Und so erzählte er mir von seinen Toilettenspülkästen, und wir kamen auf eine Ebene, die man zwar nicht eine Freundschaft nennen, doch als eine Art eigenartige Allianz bezeichnen konnte, denn er war ein robuster, ehrlicher, durchaus wißbegieriger Mann, der sich gerne unterhalten wollte, und ich war – nicht einsam, denn das war ich nie, aber allein. Und mit ihm als nicht ganz passendem Gefährten fuhr ich dann ein zweites Mal, vierzig Jahre danach, nach Luxor, ins Tal der Könige, nach Esna und Edfu. Und zu den Pyramiden und zur Zitadelle und ans Nilufer bei der Kasr el Nil-Brücke, wo die St.-Georgs-Kathedrale, in der ich einst gebetet hatte, einer Überführung für Kairos tosenden, nie versiegenden Verkehr gewichen war. Er ist inzwischen nicht mehr wichtig, dieser Amerikaner – ich weiß nicht einmal mehr, wie er hieß –, genausowenig wie der Offizier auf der Terrasse des »Shepheard's«, doch wie dieser ist er für immer mit einem bestimmten Ort verbunden, mit einer bestimmten Zeit. Seine Geschichte – wie immer die aussieht – hat sich kurzzeitig mit meiner verknüpft. In unser beider Geschichten gibt es eine Tempelmauer, vor der wir stehen und im grellen Sonnenlicht die in Stein gehauenen, vielgestaltigen Szenen zu erfassen suchen, die sich uns als das darbieten, was sie sind – die Chronik einer Schlächterei. Halbnackte Soldaten werden geköpft, mit Speeren durchbohrt, von Streitwagen überfahren. Diese Bilder wiederholen sich auf den drei anderen Wänden, sechs bis neun Meter hoch. Der Führer erklärt, daß dies sowohl eine Bilanz wie auch eine Lobpreisung der verschiedenen triumphalen Siege des Pharaos über seine Feinde darstellt. Und der Pharao ist dann auch zu erkennen, mehrmals abgebildet, alle überragend; seinen Wagen lenkt er mit lässiger Leichtigkeit, die Zügel in der einen Hand, die Waffe in der anderen. Leichen liegen auf dem Boden. »Harter Bursche«, kommentiert mein Begleiter. »Ich dachte, er sollte sowohl Gott wie auch König sein? Wie kann er dann guten Gewissens die Leute um die Ecke bringen?« – »Das läßt sich durchaus vereinen«, sage ich. Der Führer erklärt, daß die enthaupteten Gestalten, die wir sehen, möglicherweise jeweils für größere Einheiten stehen – Tausende oder Zehntausende –, und daß dies ein Zählsystem für die Anzahl der niedergemetzelten Feinde ist. »Du liebe Güte«, sagt der Amerikaner. »Das ist ja ein entsetzliches Massaker. Man sollte doch meinen, daß sie es damals sowieso nicht eben leicht hatten, ohne daß sie sich dann auch noch so übel zurichten mußten.« Nachdenklich stehen wir vor dem stummen Blutbad. »Ich war vierundvierzig in Frankreich«, sagt der Amerikaner. »Irgendwelche Kämpfe habe ich dort nie erlebt, aber ich habe gesehen, was danach übriggeblieben ist. Das ist nicht angenehm, kann ich Ihnen sagen.« Ich sage ihm nicht, daß das nicht nötig ist.

Es ist ein unendlicher, sandiger Müllhaufen, als hätte ein nachlässiger Riese den Dreck von tausend Schrottplätzen darübergekippt — ausgebrannte Autowracks, stapelweise alte Reifen, leere Benzinkanister, rostige Dosen, Wellblechstreifen, Stacheldrahtknäuel, Geschoßhülsen. Dieser ganze Unrat liegt mitten in der natürlichen Unordnung der Wüste, in ihrem endlosen Muster aus dürrem, scheinbar leblosem Gestrüpp, das sich von Horizont zu Horizont erstreckt. Freien Raum gibt es nur auf den Fahrspuren, den von Benzinkanistern gesäumten »Tin-Pan Alleys«, über die gelegentlich die Kolonnen der Lastwagen oder gepanzerten Fahrzeuge ziehen.

Seit zwei Stunden sind sie auf einer solchen Piste unterwegs. Leicht verliert man jedoch im Durcheinander aus Reifenspuren und dürftigen Wegweisern die Spur, und wenn dies geschieht, sucht sich der Fahrer, ein kleiner, drahtiger Londoner von der Farbe eines verbrannten Soufflés, den Weg aus der Landkarte und durch Raten zusammen. Es stellt sich heraus, daß er vor dem Krieg Taxifahrer war, die Wüste behandelt er mit geringschätziger Vertrautheit, als wäre sie eine Alice-im-Wunderland-Version der Londoner Topographie. Wenn sie anderen Fahrzeugen begegnen, brüllt er Fragen und Informationen in den Wind. Jeder sucht jemand anderen oder einen anderen Ort. Dieses Gebiet war das Zentrum des letzten Angriffs, in dem ganze Einheiten zerstreut wurden, einige tausend Männer sind hier unterwegs und versuchen, sich wieder irgendwo zuzuordnen.

Claudia sitzt neben dem Fahrer. Auf dem Rücksitz sind Jim Chambers von Associated News und ein Korrespondent aus Neuseeland untergebracht. Eine Unterhaltung ist angesichts des Motorenlärms nur in größter Lautstärke möglich. Claudia hat das Gefühl, alle Knochen hätten sich in ihrem Körper selbständig gemacht, ihre Augen sind rotgerändert und schmerzen vom Staub. Der Fahrer amüsiert sich über diesen ungewöhnlichen Fahrgast und fühlt sich verantwortlich, er rät ihr, ein Tuch zwischen Hals und Hemdkragen zu stecken, da sie sich sonst wie alle anderen hier die für die Wüste typischen Entzündungen holen würde.

Sie sind auf dem Weg zum Hauptquartier der Siebten Panzerdivision, und der Fahrer möchte unbedingt vor Sonnenuntergang dort eintreffen. Einmal haben sie sich bereits verfahren und sind dreimal im weichen Sand steckengeblieben, als sie ganz von der Piste abkamen. Der Fahrer flucht dann jedesmal, springt ab, wirft die Sandsäcke aus dem Wagen, und die ganze Gruppe beginnt mit der entsetzlich schweißtreibenden Schaufelei.

Der Fahrer deutet auf einen Panzer. »Eine von den deutschen Kisten. Beim ersten Vorstoß hochgegangen. Wollense schauen, Miss?«

Sie klettern aus dem Lastwagen und gehen zu dem Panzer hinüber. Ein schwarzer, stinkender Haufen Metall, auf eine Seite gekippt, in eine Sanddüne gebettet, und um das Fahrzeug liegt noch mehr Abfall, kleine, persönliche Gegenstände – Kochgeschirr, ein zerfetzter Luftpostbrief, der im Wind flattert, von einer Schachtel mit Keksen führt ein schmaler, schwarzer Zug Ameisen zu einem Felsen. Jim Chambers macht einige Fotos.

Es herrscht beständiger Lärm. Wenn Flugzeuge über sie hinwegfliegen – Transporter, Jagdflieger –, ist der Himmel ein einziges Getöse. Hinter dem Horizont ist ein dumpfes Grollen zu hören, dazwischen steigt immer wieder die silberne Glitzerfahne eines Leuchtspurgeschosses auf, oder das Feuerwerk von Leuchtmunition.

Über der ganzen Gegend liegt Rauch. Ausgebrannte Fahrzeuge qualmen grau im Wind, weiße Wölkchen steigen weit hinten auf, eine schwarze Rauchsäule erhebt sich auf der rechten Seite, wo erbeutete Munition des Feindes abgefackelt wurde. Rauch und Staub mischen sich, jeder Lastwagen, jedes Auto oder Motorrad zieht seine eigene schmutzigbraune Staubwolke hinter sich her. In der Ferne schleppt sich eine Lastwagenkolonne durch die Ödnis, die Wagen sind so vom Staub eingehüllt, daß nur Umrisse zu erkennen sind, sie erinnern an eine andere Wildnis und eine andere Zeit – Planwagen in der Prärie. Und wenn eine Staubwolke aus der Nähe die Konturen von Panzern freigibt, wirken auch sie völlig fremd – wie die hohen Gefechtstürme von Schiffen, die Ozeane überqueren, mit leuchtenden Fähnchen dekoriert.

»Wir halten mal kurz, um was zu trinken«, ruft der Fahrer. »Ich will einen Blick auf die Karte werfen.« Sie fahren einen leicht ansteigenden Hang hinauf, oben stoßen sie auf das Loch einer Maschinengewehrstellung mit Tarnnetz und verstreuten, zerrissenen Sandsäcken. Hier kann man sich gut vor dem aufkommenden Wind schützen. In einer Dose mit benzingetränktem Sand entzünden sie ein Feuer und kochen Tee in einem Blechbecher. » 'ne Tasse, Miss?« Claudia setzt sich, trinkt den Tee und schaut über den Wall aus Sandsäcken in das flache Tal, das sie soeben durchfahren haben. Sie fragt sich, wer hier vor einigen Tagen gelegen haben mag und versucht hat, andere Menschen umzubringen. Kurz zuvor sind sie an drei Kreuzen vorbeigefahren, die man in einer Reihe bei dem ausgebrannten Wrack eines Lastwagens errichtet hatte. Neben einem Kreuz lag ein Stahlhelm, auf den Holzlatten stand mit Bleistift: »Corporal John Wilson, im Kampf gefallen.«

Der Fahrer meint, sie könnten in einen dieser beschissenen Sandstürme geraten. » 'tschuldigen Sie den Ausdruck, Miss.« Sie steigen wieder in den Lastwagen und rattern auf der anderen Seite des Abhangs hinunter, dort bietet sich, wie schon in der letzten Stunde und in der davor, immer das gleiche Bild. Die Spur ist schlecht markiert, doch der Fahrer hält auf die fernen schwarzen Qualmwolken anderer Fahrzeuge zu. Beim Näherkommen stellt sich heraus, daß einige Lastwagen vom Roten Kreuz neben einem zerstörten Panzer gehalten haben. Auf einer Bahre liegt etwas in Decken gehüllt. Männer klettern auf den Panzer. Der Fahrer hält und springt ab, ebenso Jim Chambers und der Neuseeländer. »Ich würde da wegbleiben, Mädchen, wenn ich Sie wäre«, sagt Jim Chambers zu Claudia, die ihn ignoriert. Bei dem Panzer angekommen, sieht sie, daß die Männer, die hinaufgestiegen sind, etwas herausziehen, was einmal ein Mensch war, ein rötliches, schwärzliches Ding mit zerquetschtem Kopf und einem glänzend weißen, gesplitterten Armknochen. Es stinkt nach Verbranntem und Verwesung. In dem Sanitätswagen liegen noch zwei solche Bündel auf Bahren; der Rot-Kreuz-Fahrer gibt dem Londoner Hinweise für die Weiterfahrt. Anscheinend sind alle vom Weg abgekommen. Hier hat in der vergangenen Woche eine Panzerschlacht stattgefunden, und der ganze Boden ist nach allen Seiten hin von den geriffelten Spuren der Panzerketten durchzogen, ein stummes Chaos als Zeugnis dessen, was hier stattgefunden hat.

Wieder steigen sie in den Lastwagen. Der Sand bläst ihnen jetzt scharf ins Gesicht, mit der klaren Sicht ist es vorbei, der Horizont ist nicht mehr zu erkennen. Der Fahrer setzt eine Schutzbrille auf, auch Claudia bekommt eine. Sie donnern in die Dunkelheit, der Fahrer hält immer wieder an, springt ab und schaut sich eine Markierung an, doch dann gibt es keine Benzinkanister und Pfosten mehr, und sie kämpfen sich durch die Leere, in der immer mal wieder Reifenspuren in verschiedene Richtungen weisen. Der Sand steigt in dichten Wolken auf. Die ganze Welt versinkt in einem fahlen Rosa-Orange, es ist unmöglich, weiter als zehn oder fünfzehn Meter zu sehen.

Sie kriechen weiter durch den Sandsturm. Von der festen Piste geraten sie in feineren Sand, durchsetzt mit tückischen Buckeln, auf die der Wagen mit dem Fahrgestell aufsetzt. Zweimal bleiben sie stecken, müssen schaufeln. Beim zweitenmal sind sie gerade wieder angefahren, als ein harter Schlag von unten den Lastwagen zum Stehen bringt. Der Fahrer springt ab und verschwindet unter dem Fahrzeug. Als er wieder auftaucht, verkündet er, daß die Scheiß-Hinterachse gebrochen ist.

Jetzt fluchen alle. Der Neuseeländer hat ein Interview vereinbart, das er zu verpassen fürchtet, wenn sie nicht bis Anbruch der Nacht im Hauptquartier sind. Der Fahrer, der sich persönlich verantwortlich für Claudia fühlt, sagt: »Keine Sorge, Miss, wir bringen Sie schon hin.« – »Ich mache mir keine Sorgen«, sagt Claudia, die tatsächlich unbesorgt ist. Sie nimmt den Deckel von ihrer Schreibmaschine, setzt sich ins Führerhaus und tippt, während die Wüste um sie herum tobt, einmal weiß, dann schwefelgelb, dann rosafarben. Jim Chambers zieht eine Flasche Whisky heraus. Der Fahrer sagt, daß das jetzt vielleicht nicht gerade der verflixte Piccadilly Circus ist, aber früher oder später werde schon jemand vorbeikommen, sie können nicht weit von dieser verdammten Route weg sein, und wenn sich der Sandsturm erst gelegt hat, können sie sich auch wieder orientieren. »Wie schreibt man ›fluoreszierend‹?« fragt Claudia. »Gib nicht so an, Claudia«, sagt Jim. Der Fahrer, der jetzt vernarrt ist in sie, bietet noch eine Zigarette an.

Claudia schreibt. Zwischendurch muß sie Pausen einlegen, um den Sand aus der Schreibmaschine zu schütteln. Zum Teil schreibt sie, weil es ihre Arbeit ist, zum Teil, um das loszuwerden, was ihr jetzt vor Augen ist. Sie versucht, das in Worte zu fassen, was sie gesehen und gedacht hat. Sie schreibt auch, weil sie hundemüde ist, durstig, schlechtgelaunt und sich wie zerschlagen fühlt, und wenn sie sich nicht beschäftigt, könnte sie etwas davon merken lassen und sich dafür schämen.

Und jetzt ist in dem heulenden Sand ein anderes Geräusch zu hören, und etwas Kompaktes bewegt sich durch die Finsternis auf sie zu und wird schließlich zur Silhouette eines Jeeps, in dem zwei Menschen sitzen. Rufe hallen. Der Jeep kommt näher. Die Insassen springen heraus. Zwei Panzeroffiziere, der eine heißt Tom Southern. Auf Claudias Anwesenheit reagieren sie amüsiert und mit Besorgnis. Sie sind zum Hauptquartier unterwegs und können noch zwei Leute mitnehmen. Der Fahrer bleibt beim Wagen, bis die Leute vom Pannendienst benachrichtigt werden können. Jim Chambers bietet freiwillig an, auch dazubleiben. Mißmutig schließt sich ihm der Neuseeländer an. Claudia natürlich ebenfalls. Schließlich wird entschieden, daß Jim bleibt, die beiden anderen weiterfahren. Claudia steigt auf den Beifahrersitz des Jeeps. Tom Southern fährt. Der Sandsturm legt sich, die Umrisse der Wüste und die Piste sind wieder zu erkennen. Claudia ist so müde, daß sie auf nichts reagieren kann, was die anderen sagen, und irgendwann döst sie ein, rutscht gegen den Arm von Southern und spürt, wie der Mann sie sanft, aber mit festem Griff wieder aufrichtet. Sie sitzt im Halbschlaf da, sieht wenig, nur seine Hand auf dem Lenkrad, eine braune Hand mit einigen schwarzen Haaren zwischen Handgelenk und Fingern; vierzig Jahre später wird sie immer noch diese Hand sehen.

Zu meiner Rückkehr nach Ägypten – behütet und beschützt dank Pharaotours und dem »Hilton« – gehörte auch ein kurzer Ausflug in die Wüste, die ich dieses Mal aus den getönten Fenstern eines Reisebusses mit Klimaanlage sah. Der Fahrer hielt, damit die Fahrgäste aussteigen und selbst die echte Wüstenluft schnuppern konnten, auch war der Blick auf die Pyramiden von Dashur sehr schön. »Wollen Sie nicht aussteigen?« fragte mein amerikanischer Freund. Ich schüttelte den Kopf. »Geht es Ihnen wirklich gut?« wollte er besorgt wissen.

»Sie haben während der ganzen Fahrt kein Wort gesprochen.« – »Mir geht es gut«, sagte ich. »Ich war ein wenig nachdenklich, das ist alles. Und ich kenne die Wüste schon. Steigen Sie aus und sehen Sie sich um. Ich bleibe hier.« Er erhob sich. »Na gut. Aber wie kommt es, daß Sie die Wüste schon kennen – waren Sie früher schon mal hier oder so?« – »Nicht direkt hier«, sagte ich ausweichend. Er fragte nicht weiter nach, seine Aufmerksamkeit reichte nicht weit, und aus dem Nichts waren auch noch Kameltreiber aufgetaucht, Kamerafutter, das man nicht auslassen durfte. Er stieg aus, und ich blieb allein hinter dem getönten Glas zurück, durch das ich meine eigenen Bilder sah, die fernen, doch lebendigen Formen und Farben einer anderen Zeit, die in den Sand gedrückten Panzer, die surrealen braunen Wirbel und Kleckse der Tarnfarbe.

Ich dachte nicht über Tom, sondern über mich selbst nach. Über ein Selbst, das mir wie eine andere Person erschien. Eine Unschuldige, die kraftlos ihre Tage durchlebt, nichts weiß, und die ich jetzt mit schrecklicher Gewißheit sah. So habe ich empfunden – so geht es sicher jedem anderen ebenfalls –, als ich an den Schwebezustand in bestimmten Momenten der Vergangenheit dachte: an die Nacht vor dem Sturm auf die Bastille, den Sommer 1914 im Somme-Tal, die Herbsttage in Warwickshire vor Edgehill. Nichts, was man tun könnte, kein Hinauszögern oder Abwenden des Vorbestimmten. So verläuft die Geschichte, das sind die Dinge, die sich ereignen müssen.

Mein Texaner kam wieder in den Bus, verstaute seine Fotoausrüstung; für die Nachwelt hatte er eine Art Mafioso verewigt, der auf einem Kamelrücken saß, in der einen Hand ein Lawrence-of-Arabia-Gewehr und in der anderen Lapislazuliketten aus Plastik. »Eine höllische Gegend, um hier zu leben«, meinte er. »Der Kerl dort«, sagte ich, »hat wahrscheinlich eine Wohnung in Kairo und pendelt jeden Tag mit dem Bus hierher.« – »Meinen

Sie?« Betrübt sah er dem davonreitenden Händler nach. »Ich nehme mal an, daß Sie recht haben. Ich falle immer wieder auf so lokales Zeug rein. Krieg' nie raus, wann es getürkt ist. Aber Sie sind ja ganz schön vif, Claudia, oder?«

Und vermutlich habe auch ich ihn bei seinem Namen genannt. Ed? Chuck? Ich weiß es nicht mehr, obwohl ich mich an diese unkomplizierte Kameradschaftlichkeit erinnere, die vorübergehende Gemeinschaft von Fremden in einer vorübergehenden Situation. Auf eigenartige Weise war ich über ihn froh, seine Unerschütterlichkeit war ein Schutzschild. Ich hatte gezögert mit dieser Reise, hatte sie Jahr um Jahr verschoben, dabei jedoch immer gewußt, daß ich sie eines Tages würde unternehmen müssen. Und als ich schließlich mit der Fata Morgana konfrontiert war – mit dem schimmernden Phantom aus einer anderen Zeit –, war ich überrascht, daß ich selbst die Quelle der Bitterkeit war. Nicht er – nicht Tom. Tom war auf ganz andere Weise gegenwärtig.

In Zamalek teilte ich eine Wohnung mit einem anderen Mädchen. Camilla war eine seichte Botschaftssekretärin, eine dieser in Seide gekleideten, parfümierten Frauen, die immer dem großen Troß folgen und aus Kriegen durchaus Vorteile ziehen. Unter anderen Umständen hätte Camilla ihre Jugend auf dem Land verbringen müssen, hätte Hunde gezüchtet, wäre auf die Jagd gegangen und gelegentlich ins Theater in die Stadt gefahren. Jetzt verbrachte sie in Kairo eine wunderbare Zeit, erledigte vormittags ein wenig Büroarbeit für einen alten Schulfreund ihres Daddy und ging abends mit den Offizieren des 8. Husarenregiments aus.

Das wimmelnde, polyglotte Kairo der vierziger Jahre erscheint nun wie eine treffende Verkörperung dieses Landes. Das Land, in dem Altertum und Gegenwart miteinander verschmelzen, hatte seinen Widerpart im brodelnden Leben der Stadt, wo alle Rassen aufeinandertrafen, alle Sprachen gesprochen wurden, wo Griechen und Türken, Kopten und Juden, Briten, Franzosen, Reiche,

Arme, Ausbeuter und Unterdrückte über die gleichen staubigen Straßen eilten. Diese Straßen waren allerdings auch schon alles, was sie gemeinsam hatten. Einmal sah ich eine alte Frau, die sich auf die Stufen einer Moschee setzte und starb; auf der anderen Seite des *maidan* aß man auf der Caféterrasse Eis und Süßigkeiten. Wir Europäer fuhren in Autos oder Pferdewagen über die Straßen, neben und zwischen uns zogen die Eselskarren vorbei, die Fahrräder, die Tausende Barfüßigen, die Straßenbahnen, die so vollgepackt mit Menschen waren, daß sie wie Bienenschwärme aussahen. Einige von uns hatten einen Krieg auszutragen; es muß viele gegeben haben, die keine Vorstellung davon hatten, was dieser Krieg war, wessen Krieg es war und warum er geführt wurde. Wie ein Theaterlöwe brüllte er hinter der Bühne, während sich die Schauspieler um ihre eigenen Angelegenheiten kümmerten. Und die ganze Zeit über warf der außergewöhnliche Hintergrundprospekt auf unheimliche Weise die nebeneinander bestehenden Gegensätze zurück – die Szenenfolge, in der die reichen, fruchtbaren Nilufer so abrupt endeten, daß man mit einem Schritt vom Feld in die Wüste trat, in der ein zerfallendes Monument alles mögliche sein konnte – griechisch, römisch, pharaonisch, mittelalterlich, christlich, muslimisch; in der Bauern, die nicht lesen und schreiben konnten und eine Lebenserwartung von dreißig Jahren hatten, in Baracken zwischen erhabenen Tempelsäulen lebten, auf denen die tiefgründigen Mythologien aus dreitausend Jahren verzeichnet waren. Es gab keine gültige Chronologie für diesen Ort, und keine Logik.

»Schauen Sie das Bild von Ramses dem Zweiten an«, sagt der Führer. »Schauen Sie, wie der König den Göttern und Göttinnen Opfer bringt. Dort oben ein Lotus. Sehen Sie die wunderbare verzierte Säule. Sie ist dreitausendzweihundert Jahre alt. Ist dreiundzwanzig Meter hoch. Sehen Sie oben das Bild von Victoria.«

»*Was* sollen wir sehen, Mustafa?« fragt der Pfarrer.

»Bitte nehmen Sie Ihr Fernglas, Sir. Sehen Sie dort oben.«

»Oh, jetzt verstehe ich. Viktorianisch meint er. Etwas, was Reisende aus der Zeit von Victoria eingeritzt haben. Ziemlich ungewöhnlich, wie?«

»Wie sind die denn da oben hingekommen?« ruft eines der ATS-Mädchen, und die anderen brechen in Gelächter aus. »Der Tempel war damals noch nicht ausgegraben, dumme Kuh. Der war noch voller Sand. Sie sind am oberen Ende der Säulen herumspaziert.« Und sie gehen wieder hinaus in das blendende Sonnenlicht, zu den Wagen, die sie zurück nach Luxor bringen, während Tom und Claudia im heißen, dunklen Schatten zurückbleiben, mit Ramses dem Zweiten und Reverend John Fawcett aus Amersham in der Grafschaft Buckingham aus dem Jahr 1859.

»Laß uns zum Hotel zurückgehen«, sagt Tom. »In sechs Stunden geht schon mein Zug.«

»Vielleicht kommen wir nie wieder hierher«, sagt Claudia und schaut nach oben. »Denk an den Reverend Fawcett, der damals über unseren Köpfen herumstapfte, sozusagen.«

»Zur Hölle mit Reverend John Fawcett«, sagt Tom. »Ich möchte gehen.«

»Ich liebe dich«, sagt Claudia und bewegt sich nicht von der Stelle.

»Ich weiß. Komm ins Hotel zurück.«

»Mittwoch früh wirst du wieder in der Wüste sein.«

»Daran sollst du nicht denken.«

»Ich muß«, sagt Claudia. »Um alles im Griff zu behalten.«

Denn hier draußen und zu dieser Zeit gibt es Momente, in denen sie sich haltlos fühlt, ohne Verbindung mit Vergangenheit oder Zukunft oder einem bekannten Universum, sondern wie freifliegend im All. Nachts schaut sie auf die blinkenden Sterne, die nicht dieselben sein können wie im Himmel über England, und sie fühlt sich ewig, was ganz und gar kein Gefühl der Ruhe ist, sondern eher wie ein scheußliches Fieber — eine psychologische Version von Malaria, Typhus, Ruhr und Gelbsucht, die alles und jeden irgendwann auf diesem Kontinent befallen.

Man lebte von einem Tag zum nächsten. Das ist natürlich eine Banalität, hatte damals jedoch seine eigene prosaische Wahrheit. Über den Tod wurde nicht gesprochen, in Schach hielt man ihn mit Codewörtern und der sorglosen Lässigkeit, die man von den Sportplätzen gewohnt war. Frauen, deren Ehemänner es beim letzten Schlag erwischt hatte, sah man einige Wochen später schrecklich aufgedreht am Swimmingpool des Sporting Club von Gezira. Ich erinnere mich daran, wie unmäßig ich gelacht habe. Tanzen. Trinken. Menschen strömten in mein Leben und wieder hinaus, Menschen, die ich seither nie wieder gesehen habe, Menschen, die ich sehr gut kennengelernt hatte: alte Freunde aus dem Pressecorps, Männer, die Urlaub von der Wüste hatten, Botschaftsattachés, *éminences grises* vom Generalstab, und das Treibgut aus Kairo, diejenigen, die schon lange dort lebten, Nahost-Profis, die Banken und Firmen leiteten, die über den British Council ein bißchen englische Kultur verkauften oder die englische Sprache an Schulen und Universitäten. Die Helden des Tages — die verwegenen Brigadiere und Obersten und Majore der Achten Armee — flitzten wie mittelalterliche Barone zwischen dem Schlachtfeld und den genußsüchtigen Exzessen der Großstadt hin und her. Sie verließen ihre Panzer, um einige Tage Polo zu spielen oder unten bei Fayoum auf Schnepfenjagd zu gehen. Ich kannte einen backenbärtigen Oberst, der sich eine Staffel von zehn Poloponys und zwei ägyptische Stallburschen hielt, ein lakonischer Husar, der in Heliopolis eine Hundemeute loshetzte, um die Schakale niederzumachen.

Allein schon die Form des Krieges schien die Analogie heraufzubeschwören – Belagerungen, Armeen in Zeltlagern, Überfälle und Scharmützel wie Ebbe und Flut, da die Wüste selbst Vormarsch und Rückzug diktierte. Und als der Mythos um Rommel wuchs, schien es, als ob Saladin selbst wieder zum Leben erwacht wäre – der schlaue, aber vornehme Feind, der einem nichts ersparte, dabei jedoch immer ritterlich blieb. Ich schrieb einen Artikel über die modernen Kreuzritter und schickte ihn an ein linksgerichtetes Londoner Wochenblatt – und erhielt eine scharfe Antwort von einem Herausgeber, der keine Verbindung zwischen der zwangsweise eingezogenen britischen Arbeiterklasse und feudalen Gefolgsleuten sah. In gewisser Weise hatte er natürlich recht, doch mußte man so etwas schon auf äußerst dickköpfige Art wörtlich nehmen, um nicht zu merken, daß in diesem Krieg ein Echo jenes früheren Aufbruchs der Europäer in die Wüste mitschwang, als schon einmal Menschen und Waffen in ein fremdes Land strömten. Ich schickte den Text an Gordon, mit boshaften Hintergedanken, und erhielt Monate später seine Antwort: »Typisch Claudia, diese Romantisierung.« Mir war das nicht weiter wichtig, damals hatte ich anderes im Kopf.

Im Pressecorps war der Krieg natürlich unser Job. Wir warteten ständig auf Kommuniqués, Presseinformationen, Gerüchte. Wir verfolgten diejenigen, die in engem Kontakt mit den Mogulen des Generalstabs standen, umschmeichelten energische junge Attachés, die uns vielleicht ein Interview verschaffen, einige Informationen im Vorbeigehen bieten konnten. Wir saßen murrend im Büro des Zensors, warteten, bis wir an der Reihe waren und unsere Texte in einem labyrinthischen Vorgang nach London weitervermittelt werden konnten. Oder nach New York oder Canberra oder Kapstadt, denn wir waren in unserem kleineren Maßstab ein ebenso internationaler Haufen wie die Menschenmassen von Kairo. Und ich muß gestehen, daß ich wie Camilla mit ihrem Spatzenhirn, mit der ich eine Wohnung teilte, eine Menge Spaß mit Männern hatte. Ich war eine der wenigen Frauen in einer Männerdomäne und sah bei weitem am besten von allen aus. War auch die mit der schnellsten Auffassungsgabe, die erfindungsreichste, diejenige, der man am wenigsten vormachen konnte.

Und die Unbescheidenste.

»Und wie haben Sie es geschafft hierherzukommen?« möchte er wissen.

»Bin eben ein Naturtalent«, erwidert Claudia knapp. Und bereut es sofort. Das ist der falsche Tonfall — so aalglatt spricht man an den Kaffeehaustischen miteinander, und jetzt sind sie nicht in Kairo, sondern irgendwo in der Cyrenaica, sitzen auf Benzinkanistern und essen Rindfleisch, Reispudding aus Dosen und Marmelade. Tom Southern sieht Claudia an und schaut dann auf seine Landkarte. Jemand schiebt Claudia einen Blechbecher voll Tee hinüber. »Danke«, sagt sie bescheiden, denn in diesen kurzen zwölf Stunden hat sie den Wert einer solchen Aufmerksamkeit begriffen.

Es ist Mitternacht und sehr kalt. Sie sitzen vor dem Pressezelt. Drinnen hämmert der Neuseeländer seine Zusammenfassung des Interviews mit dem Oberbefehlshaber in die Maschine. Um sie herum bewegen sich dunkle Schatten vor dem silbrigen Sand, gehen zwischen den vage erkennbaren Umrissen der Fahrzeuge und Zelte hin und her. Das tiefschwarze Himmelszelt ist übersät mit glänzenden Sternen, als lange weiße Finger wandern die Suchscheinwerfer über das Firmament, am Horizont stehen orangerote Flammenzungen, Leuchtspurgeschosse steigen auf — rot, weiß und grün. Irgendwo dahinter — niemand wäre in der Lage, das genau zu sagen — ist DIE FRONT, dieses schwer faßbare Ziel, das sich ständig verschiebt: eher eine Idee als ein fester Ort. Die Männer haben sich in ihre Militärmäntel oder ramponierte Schaffelle gehüllt. Claudia trägt lange Hosen, zwei Pullover und einen Mantel und zittert immer noch. Jim Chambers – der vor einigen Stunden wieder zu ihnen gestoßen ist – gähnt und sagt, daß er sich jetzt verziehen wird. Claudia und Tom Southern bleiben allein.

»Eigentlich«, sagt sie, »habe ich solange auf alle möglichen Leute eingeredet, bis es klappte.«

Er faltet die Landkarte zusammen und steckt sie wieder in die Tasche.

»Das habe ich mir gedacht«, sagt er. Er lächelt. Er hat diesen starren Blick aus roten Augen, den sie hier alle haben. Vor einigen Stunden hat Claudia einem Mann zugehört, der im bedächtigen, nuschelnden Tonfall eines, wie sie ein wenig ungläubig dachte, Betrunkenen sprach. Dann begriff sie, daß das die Stimme der Erschöpfung war. Viele der Männer hier haben nächtelang nicht geschlafen. Der letzte Vorstoß fand erst vor drei Tagen statt.

Und dann sprechen sie nicht mehr von Vorstößen oder Schlappen oder dem nächsten Zauber, sondern von einer anderen Zeit und anderen Orten. »Als Kind«, sagt Tom Southern, »hat mich die Vorstellung von der Wüste fasziniert. Kein Wunder, da ich im tiefsten Sussex aufgewachsen bin. Das kam alles von der Erzählung über Johannes den Täufer, der in der Wildnis brüllt, und von den Illustrationen in der Bibel der Sonntagsschule – all diese Leute in seltsamen Gewändern, mit Kamelen und Eseln. Einmal haben wir aus Teig eine Reliefkarte vom Heiligen Land gemacht, daran erinnere ich mich, das Rote Meer war dunkelblau und der Sinai knallgelb. Manchmal denke ich noch daran, wenn ich mir im Hauptquartier die Landkarten ansehe.«

Seit sechs Monaten ist er hier. Ausbildung im Delta und jetzt Kommandeur einer Panzereinheit. War bei den Kämpfen der letzten Woche dabei.

»Am dichtesten war ich bisher an einer Wüste«, sagt Claudia, »am Strand von Charmouth. Mein Bruder und ich haben dort immer Fossilien gesammelt. Um Fossilien gekämpft.«

»Hier gibt es auch Fossilien«, sagt Tom Southern. »Gestern habe ich ein Stück gefunden. Möchten Sie es haben?« Er wühlt in der Tasche seines Kampfanzugs.

»Danke«, sagt Claudia. »Ist das ein Seestern? Du liebe Güte, dann war ja hier früher alles Meer.«

»Muß wohl so gewesen sein. Das rückt so manches gerade.«

»Ja«, sagt Claudia. »Das tut es.«

Sie sitzen da, halten die Teebecher mit ihren Händen umklammert. Im Zelt klappert immer noch die Schreibmaschine des Neuseeländers, am Himmel knallt und blitzt es nach wie vor, über den Sand schleppen sich die schemenhaften Gestalten.

»Ich schreibe ein Tagebuch«, sagt Tom. »Natürlich einigermaßen verschlüsselt, falls ich in die Kiste muß. Aber vielleicht will man sich ja irgendwann einmal daran erinnern, wie das alles hier war.«

»Und wie ist es?« fragt Claudia nach einem Moment.

Er zündet sich eine Zigarette an, schaut Claudia an. Im Mondlicht wirkt sein Gesicht nicht braun, sondern fast schwarz. »Hm... wie ist es? Na ja, ...« Doch bevor er weitersprechen kann, taucht der Neuseeländer auf, wedelt mit seinen getippten Seiten und bringt einen Flachmann mit Whisky mit. Dann wird beschlossen, daß Claudia (die natürlich protestiert) im Pressezelt schläft, die anderen auf dem Lastwagen. Tom Southern fährt morgen zur Küste, um Panzerersatzteile zu holen, und kann sie daher mitnehmen.

Claudia liegt in einem Schlafsack im Zelt. Sie schläft nicht sehr viel. Einmal hebt sie die Eingangsklappe des Zelts hoch und schaut auf den Sand hinaus. Dort stehen noch mehr Zelte, so klein, daß ihre Bewohner die gestiefelten Füße an einem Ende herausstrecken. An Lastwagen und Jeeps gelehnt liegen andere. Ein aus einem Benzinkanister gebauter Ofen glüht still vor sich hin. Sie dreht sich auf die Seite, und der Seestern, den sie in die Tasche gesteckt hat, drückt auf ihre Hüfte. Sie nimmt ihn heraus und behält ihn in der Hand, ab und zu gleiten ihre Finger über den kratzigen Stein, über die fünf symmetrischen Arme.

Nein, ich besitze ihn nicht mehr. Ich habe ihn in der Kairoer Wohnung als Briefbeschwerer benutzt. Er lag auf meinem Schreibtisch vor dem Fenster mit dem Fliegengitter, von wo ich beim Schreiben in den Garten mit Zinnien und Bougainvilleen und roten Lilien hinuntersah. Ein junger Gärtner kehrte jeden Morgen sehr langsam die Wege, oder er ging, von der französischen Herrin des Hauses getriezt, mit einem Wasserschlauch zwischen den Beeten umher. Als ich auszog, gab ich Madame Charlot die paar Habseligkeiten, die ich zusammengetragen hatte – ein Messingtablett aus dem Mouski, das Lederkissen, den Primuskocher. Vielleicht liegt der Seestern jetzt dort in diesem Garten, als Zierde an einem der Wegränder.

Madame Charlot bezeichnete sich selbst als Französin. Doch eigentlich war ihr Vater Libanese und ihre Mutter eine dieser für Kairo ganz und gar typischen Figuren, deren Herkunft so komplex ist wie diese Stadt – eine zierliche rothaarige alte Dame, deren Muttersprache durchaus Französisch zu sein schien, die jedoch auch Arabisch und Russisch sprach sowie ein reichlich verrücktes Englisch. Sie und ihre Tochter verlebten ihre Tage in einem stickigen, mit Empirestühlen und -sofas vollgestopften Zimmer, aus dem sie ab und zu auftauchten, um ihre Bediensteten zu schikanieren und ihre Untermieter mit inquisitorischen Blicken zu bedenken. Wenn Camillas Verehrer die Treppe hinauf- und hinunterpolterten, spähten Madame Charlots scharfe Augen hinter dem als Wandschirm dienenden Holzgitter hervor, das ihre Privatzimmer abtrennte. Unterhielten wir uns abends mit Freunden auf dem Balkon unserer Wohnung, so patrouillierte sie im Garten, goß die Reihen der dunkelroten Zinnien und warf heimlich immer wieder einen Blick nach oben. Immer trug sie formlose schwarze Kleider, im Winter darüber eine lange graue Strickjacke und den ganzen schwülen Kairoer Sommer hindurch Strümpfe. Ich habe nie gehört, daß sie irgend etwas über den Krieg oder ihren Ehemann sagte, den man niemals sah oder hörte. Vermutlich waren ihr beide derart ungelegen, daß sie ihre Anwesenheit durch Verschweigen in Grenzen hielt. Als ich von der Fahrt in die Wüste zurückkam, erzählte ich ihr, wo ich gewesen war, und sie blieb dann dabei, davon nur als *votre petite vacance* zu sprechen. Hat sie sich jemals Gedanken darüber gemacht, was ihr passieren würde, wenn die Deutschen nach Kairo kämen? Sie und ihre Mutter wären meiner Meinung nach einfach in dieses kosmopolitische Gebräu eingetaucht – wären andere geworden, hätten die Haut gewechselt, um sich dem Hintergrund anzupassen, wie diese anderen alten Kairoer, die Chamäleons, die auf den Bäumen im Garten saßen, schielend und mit zu Spiralen gerollten Schwänzen, und die unsichtbar mit ihren dreifingrigen, behandschuhten Händen über die Äste krochen.

Als ich zurückkehrte, war ich krank. Ich schrieb mit steigender Temperatur meinen Text, bestach Camilla mit einer Flasche »Evening in Paris«, damit sie das Zeug in das Büro des Zensors brachte, lag dann eine Woche lang mit Malaria ruhelos im Bett und fragte mich, ob ich das nicht alles im Fieberwahn erlebt hatte.

Lange vor Sonnenaufgang wird es unruhig, doch wirklich ruhig war es ohnehin die ganze Zeit über nicht. Die orange glimmenden Feuer erhellen die Dunkelheit, die der Morgendämmerung vorausgeht. Claudia teilt sich mit Jim Chambers und dem Neuseeländer eine halbe Flasche Wasser, um sich zu waschen. Als es hell ist, kommt Tom Southern mit einem Stapel Landkarten und Papieren aus dem Zelt des Kommandeurs und sagt, sie müßten jetzt los. Sie steigen in den Lastwagen – Tom fährt, Claudia sitzt neben ihm, die anderen beiden hinten. Jim und der Neuseeländer tragen Uniform – die allgegenwärtige, nachlässige Uniform aus Kordhosen, Tarnjacke und Mantel. Tom weist Claudia an, ihren grüngoldenen Ausweis als Kriegsberichterstatterin besser sichtbar zu befestigen – »sonst werden noch mehr Leute die Stirn runzeln als jetzt schon«. Er glaubt, er könnte ihnen einige Minuten mit dem Kommandeur des Panzerregiments verschaffen, das den Vorstoß der letzten Woche angeführt hat. Er wird sie am Flugfeld bei der Küstenstraße absetzen, von dort werden sie eine Möglichkeit zur Rückfahrt nach Kairo finden. Jim und der Neuseeländer diskutieren über ihre Chancen, irgendwoher einen Lastwagen zu bekommen, mit dem sie an die Front fahren könnten. »Nicht Sie, altes Mädchen, fürchte ich«, sagt Jim zu Claudia. »Sie werden damit zufrieden sein müssen, daß Sie bis hierher gekommen sind.« Claudia antwortet nicht, sie ist von dem Anblick abgelenkt, der sich ihr gerade bietet – eine Menge heruntergekommener Männer, die zu Hunderten in zerlumpten blaugrünen Uniformen im Sand sitzen (sie versucht, sie schnell zu zählen, indem sie sie in Zehnergruppen einteilt). Der Lastwagen donnert an ihnen vorbei, ziemlich schnell auf einem Streifen aus hartem, körnigem Sand, die Männer beobachten sie apathisch, bis auf einige wenige, die erstaunt Claudia als Frau erkennen. Einer steht auf und haucht ihr mit überdeutlicher Pantomime einen Kuß zu. Der Neuseeländer lacht: »Typisch Itaker!«

Das ist also der Feind, denkt Claudia. So sieht der Feind aus – ein Haufen ausgepowerter italienischer Kellner, Durchschnittsalter einundzwanzig. Sie sagt: »Sie sehen nicht besonders betrübt aus.« – »Sind sie auch nicht«, sagt Tom. »Die sind verdammt froh, daß sie aus dem Ganzen rausgekommen sind.«

Den ganzen Tag über fahren sie durch die schwelenden Überreste der vorausgegangenen Schlacht. In diesem Gebiet haben in der letzten Woche Vorstoß und anschließender Rückzug des Feindes stattgefunden. Diese tausend Quadratmeilen Ödnis waren fünf Tage und Nächte lang umkämpft, einige hundert Männer haben ihr Leben hier verloren. Und das Land ist unberührt, denkt Claudia. Der Sand beginnt schon, die Fahrzeugwracks zu verschlucken, die Benzinkanister und Drahtverhaue, nach einigen weiteren Stürmen werden sie endgültig versinken. In einigen Jahren wird alles verschwunden sein. Sie beobachtet Tom Southern, der in seine Karten vertieft ist; auch diese Kritzeleien sind willkürlich – der Sand setzt keine Begrenzungen, keine Ränder.

Tagsüber spricht sie mit unzähligen Männern. Bei jedem Halt spricht Tom Southern kurz mit irgend jemandem oder gibt eine Information weiter, sie verlieren sich in diesem leeren wie auch bevölkerten Landstrich aus Sand. Zahllose Fahrzeuge sind unterwegs – einzelne Motorradfahrer, die verbissen durch die Wüstenei knattern, Lastwagen, Panzerfahrzeuge, Zehntonner in langen Kolonnen, beschädigte Panzer, die in Werkstätten hinter die Linien gebracht werden, Krankenwagen, Jeeps. Und alle, die nicht unterwegs sind, haben sich irgendwie eingerichtet, in selbstgezimmerten Baracken und Unterständen, in Löchern im Boden verkrochen. Claudia hockt sich oben an einen Graben und spricht mit zwei Soldaten, die dort unten gerade Tee kochen. Sie reichen ihr einen Becher nach oben. Sie sind vom 1. Argyll-und-Sutherland-Regiment, sind nach zwei Wochen Fronteinsatz mager und drahtig wie zwei Foxterrier und scheinen sich dort unten im Sand recht wohl zu fühlen (so, denkt Claudia, müssen sich auch ihre Vorfahren in einer anderen unbarmherzigen Landschaft zurechtgefunden haben). Claudia raten sie jedoch, sich besser nicht selbst bei ihnen umzusehen – »die Idioten vom 80. waren hier, und denen ist es ziemlich egal, wie's bei ihnen aussieht.« Und tatsächlich steigt ihr der Latrinengeruch in die Nase, als sie den Becher mit Dank zurückgibt, sich einige Notizen macht und zu den anderen zurückgeht.

Sie spricht mit einem Offizier des 42. Hochländerregiments, der sich mit allergrößter Sorgfalt neben seinem

Zelt rasiert und meint, sie wären einander doch schon einmal in der Stadt begegnet, und: Kennen Sie zufällig die Broke-Willoughbys? Ein Pionier warnt sie vor einem Minenfeld, das man im nächsten *wadi* vermutet – in einiger Entfernung kann sie sehen, daß Männer geduldig den Boden Meter für Meter absuchen und den Sand mit ausgeklügelten Spinnennetzen aus Bändern und Pfosten markieren. Sie unterhält sich mit Männern, die den Dialekt von Gloucestershire, Wapping oder Kensington sprechen. Sie begegnet Schweigsamen und Redseligen: Die Maschinengewehrstellung dieses Mannes wurde überrannt, er hat als einziger überlebt – und beschreibt das alles in der nüchternen, schmucklosen Sprache eines Polizeiberichts. Ein anderer mit flammendroten Wüstengeschwüren auf dem ganzen Körper hat eine Freundin in Kairo – ob Claudia einen Brief für sie mitnehmen könnte? Sie kritzelt ihr Notizbuch voll. Die Sonne steht jetzt hoch am Himmel, die schwarzen Fliegen krabbeln über Hälse, Arme, Gesichter. Der Sand setzt sich in Nase, Augen und Ohren fest.

Sie halten am Hauptquartier einer Kompanie. Tom Southern nimmt Claudias Box, besteht darauf, sie zu fotografieren, wie sie am Lastwagen lehnt, lacht und protestiert. Als Mittagessen gibt es Rindfleisch aus der Dose und Tee. Das Wasser in ihren Flaschen ist inzwischen auch fast so heiß wie Tee. Claudia sitzt im Schatten des Lastwagens und tippt, während Tom mit einem energischen bärtigen Major plaudert, der sie mißtrauisch anschaut – »Pressefritzen?« hört sie ihn sagen. »Ich hab' schon genug am Hals, sag ihnen das. Tut mir leid, alter Junge.« Dann bedauert er es doch und kommt für einige Minuten zu ihnen – »Fürchte, wir haben da gerade ein kleines Problem – habe den Funkkontakt mit meinem Kommandeur verloren. Sonst könnten wir uns gern in Ruhe unterhalten.« Er sieht Claudia zweifelnd an. »Kümmern sich meine Leute auch richtig um Sie? Ich wußte nicht, daß die in Kairo euch Frauen überhaupt hierher lassen.« – »Tun sie auch nicht«, sagt Jim Chambers. »Miss Hampton hat ihre eigenen Methoden.« Claudia strahlt. Der Major schüttelt sich wie ein Hund und zieht sich in sein Zelt zurück.

Sie lassen diesen Hort der Zivilisation hinter sich und fahren weiter, aus dem Bereich der dichteren Truppenkonzentration und deutlicher markierten Spuren hinter den Linien heraus. Jetzt sind nicht mehr so viele Fahrzeuge zu sehen, Tom Southern hält öfter an, um seine Landkarten zu Rate zu ziehen, durchs Fernglas zu schauen und sich über Funk zu verständigen. Auf dem Weg zur Küstenstraße kommen sie an einem Vorratslager vorbei. Ihre Route führt sie durch ein flaches *wadi*, der Sand türmt sich zu beiden Seiten rund zehn Meter in geriffelten Hügeln, die die Sicht versperren, ab und zu gibt es Felsüberhänge mit schwarzen Schattenflecken, der Rest ist unbarmherzig gleißendes Weiß. Kleine fleischige Pflanzen kämpfen sich hier und dort nach oben; als Tom einmal hält, weil der Wagen aus einer Senke mit weichem Sand freigeschaufelt werden muß, sehen sie die Pfotenabdrücke eines Wüstenfuchses, die sich in einer Schlangenlinie den Hang hinauf ziehen.

Beim nächsten Halt, den Tom einlegt, um die Karten zu studieren, entschuldigt sich Claudia und steigt den Hügel hinauf. »Denken Sie an die Regeln, meine Liebe«, sagt Jim Chambers. Sie winkt mit einer Hand – geh niemals außer Sichtweite deines Fahrzeugs. Oben auf dem Hügel sucht sie sich einen passenden Felsen und hockt sich erleichtert dahinter in den Sand. Als sie wieder aufsteht und ihre langen Hosen hochzieht, gibt sie der Versuchung nach und geht schnell einige Meter auf die andere Seite des Dammes, von wo aus sie in das nächste *wadi* schauen kann – es ist breiter, tiefer und nicht leer. Ungefähr hundert Meter entfernt liegt auf die Seite gekippt ein zerstörter Panzerwagen, eine Achse ist herausgerissen. Und daneben liegt ein Körper.

Claudia zögert. Sie geht hastig zu dem Wrack hinunter.

Der Mann liegt mit dem Gesicht nach unten. Er hat blondes Haar, sein Stahlhelm liegt neben ihm, ein Teil seines Schädels ist in schwarze, blutige Stücke zerrissen, auch der Sand ist schwarz geworden, an einem Bein fehlt der Fuß. Fliegen krabbeln als glitschige Masse darüber. Und während sie das alles sieht, hört sie von der anderen Seite des zerstörten Wagens einen Laut. Sie sieht nach und findet noch einen zerfetzten Körper, doch dieser Körper bewegt sich. Seine Hand hebt sich von seiner Brust und fällt dann wieder zurück. Sein Mund öffnet sich und macht ein Geräusch.

Sie beugt sich nieder. Sie sagt: »Ich hole Hilfe. Es sind noch drei Männer da – ich komme gleich wieder. Können Sie mich hören? Es wird Ihnen gleich geholfen.« Sie glaubt nicht, daß er sie überhaupt hören kann. Eines seiner Augen ist eine purpurfarbene, dickliche Masse, der Sand unter ihm ist tiefschwarz, seine Hosen sind halb abgerissen und in einem Oberschenkel ist ein faustgroßes Loch, aus dem Ameisen krabbeln.

Sie rennt nach oben auf den Damm. Sie winkt und ruft. Die anderen kommen. Tom Southern nimmt sein Fernglas. »Sie waren da unten. Sie sind wohl verrückt. Die sind auf eine Mine gefahren. Dort können noch mehr sein.« – »Tut mir leid«, sagt Claudia. »Ein Mann lebt noch.« – »Trotzdem sind Sie verrückt«, sagt Tom. »Bleiben Sie dort ... Chambers, holen Sie den Verbandskasten aus dem Wagen, bitte.«

Er geht auf Claudias Spuren zum Lastwagen hinunter, beobachtet den Sand zu beiden Seiten. Einmal bleibt er stehen, mustert etwas ganz genau, bleibt wieder stehen. Schließlich erreicht er den Wagen und winkt Jim Chambers. Claudia und der Neuseeländer sehen vom Hügelkamm aus zu.

»Alles o. k.?« fragt der Neuseeländer.

»Alles o. k.«, sagt Claudia.

Die beiden Männer kommen zurück. »Er liegt schon ungefähr einen Tag lang dort, armer Bursche«, sagt Tom.

»Die Suchtrupps müssen sie übersehen haben.« Er sieht Claudia an. »Er hat Glück gehabt, daß Sie sich genau diese Stelle ausgesucht hatten. Ich gehe zum Wagen zurück und funke das Sanitätsdepot an, wir warten dann auf die. Ich habe für ihn getan, was ich konnte — viel ist wohl nicht mehr zu machen, armer Kerl.«

»Tut mir leid, daß ich mich wie eine Verrückte verhalten habe«, sagt Claudia.

Er betrachtet sie. »Na ja, Sie sind ja noch ganz geblieben. Machen Sie so was nicht noch mal, wenn Sie so bleiben wollen.«

8

»Hübsche Pflanze«, sagt die Schwester. »Die hat doch Ihre Schwägerin mitgebracht? Sagenhafte Farbe. Das ist eines von diesen Treibhausgewächsen, nehme ich an. Ich stell' es an die Heizung.«

Claudia dreht ihren Kopf. »Das ist ein Weihnachtsstern«, sagt sie. »Unverwüstliche Dinger. Sie wachsen im Sand. Ich würde es drauf ankommen lassen.«

Die Schwester steckt den Finger in den Topf und schüttelt den Kopf. »Nein, meine Liebe – da ist eine Art Torf drin.« Sie stellt den Blumentopf vom Fensterbrett. »So, dorthin. Wir wollen doch nicht, daß uns das eingeht, oder? Mrs. Hampton wäre außer sich.«

Nein, das wäre sie nicht. Sie würde mich anklagen, die Pflanze umgebracht zu haben. Das täte sie natürlich nur still für sich – nicht laut. Ich habe im Lauf der Jahre viele von Sylvias stummen Anklagen gehört.

Typisch für Sylvia, daß sie mir einen Weihnachtsstern bringt. Als ob sie etwas wüßte. Die von Geburt an Unbeholfenen sind sogar unbewußter Brutalitäten fähig.

Dieser Ort war einmal eine kleine Siedlung am Meer. Eine Linie aus Bruchsteinen zeigt an, wo einst weiße Stuckvillen und ein Café standen. Die Mauern des Cafés stehen noch, ein Schweppes-Reklameschild hängt dort, und über die Ruinen der Häuser breiten sich wuchernde Gewächse aus – lange Schleppen strahlend blauer Winden und eine Spitzendecke aus feuerroten Weihnachtssternen. Claudia pflückt einen, und sofort werden ihre Finger klebrig von dem weißen Saft. Sie läßt die Blüte in den Sand fallen und wischt sich die Finger an ihrer Hose ab. Die Blumen sind erstaunlich. Kurz zuvor sind sie durch ein Camp gefahren, in dem ganze Flecken voller

Narzissen und Levkojen zwischen den Zelten sprossen, die Soldaten liefen dazwischen umher, in der Luft lag Blumenduft.

»Letzte Woche hat es geregnet«, sagt Tom Southern. »Die Samen schlummern wohl im Boden.«

Monate- oder jahrelang, denkt Claudia, wirklich außergewöhnlich. Und noch viel außergewöhnlicher ist es, ausgerechnet jetzt und an diesem Ort mit jemandem über Pflanzen zu sprechen. Auf der Küstenstraße rollt ein endloser, khakifarbener Verkehrsstrom nach Westen, ein Konvoi nach dem anderen kriecht im unerbittlich langsamen Tempo der Armee dahin, Panzer und Selbstfahrlafetten, Zehntonner, Krankenwagen, Panzerwagen. Dahinter glitzert das Mittelmeer als große, blaue, geschwungene Linie, auf der die grauen Konturen von Schiffen vor dem Horizont stehen. Am Himmel dröhnen Flugzeuge.

»Sie haben gefragt«, sagt er, »wie es hier draußen ist. Ich nehme an, Sie wollen das für Ihren Artikel wissen?«

Sie sitzen jetzt auf der niedrigen Mauer, die einst den Vorgarten des Cafés eingefaßt hat. Jim Chambers und der Neuseeländer sind an die Front aufgebrochen, als sie eine Mitfahrgelegenheit aufgetan hatten. Tom Southern wird Claudia einem von den Fliegern übergeben, der zum Flugplatz fährt und angeboten hat, sie in einem Transportflugzeug nach Kairo unterzubringen. Der Mann hat gerade eine Verabredung mit jemandem von der Kommandostelle und wird bald zurück sein. Und Tom wird weiterfahren, seinen Panzer abholen, zu seiner Einheit zurückkehren, wieder auf dem Vormarsch sein.

»Nein«, sagt sie. »Das möchte ich für mich wissen.«

Er zögert. »Dazu gibt es viel zu sagen. Langweilig, unbequem, erschreckend, aufregend. Das alles in schneller Folge. Eigentlich ziemlich ausgeschlossen, das jemandem zu vermitteln.« Er sieht sie eindringlich an. »Tut mir leid – ich kann das nicht so gut. Es ist wie ein Konzentrat des ganzen Lebens, aber alles im selben Moment. Die Zeit ist völlig aus den Fugen. Eine Stunde kann einem wie ein Tag vorkommen oder ein Tag wie eine Stunde. Wenn man mit einer solchen Geschwindigkeit aus einem Bewußtseinszustand in einen anderen geworfen wird, gewinnt die gegenständliche Welt eine außerordentliche Klarheit. Ich habe schon ganze Minuten vor einem Felsen gesessen und habe seine Strukturen angestarrt, oder einem Insekt zugeschaut.« Er schweigt einen Augenblick. »Mein Fahrer wurde bei unserem ersten Angriff getötet. Wir waren zusammen in der Ausbildung. Eine Woche vorher hatte er Geburtstag, den haben wir mit einer Büchse Pfirsiche und etwas Whisky gefeiert. Er wurde dreiundzwanzig. Und am selben Tag hatten wir beide eine Fata Morgana gesehen, ein ganzes Oasendorf – Palmen, Lehmhütten, Kamele, Menschen, die dort umhergingen. Ich dachte, ich hätte Fieber, bis er sagte: ›Himmel, Sir – sehen Sie sich das an!‹ Man fährt auf diese Bilder zu, und währenddessen verschwinden sie, zerlaufen vor den Augen. Doch irgendwo existiert dieser Ort tatsächlich und führt sein eigenes Leben, völlig ungerührt und gleichgültig. Und jetzt denke ich an meinen Fahrer – Unteroffizier Haycraft aus Nottingham –, und wenn ich hundemüde bin, wie ein lebendes Gespenst herumlaufe, beschäftigt mich die eine Frage: Wohin ist er verschwunden? Wie kann ein Mann am einen Tag neben mir im Panzer sitzen und am nächsten Tag weg sein? Wie?«

»Ich weiß es nicht«, murmelt Claudia. Sie schaut auf seine Füße, einer seiner sandverkrusteten Stiefel steht auf einem großen leuchtenden Weihnachtsstern, knallrot mit goldenem Schaum in der Mitte.

»Wir haben ihn am selben Abend begraben. Der Pfarrer hat alles Nötige gemacht. Vielleicht hätte ich den Pfarrer fragen sollen, wohin Unteroffizier Haycraft verschwunden ist. Ziemlich peinliche Frage. Aber womöglich gehen Sie in die Kirche?«

»Nein«, sagt Claudia. »Ich gehe nicht in die Kirche.«

»Dann habe ich Sie nicht beleidigt. Das kann man nie wissen. Hier draußen ist man ganz schön fromm, da wären Sie überrascht. Der Herr ist sehr gefragt. Er ist auf unserer Seite, nebenbei bemerkt, das wird Sie freuen – zumindest geht man davon aus, daß er es ist.«

»Werden wir den Krieg gewinnen?« fragt Claudia.

»Ja. Ich denke schon. Nicht weil der Herr eingreift oder weil die Gerechtigkeit siegt, sondern weil wir letzten Endes über die besseren Mittel verfügen. Kriege haben wenig mit Gerechtigkeit zu tun. Oder mit Tapferkeit oder Opfern oder den anderen Geschichten, die man üblicherweise damit verbindet. Mir war das vorher nicht klar genug. Über den Krieg ist viel Falsches geschrieben worden, glauben Sie mir. Er hatte bisher eine unverdient gute Presse. Ich hoffe, Sie und Ihre Freunde tun einiges, um das richtigzustellen.«

»Das hoffe ich auch«, sagt Claudia.

»Obwohl ich dabei eher an die Chronisten denke als an die Reporter. Ich gehe davon aus, daß Sie sich nicht als Chronistin verstehen. Die waren nämlich nicht mitten drin in dem Schlamassel und konzentrieren sich daher auf Gerechtigkeit und Tapferkeit und das alles. Und auf Statistiken. Wenn man sich als Teil einer Statistik wiederfindet, sieht es ziemlich anders aus.«

»Ja«, sagt Claudia. »Das beginne ich zu verstehen.«

»Was machen Sie«, fragt Tom Southern, »– wenn Sie nicht im Dienst der freien Presse um die Welt reisen?«

Claudia fallen mehrere mögliche Antworten ein. Sie ist überrascht von sich selbst. Derart abgewogene Antworten sind sonst nicht üblich bei ihr. Sie möchte nicht burschikos klingen, nicht albern, ausweichend oder anmaßend. Schließlich sagt sie: »Ich habe zwei Bücher geschrieben.«

»Was für Bücher?«

Claudia schluckt. »Na ja... ich glaube, Sie würden Geschichtsbücher dazu sagen.«

Tom Southern betrachtet sie nachdenklich. »Geschichtsbücher«, sagt er. »Ich habe mich früher auch ziemlich intensiv für Geschichte interessiert. Damit meine ich, daß ich gern etwas darüber gelesen habe. Eigentlich immer solche Bücher bevorzugt habe. Vermutlich werde ich im Lauf der Zeit da auch wieder weitermachen. Zur Zeit sehe ich das etwas anders. Wenn alles aus dem Geleis ist, dann wird man unangenehm darauf gestoßen, daß Geschichte wahr ist und daß man selbst leider ein Teil von ihr ist. Man neigt ja dazu, sich selbst für unverletzbar zu halten. Und dies ist einer der Punkte, an denen sich die Unverletzbarkeit als Hirngespinst erweist. Ich würde lieber wieder solchen Hirngespinsten nachhängen.«

Claudia fällt dazu nichts zu sagen ein. Überhaupt nichts. Sie sitzt auf dem zerstörten Mäuerchen des ehemaligen Cafés am Meer, die Konvois poltern vorbei, und dahinter glitzert das Meer; schmutzige, sandfarbene Gestalten gehen vorüber. Einer von denen, das kann sie aus dem Augenwinkel erkennen, schlägt ihre Richtung ein. Vermutlich ist das der Flieger, der sie zum Landeplatz bringen wird. Sie sieht Tom Southern an; vor achtundvierzig Stunden hat sie diesen Mann noch nicht gekannt. Jetzt merkt sie, auf welch beunruhigende Weise ihr seine gute Meinung wichtig ist.

»Ich weiß nicht, was ich sagen soll«, sagt sie.

Er lacht. »Dann seien Sie still und schreiben Sie etwas auf. Deshalb sind Sie doch hier, oder?«

»He, ihr«, schreit der Mann, der näherkommt.

Tom Southern steht auf. »Das ist er wohl.« Er streckt die Hand aus. »Kommen Sie gut nach Kairo zurück.«

Sie schütteln sich die Hände. »Vielen Dank für alles, was Sie getan haben«, sagt Claudia.

»Das war kein besonderer Aufwand«, sagt Tom. Dann ist es still.

»Vielleicht...«, setzt Claudia an.

Doch er unterbricht sie. »Vielleicht könnten wir uns einmal treffen, wenn ich Urlaub habe?«

Kriege werden von Kindern geführt. Von ihren verrückten, dämonischen Eltern ausgeheckt und dann von Jungen geführt. Das sage ich jetzt, voller Überraschung darüber, wie jung die Menschen sind, und habe vergessen, daß nicht sie die Jungen sind, sondern ich die Alte bin. Und doch sind die Gesichter von der russischen Front, den Millionen und Abermillionen toten Deutschen, toten Ukrainern, Georgiern, Tataren, Letten, Sibirjaken die weichen, faltenlosen Gesichter der Jugend. Wie auch die Gesichter an der Somme und von Passchendaele. Wir anderen werden alt und erzählen einander, was damals wirklich geschehen ist; sie jedoch werden das nie wissen, wie sie auch damals nichts davon gewußt haben. Die Zeitungsarchive sind voll von diesen Kindergesichtern, die fröhlich von den Decks der Truppentransporter, aus Zugfenstern, von Tragbahren herunter grinsen. Auf der Suche nach Wahrheit und Fakten, in Ausübung meines Berufes habe ich sie gesehen und dachte daran, wie ungreifbar jegliche Wahrheit oder Tatsache ist, so daß diese Gesichter jedem Betrachter anders erscheinen. 1941 habe ich keine Jungen gesehen.

Auch nicht das Grau alter Zeitungen. Vor dem geistigen Auge steht in Breitwandformat ein heißes Land, so strahlend, daß ich immer noch zu blinzeln meine, von dieser erbarmungslosen Sonne geblendet, und mich in einer in der Glut flimmernden Landschaft bewege. Trugbilder... Ja, die Spiegelwelt, die sich auflösende Oase ist jetzt in meinem Kopf, nicht in seinem, und er ist dabei.

Nach meiner Rückkehr aus der Wüste war ich krank. Ich erholte mich und war wieder in Kairo unterwegs, drei Kilo leichter und von Madame Charlot und ihrer Mutter mit zufriedenen Klagen bedacht, da sie mir voraussagten, ich würde in Monatsfrist sterben, wenn ich nicht Bettruhe hielte. Ich hatte keine Zeit, krank zu sein. Die meisten Europäer waren sowieso ständig ein wenig krank. Ich schrieb meine Erfahrungen aus der Wüste auf (drei Tage, drei armselige Tage – aber immer noch mehr, als einige meiner männlichen Kollegen vorzuweisen hatten), quälte die Leute im Büro des Zensors und bombardierte jeden Herausgeber, der mir einfiel. Und in der Zwischenzeit verrannen die Wochen mit der gewohnten Abfolge aus Gerüchten, dem Gerede über einen neuen Vorstoß, wieder einen Rückzug, der Ankunft dieses Generals oder jenes Diplomaten. Ich hing immer in den Korridoren herum, wartete auf eine Gelegenheit für ein Gespräch mit Soundso, oder saß mit gespitzten Ohren in Cafés und Restaurants, neben Swimmingpools oder in Nachtclubs herum. Ich besaß einen alten Ford V8, in dem ich mit den staubigen Straßen voller Schlaglöcher kämpfte, wenn ich nach Heliopolis oder zu den Pyramiden, nach Maadi oder zum Flugplatz fuhr, um die Banalitäten eintreffender Würdenträger festzuhalten. Ich hatte zu viel zu tun, um über etwas anderes als meine Arbeit nachzudenken. So viel, daß ich es fast nicht mitbekam, als Tom Southern anrief.

Der Eisbär liegt in einem Becken mit dreckigem Wasser, seine dunkelgelben Flanken heben und senken sich, sein Fell ist so ungepflegt wie ein schlecht gemähter Rasen.
»Gemein«, sagt Claudia. Es ist Mai, und 35 °C im Schatten.
»Wie zivilisiert ein Land ist, kann man immer daran feststellen, wie Tiere dort behandelt werden«, sagt Tom. »Der Nahe Osten rangiert dabei ziemlich weit unten, soweit ich weiß.«
»Das halte ich nicht aus«, sagt Claudia. »Lassen Sie uns die Löwen suchen.«
Der Zoo ist wie ein Garten im französischen Stil angelegt, Zinnien und Petunien sind in geometrischen Beeten gepflanzt, die Ränder der sauber geharkten Kieswege werden von einander überlappenden Drahtbögen begrenzt, im Schatten von dekorativen Kiosken sitzen strickende, schwatzende Mädchen und beaufsichtigen die europäischen Kinder, die hin und her rennen und auf

Französisch oder Englisch kreischen. Kinderwagen sind unter Palmen und Kasuarinen abgestellt. Ein kleines Mädchen in blauem Kittel, passendem Haarband und weißen Söckchen starrt Tom und Claudia aus runden Augen an, als sie vorbeigehen. Zwischen den Bäumen und Büschen erhebt sich das Dschungelgeschrei und Gebrüll der Vögel und in Gehegen eingesperrten Tiere. Die Beschriftungen sind in Englisch, Französisch und Arabisch. Ein Elefant wandert mit seinem Wärter über die Gehwege; wenn man ihm ein Fünfpiasterstück gibt, grüßt er und gibt die Münze an den Wärter weiter, der grinst und ebenfalls grüßt. Die Nilpferde teilen sich einen kleinen See mit Flamingos und Enten, daneben steht ein Wärter mit einem Eimer Kartoffeln – fünf Piaster kosten zwei Kartoffeln, die man dann in das rosafarbene Maul der Nilpferde werfen kann. Die erwachsenen Nilpferde stehen ständig mit aufgerissenem Maul da, während zwei jüngere, die das Ganze noch nicht verstanden haben, gereizt auf und ab laufen und gelegentlich von schlecht gezielten Kartoffeln getroffen werden.

»Wie ein exotisches Ringelspiel«, sagt Tom. »Möchten Sie mal?«

»Ist Ihnen klar, daß Kartoffeln hier eine Luxusware sind?« sagt Claudia. »Ich weiß gar nicht mehr, wann ich das letzte Mal eine Kartoffel gegessen habe. Wir haben immer Yams. Yamsmus, geröstete Yams, gekochte Yams. Neunzig Prozent der Bevölkerung haben nicht einmal das.«

»O je«, sagt Tom. »Wird Ihnen die Empörung jetzt den Tag verderben? Die Nilpferde sind jedenfalls glücklich, scheint mir.«

Doch Claudia weiß, daß nichts ihr den Tag verderben kann – nicht die Hitze, die unangenehme Infektion an einem Insektenstich auf ihrem Arm, das Bewußtsein, daß nach dem Heute ein Morgen kommt. Sie lebt von Minute zu Minute, sie fühlt sich wie in einem Zustand der Gnade. Beruhige dich, sagt sie sich. Bloß weil dir das noch nie passiert ist. Weil du das reife Alter von einunddreißig Jahren erreicht hast, ohne diesen speziellen Zustand der Geistesverwirrung erfahren zu haben. Denn ganz sicher ist das eine Geistesverwirrung, nur mit allergrößter Kraft kann sie sich davon abhalten, ihn anzusehen, anzufassen.

Sie kommen an Gehegen mit Gazellen und Antilopen vorbei, an Affen- und Vogelkäfigen, durch das stinkende Löwenhaus. Graue Reiher stolzieren über die Pfade oder stehen wie Standbilder still auf einem Bein neben den strickenden Kindermädchen. Gärtner mit Wasserschläuchen pflegen die Blumenbeete, es riecht nach fetter, dampfender Erde. »Vor drei Tagen«, sagt Tom, »habe ich mich mit einem Typen fast um den letzten Wasserkanister vom ersten Tankwagen geprügelt, den wir seit zwei Tagen zu Gesicht bekamen. Aber das war zu einer anderen Zeit und an einem anderen Ort. Hier ist es wie in einem durchgedrehten Märchenland.«

Vom Tierpark nehmen sie einen Wagen zum Club. Dort wird noch besitzergreifender auf die Kinder aufgepaßt, Unmengen Wasser und intensive Arbeit waren für die weite Rasenfläche nötig, im ganzen Areal hört man helle, selbstbewußte englische Stimmen. Tom und Claudia ziehen ihre Badeanzüge an, sitzen nach Nivea-Sonnencreme duftend unter einem Sonnenschirm neben dem Pool, ein Suffragi bringt ihnen Drinks in hohen Gläsern, in denen die Eiswürfel klirren. Der Swimmingpool ist von einem intensiven Türkis, ein Mosaik aus grellen Lichtreflexen, die immer wieder brechen, wenn jemand von einem der Sprungbretter ins Wasser taucht. Schließlich springen auch Tom und Claudia ins Wasser, dort riecht es nicht mehr nach Nivea, sondern nach Chlor. Claudia schwimmt auf dem Rücken und beobachtet, wie Tom auf das höchste Sprungbrett klettert. Dort steht er, eine dunkle Silhouette vor dem strahlend blauen Himmel, das Brett wippt unter seinem Gewicht; auf diese Entfernung ist er nicht zu erkennen, seine Silhouette ist einfach die menschliche Silhouette schlechthin – Kopf, Torso, Beine. »Armes, nacktes, zweibeiniges Tier«, murmelt sie, während sie im Wasser treibt, und kichert, ein bißchen beschwipst von Gin Tonic. »Wie bitte?« sagt ein Schwimmer, der gerade vorbeikommt, ein glatter, zur Seite gewendeter Seehundkopf. »Oh, nichts«, sagt Claudia. »Überhaupt nichts.« Und dann stellt sich Tom auf dem Sprungbrett auf die Zehenspitzen, hebt die Arme und stößt sich ab; Augenblicke später taucht er prustend neben ihr wieder auf, ist kein Symbol mehr, nur eine von den sonnengebräunten Gestalten im glitzernden Wasser.

Und dann kommt nach dem langen heißen Nachmittag der lange heiße Abend. »Haben Sie zu tun?« fragt Tom. »Ich dachte, wir könnten vielleicht zusammen zu Abend essen.« Und Claudia hat nichts zu tun (das wird auch in der nächsten Zukunft so sein, in den drei oder fünf Tagen oder wie lang auch immer er Urlaub hat). Sie essen. Sie gehen am Nil spazieren, wo die weißen Segel der Felukken in der Dämmerung vorbeigleiten und die Reiher aus dem Delta hereinschweben, um neben der Englischen Brücke zu schlafen, die graugrünen Bäume sehen dann aus, als hätte man sie über und über dekoriert. Gebrochen ist dieser Tag, und der nächste und der übernächste ebenfalls, sie sind in hundert austauschbare Teile zerlegt, jedes strahlend und in sich abgeschlossen, die Stunden folgen nicht mehr aufeinander, sondern liegen da wie bunte, verlockende Süßigkeiten in einem Glas. Im einen Moment lehnen Tom und Claudia an der Brüstung der Zitadelle, ausgebreitet vor ihnen die sandbraune Stadt mit ihren Minaretten, am Horizont die Pyramiden wie graue Scherenschnitte. Dann wieder stehen sie am Fuß der Cheopspyramide, wo es von Kamelen und Eseln wimmelt, die mit Troddeln, Ketten und Geschirren in Braunrot und Orange behängt sind; neben dem mittelalterlichen Dekor der Tiere sind die Touristen ein trister Haufen – in ihren khakifarbenen und marineblauen Uniformen oder der prosaischen europäischen

Hochsommerkleidung in Weiß oder Beige. Die Pyramiden sind gut fürs Geschäft, sie herrschen über ein lebhaftes Handelszentrum – man kann Postkarten kaufen oder Fliegenwedel, auf Eseln namens Telephone, Chocolate oder Whisky-Soda reiten, mit einem Führer zur Spitze der Cheopspyramide hinaufklettern, auf der überall kleine Gestalten herumkrabbeln.

Mit guter Kondition braucht man dafür angeblich nur vierzig Minuten. Den meisten Kletterern gelingt das, da sie durch das Leben in der Wüste trainiert sind. Claudia findet es seltsam, daß Männer, die den ausgedehntesten Krieg aller Zeiten führen, ihre freie Zeit damit verbringen, einen im Altertum künstlich aufgerichteten Berg zu ersteigen.

»Nein, danke«, sagt sie. »Ich glaube ohnehin nicht, daß ich das schaffe. Gehen Sie.«

»Ich nicht«, sagt Tom. »Ich gerate vielleicht in Panik und falle herunter. Ein schmähliches Ende. Was sollte das Kriegsministerium meinen Eltern sagen?«

Daher gehen sie statt dessen zur Sphinx. »Also«, sagt Tom. »Da ist sie. Keine selbstverliebten literarischen Ergüsse, sondern massiver Felsen. Wenn das hier alles vorbei ist, werde ich mich um einen Posten in Indien bewerben. Da kann man sich in Zeiten wie diesen hervorragend auf das Wesentliche konzentrieren – all diese Erinnerungen an die Vergangenheit.«

»Wann wird denn das alles hier vorbei sein?« fragt Claudia.

Er zuckt die Schultern. »Wer weiß das schon? Ihre Vermutungen sind da genauso gut wie meine.« Und plötzlich nimmt er ihre Hand. »Noch nicht«, sagt er. »Jetzt noch nicht.«

Er schläft. Er liegt nackt neben ihr und schläft. Im Dämmerlicht des Zimmers kann sie nur die vertrauten Umrisse von Kleiderschrank, Frisiertisch, Stuhl und nun diesen unvertrauten langen Körper im Bett erkennen. Es ist ein Uhr morgens. Draußen sirren die Insekten in den Gärten von Gezira, eine Katze maunzt. Gleich muß Claudia ihn aufwecken, damit er in sein Hotel zurückgehen kann, da Madame Charlots feine Antennen am Morgen mit Sicherheit seine Anwesenheit entdecken würden. Also müssen Tom und Claudia die Treppe hinunterschleichen und behutsam die Haustür öffnen. Doch bis dahin kann Claudia ihn einige kostbare Minuten lang noch betrachten.

Er ist so braungebrannt, daß die Körperteile, die nicht der Sonne ausgesetzt waren, unnatürlich blaß wirken – sie schimmern in der Dunkelheit: die Füße, die Armbeuge, das Gesäß und vor allem der Schritt. Am Nabel verändert sich die Färbung der Haut – oben ist alles braun, darunter ist ein anderer Mann, wie ein Krustentier, bei dem sich unter einer schützenden Schale eine zweite, weiche und verletzliche Kreatur verbirgt. Weiße Haut, dunkle, lockige Haare, und der gekrümmte Penis in der Mitte, mit der knotigen Eichel. Sie legt die Hand darüber, Tom wacht nicht auf, aber sein Penis bewegt sich unter der Berührung ein wenig.

Vor einer Stunde hat Tom über ihr gekniet. Und da er den Ausdruck in ihren Augen als Panik mißverstand, sagte er: »Du bist nicht... Claudia, ich bin doch nicht der erste?« Sie konnte nicht sprechen – nur ihre Arme ausstrecken. Sie war nicht in der Lage zu sagen: »Ich habe keine Angst vor dir, sondern vor meinen Gefühlen.«

Sie nimmt ihre Hand von seinem Schritt und berührt seinen Arm. »Tom?« sagt sie. »Tom?«

Die großen Kinos zeigen ›Snow White‹, ›Road to Rio‹ und einen Film mit Sonja Henie. Es gibt ein Wohltätigkeitsfest für den Unterstützungsfonds der Armee und in der Kathedrale einen Chorabend. Bei »Groppi's« findet ein nachmittäglicher Teetisch statt, im »Shepheard's« ein englischer Sonntagslunch. Der Club bietet ein Rennen oder ein Polomatch.

»Nein«, sagt Tom. »Nichts von all dem. Heute möchte ich etwas von der Stadt hier sehen, wenn bei dem ganzen Tohuwabohu des Krieges überhaupt noch etwas davon zu sehen ist.«

Sie laufen durch die lauten, lebhaften Straßen der Altstadt von Kairo, wo sich die Gerüche von Tieren, Menschen, Kerosin, Kaffee, Abwässern, geröstetem süßem Mais und Bratfett zu einem kräftigen Humus verdichten. »Möchtest du einen Ring mit einem Skarabäus?« sagt Tom. »Einen Kelim? Eine Galabijah? Ein Kissen mit dem Bild von Nofretete? Ich möchte dir etwas schenken. Laß uns etwas suchen, das du mit feuchten Augen anschauen kannst, wenn ich fort bin. Bloß bist du nicht so ein Mädchen, oder? Ich bin mir überhaupt nicht darüber im klaren, welche Art Mädchen du eigentlich bist. Selbständig, scheint's. Unabhängig?«

»Bis zu einem gewissen Punkt« murmelt Claudia, die in die schwarze Höhle eines kleinen Ladens schaut, aus deren Tiefen der Besitzer winkt und dutzendweise Lederslipper anpreist. »Aber nur bis zu einem gewissen Punkt.«

»Aha«, sagt er. »Auch wenn es also nichts mit den feuchten Augen wird, könnte ich mich doch irgendwie einschmeicheln, ja?« Der Schuhverkäufer ist aus seinem Bau herausgekommen und müht sich mit einem Maßband an Claudias Füßen ab. »Nein«, sagt sie. »Nein, danke.« – »Billig. Sehr billig. Ich mache guten Preis.« – »Ja, das glaube ich Ihnen – aber trotzdem: nein.« Er umklammert jetzt ihren Knöchel. »Das reicht«, sagt Tom. »Wir wollen sie nicht. *Imshi*...« Und dann: »O Gott – warum sprechen wir so mit diesen Menschen? Die einzigen arabischen Wörter, die ich kenne, sind Kommandos oder Schimpfworte.« – »Seit Jahrhunderten hat man so mit ihnen gesprochen«, sagt Claudia. »Ich nehme an, sie sind das gewohnt.« – »Trotzdem wäre es ganz schön, wenn man dieses Schema einmal hinter sich lassen könnte.« – »Wir sind auch darauf festgelegt«, sagt Claudia. »Manche mehr, andere weniger, oder sie möchten es zumindest weniger sein.«

»Eine Brosche?« sagt er. »Eine silberne Filigranbrosche? Eine Flasche mit einem Parfüm, das ›Mystery of the Orient‹ heißt? Eine Messingpyramide als Briefbeschwerer? Irgend etwas mußt du doch gebrauchen können. Laß mich dich verwöhnen. Geschenke zu machen ist eine der besitzergreifendsten Handlungen der Menschen, ist dir das schon einmal bewußt geworden? Auf diese Art und Weise halten wir jemanden fest. Pflanzen uns in seinem Leben ein.«

»So einen hätte ich gern«, sagt Claudia. Daher kauft er ihr einen Ring, einen breiten Ring, dessen konisch geformte Vorderseite sich an einem Gelenk aufklappen läßt. Ein Giftring, erklärt der Verkäufer. Für Ihre Feinde. »Direkt aus ›Tausendundeine Nacht‹«, bemerkt Tom. »Bist du sicher, daß du das willst? Was hast du für Feinde?« Doch Claudia antwortet, ja, sie möchte so einen. Der Ring ist schwer. Später an diesem Tag – oder vielleicht auch am folgenden – füllt Tom die kleine Dose mit Sand von den Mokattam-Hügeln, zu denen sie in ihrem Ford V8 gefahren sind. Es ist Abend, zu dieser Zeit wirken die Mokattams von Kairo aus gesehen lilafarben. Claudia sagt, der Sand müßte blau sein, doch das ist er nicht, es ist der gleiche braune Sand wie überall.

Nachts wirkt der Nil wie mit Edelsteinen verziert. Über die Brücken spannen sich bunte Lichterketten, an den Ufern sind die Hausboote hell erleuchtet, mit Gold geschmückt, das vor dem Hintergrund des dunklen Wassers glitzert. In einem dieser Hausboote ist ein Nachtclub, die Musik dröhnt bis in den frühen Morgen.

»Er besteht darauf, daß kein Tisch frei ist«, sagt Tom.
»Gib ihm fünfzig Piaster«, sagt Claudia. »Dann wird ganz wundersam alles möglich sein.«

Sie sitzen etwas eingeengt mitten in einer Gruppe von Offizieren des 11. Husarenregiments (niedere Ränge sind nicht zugelassen) und einigen Krankenschwestern vom Krankenhaus in Heliopolis. Die Offiziere bewerfen einander mit Brotstückchen, und irgendwann stimmen einige ihr altes Lied aus der Schulzeit an. Vorne tanzt eine stark geschminkte Bauchtänzerin; die Krankenschwestern können sich vor Lachen kaum halten. Es gibt auch eine Sängerin, die die Nacht mit klangvollen, schmachtenden arabischen Liedern erfüllt. Einer der Husaren taumelt betrunken zum Mikrophon, als sie geendet hat, und parodiert sie, indem er sich den Bauch hält und die Augen rollt. Der Conférencier steht verlegen grinsend daneben, die anderen Offiziere lachen sich halbtot.

»Ich glaube, mir reicht's hier«, sagt Tom. »Ich bin offensichtlich weniger abgehärtet als du.«

Camilla winkt ihnen zu — sie gehört zu der fröhlichen Gruppe, die jetzt eingelassen werden möchte.

»Wer ist das?«

»Ein Mädchen, mit dem ich zusammen wohne«, sagt Claudia. »Gehen wir. Die können dann unseren Tisch haben.«

Auf der Brücke bleiben sie stehen, sehen vom Geländer aus auf den Fluß hinunter. Es ist wenig Verkehr, nur ab und zu eine späte Straßenbahn, einige Autos und Kutschen. Das Hausboot, von dem sie jetzt ein Stück entfernt sind, dröhnt noch voller Leben.

»Es gibt Momente«, sagt Tom, »in denen mir diese Stadt abgelegener erscheint als die Wüste.«

»Ich habe sie immer noch nicht ganz angenommen. Vielleicht kommt das noch.«

»Vermutlich wirst du ein Buch über all das schreiben, wenn die Geschichte hier vorbei ist«, sagt er.

»Nein.«

»Wie kannst du dir da so sicher sein? Die meisten von deinen Kollegen im Pressecorps legen doch schon ihre Stoffsammlungen an, das merkt man.«

Warum ist sie so sicher? Sie weiß es nicht — nur, daß es so ist. »Wenn es keinen Krieg gegeben hätte«, sagt sie,

»hätte ich eine ausführliche Studie über Disraeli geschrieben.«

»Aha. Statt dessen bekommst du jetzt eine kräftige Dosis Wirklichkeit. Na, Disraeli ist auch dann noch ein Thema, wenn der Krieg vorbei ist.«

Kurz darauf sagt Claudia: »Was hast du vor, wenn der Krieg vorbei ist?«

»Das hängt ziemlich davon ab...« Er schaut sie an und dann auf das Wasser, »... was sonst noch passiert.« Er nimmt ihre Hand. »Laß uns ein anderes Mal darüber sprechen. Nicht ausgerechnet jetzt.«

9

Inzwischen kann man nicht mehr auf die Große Pyramide klettern. Eine Tafel warnt in Englisch und Arabisch: »Nicht auf die Pyramiden steigen«. – »Sind die verrückt?« fragte der Texaner. »Wer würde in dieser Hitze schon an so etwas denken?« Ich zuckte die Schultern und erklärte ihm, daß das im neunzehnten Jahrhundert ein allgemein beliebter Sport war. Neben anderen ist auch Gustave Flaubert dort hinaufgestiegen. »Ist das Ihr Ernst? In den Klamotten, die die damals anhatten?« Ein wenig Unzufriedenheit lag in seiner Stimme; er starrte auf die in steilen Stufen ansteigende Vorderfront der Pyramide. Ich wußte, daß er sich irgendwie betrogen vorkam: wenn Pyramidenklettern früher einmal zum Programm gehört hatte, dann sollte es ihm jetzt bitte nicht vorenthalten werden. Er hätte sich schon hinaufgearbeitet, so wie er sich vor einer halben Stunde vorsichtig auf einen Kamelrücken gehievt hatte. Er hatte immer Lust auf Neues, das gefiel mir an ihm.

Es liegen auch keine Hausboote mehr vertäut an den Nilufern. Die Reiher schlafen nicht mehr bei der Englischen Brücke, und die Poloplätze sind verschwunden. All das ließ mich ziemlich kalt, und ich glaube nicht, daß ich diese Dinge überhaupt vorfinden wollte. So wie einem das eigene Ich früherer Zeiten unerreichbar ist, sollte es auch mit den Landschaften der Vergangenheit bleiben. Jedenfalls wäre ich vor dem Gedanken zurückgeschreckt, dem Texaner das Polospiel zu erklären.

In Ägypten gab es einmal eine Stadt namens Memphis. Ich werde Memphis ziemlich viel Platz einräumen, in meiner Geschichte der Welt; denn das Schicksal dieser Stadt ist eine heilsame Geschichte, die recht deutlich die Vergänglichkeit von Orten vor Augen führt. Zu Zeiten der Pharaonen war Memphis eine blühende Gegend mit

Häusern, Tempeln, Werkstätten – ein Zentrum von Macht und Religion, der Sitz der Regierung, ein Magnet für Künstler und Handwerker: Washington, Paris und Rom zusammengenommen an den Ufern des Nils. Deiche schützten es vor den Hochwasserfluten. Es klingt paradiesisch – eine Stadt voller Palmen und Grün auf dem fruchtbarsten Boden, wo Unter- und Oberägypten aufeinandertreffen, mit majestätischen Tempeln und breiten, von Sphinxen gesäumten Straßen. Memphis war der Mittelpunkt einer intelligenten, komplexen Gesellschaft, deren Leben völlig anders verlief als im Rest der Welt, die aufgemauerte Häuser errichtete, als man in Europa noch in Höhlen lebte, die die dekorativste Schrift überhaupt entwickelt hatte und eine der phantasievollsten, unergründlichsten und perversesten Religionen aller Zeiten praktizierte.

Und was ist Memphis heute? Eine Reihe kaum zu unterscheidender Unregelmäßigkeiten im Boden und eine riesige hingestreckte Statue von Ramses dem Zweiten. So sind die Mächtigen in der Tat gestürzt. Die politische Stabilität des alten Ägypten geriet ins Wanken, die Deiche wurden schadhaft, der Nil besorgte den Rest. Vom Leben der Bürger von Memphis sind keine weiteren Spuren erhalten, doch zahlreiche von ihrem Tod. Pyramiden, Mastabas, Gräber, Sarkophage, Grabdenkmäler überall in der Landschaft – ein Volk, das vom Tod besessen war. Ihr gesamter Glaube konzentrierte sich auf die verzweifelte Flucht vor dem Wissen um das Verlöschen des Lebens. Damit stehen sie zwar nicht allein, doch waren sie besonders erfindungsreich bei ihrer Suche nach Lösungen. Menschen sterben, Körper zerfallen. Aber der Tod kann nicht hingenommen werden. Daher entwickelt man die geniale Idee, den Körper entweder tatsächlich oder symbolisch zu konservieren, zu verbergen und mit allem Lebensnotwendigen auszustatten – dann kann er gar nicht tot sein. Irgend etwas – Seele, *ka*, Erinnerung, wie immer man das nennen will – wird ewig bestehen bleiben. Diesem Schattending gibt man alles, was es im wirklichen Leben hatte, seine Möbel, Juwelen, Diener, Essen und Trinken, und von Zeit zu Zeit wird es aus der Ewigkeit, die es bewohnt, kommen und von seiner Hülle Besitz ergreifen. Eine komplizierte, interessante Vorstellung. Man behält die Toten für immer bei sich und leugnet die Möglichkeit, selbst zu vergehen.

Heute glauben wir von all dem natürlich kein Wort. Zumindest glauben wir kein Wort von dem, was sie unserem Verständnis nach damals dachten. Doch die Schwierigkeit liegt nicht im Glauben, sondern in der Erfahrung. Ich kann aus meinem Denken nicht solche Konzepte wie das heliozentrische Universum, den Blutkreislauf, die Schwerkraft, die Erdumdrehung und etliche andere Dinge ähnlicher Art verbannen. Die Sichtweise der Vierten Dynastie ist so unwiederbringlich wie die Sichtweise unserer eigenen Kindheit.

Der christliche Glaube stellt natürlich einige gleichgeartete Probleme. Die Wissenschaft hat ihm einen schrecklich schlechten Dienst geleistet. Wissenschaft und Aufklärung. »Wo ist Gott?« fragte Lisa im Alter von fünf Jahren. »Ich möchte Ihn sehen.« Ich holte tief Luft, sagte, daß *ich* nicht an eine derartige Person wie Gott glaubte, andere Leute allerdings... »Oma Branscombe sagt, Er ist im Himmel«, sagte Lisa kühl. »Und der Himmel ist oben.« Als sie dann etwas älter war, durchlief sie eine dieser fieberhaft sexuellen Phasen von Religiosität, für die die katholische Kirche wesentlich mehr Raum bietet als die prosaische Church of England. In Frankreich oder Spanien hätte Lisa vielleicht Visionen gehabt oder Anfälle bekommen; so mußte sie sich mit den Konfirmationsstunden und dem sonntäglichen Frühgottesdienst in der Pfarrkirche von Sotleigh begnügen.

Moslems ist es während des Ramadan verboten, zwischen Sonnenauf- und untergang zu essen. Sie müssen auch, gen Mekka gerichtet, sechsmal am Tag beten. Wenn überall auf den Rasenflächen von Gezira die Gärtner die

Hände zum Gebet erhoben, wurden sie von ihren englischen Arbeitgebern eifrig ignoriert, da es als unfein gilt, heimliches Interesse an den religiösen Praktiken anderer zu zeigen. Die Franzosen sind da weniger zimperlich: Madame Charlot und ihre Mutter schikanierten während des Ramadans den Koch und den Küchenjungen, die durch den Hunger recht schwach waren, und schimpften jedesmal laut, wenn der Gärtner auf die Knie fiel. Es tat immer ganz gut zu sehen, wie die Selbstzufriedenheit der britischen Rasse von der Angst der Franzosen vor dem Fremden noch übertroffen wurde, und die Verachtung, die Madame Charlot und ihre Freunde in das Wort »arabe« legen konnten, war noch beißender als das achtlose englische »Gyppo« oder die eigenartig geringschätzige Verwendung des Begriffs »Eingeborener«. Damit wirkten wir geradezu liberal. Madame Charlot war in ihrer Haltung gallischer Unverfälschtheit majestätisch; die Tatsache, daß sie mit einem Libanesen verheiratet war und ihr ganzes Leben in Kairo verbracht hatte, machte da keinen Unterschied: Einfach durch ihre Person repräsentierte sie den Geist von Charlemagne und die unanfechtbare Überlegenheit Frankreichs. Andere Europäer wurden mit höflicher Verachtung toleriert, Ägypter waren eine Kategorie für sich.

In der Welt, in der ich mich bewegte, gab es keinen sozialen Kontakt zwischen Engländern und Ägyptern. Von einigen Exzentrikern im British Council oder aus den Universitätskreisen wußte man, daß sie gelegentlich mit der Intelligenzija der ägyptischen Mittelklasse zusammentrafen – die in einem Land, das aus Millionen Bauern, einer reichen Handelsaristokratie und recht wenig dazwischen bestand, eine beschränkte Gruppe darstellte. Dem König brachte man zwar etwas Interesse entgegen – schließlich war er ein König –, doch hielt man ihn für einen Witz, einen verantwortungslosen Playboy mit seinen Palästen und roten Sportwagen. Seine schöne Frau, Königin Farida, galt dagegen fast als Heilige, die ausgenutzt wurde und so etwas wie eine Europäerin ehrenhalber war. Kein Ägypter konnte Mitglied im Sporting Club von Gezira oder im Turf Club werden. Diejenigen, die über genügend Informationen, Muße und Interesse verfügten, verfolgten den Fortgang des Wüstenkriegs mit Zurückhaltung. Als es so aussah, als ob Rommel nicht aufzuhalten wäre, erschienen in einigen Geschäften Schilder mit der Aufschrift »Hier sind deutsche Offiziere willkommen«.

Eine Revolution und der Assuan-Staudamm haben das alles verändert. Die Fellachen leben immer noch dort, doch in ihren Lehmhütten gibt es jetzt Strom, und die Kindersterblichkeit liegt nicht mehr bei vierzig Prozent. Den König gibt es nicht mehr, auch die Engländer sind fort; jene Gesellschaft ist so weit entfernt wie die von Memphis oder Theben. Wenn Ägypter vom Krieg sprechen, meinen sie den Krieg mit Israel, nicht unseren — der ohnehin mit ihnen nichts zu tun hatte.

»Du hättest gestern abend hier sein sollen«, sagt Camilla. »Pip Leathers hatte dieses grüne Rauchding dabei, das er aus dem Depot hat mitgehen lassen. Eine Art Signal. Er hat es im Garten direkt hinter Achmed hochgehen lassen, und Achmed hat geheult wie eine Sirene. Es war absolut irre. Er dachte, es wäre ein böser Dämon — die Eingeborenen sind einfach so was von abergläubisch, die glauben wirklich an Geister und Gespenster und solche Sachen. Wir saßen auf der Veranda und haben gesehen, wie er jaulend davongerannt ist — ehrlich, ich bin fast gestorben.« Sie sitzt auf dem Bettrand und lackiert ihre Zehennägel. »Willst du das mal ausprobieren, Claudia? Es ist himmlisch — Shocking Pink von Elizabeth Arden. Hör mal — ist irgend was los? Du siehst zur Zeit ziemlich angestrengt aus.«

»Nichts ist los«, sagt Claudia.

»Irgend was mit dem Magen, nehme ich an«, sagt Camilla unbekümmert. »Ach — ich gehe heute mit einem Australier aus! Mutti würde einen Anfall kriegen. Klar haben sie einen grauenhaften Akzent, aber der Typ ist wirklich unheimlich süß, und seine Leute sind irgendwas Besseres in Sydney. Kommst du später noch in den Club?«

Claudia geht in das andere Zimmer, auf die Veranda. Sie sieht auf Gezira hinunter, das im Dämmerlicht zu funkeln beginnt. Er ist jetzt seit drei Wochen weg, und sie hat in der Zwischenzeit noch nichts gehört. Es gibt Gerüchte, daß es im nächsten oder übernächsten Monat richtig losgehen soll, daß Rommel durchbrechen wird, daß es schlimme Kämpfe geben wird. Wo ist Tom? Vor ihren Augen sieht sie diese mit den Überresten der letzten Schlacht übersäte Landschaft: die Gehäuse der Fahrzeuge wie Tierkadaver, den intimen Abfall von Menschenleben – eine Zahnbürste, ein zerrissener Brief; die Männer, die sich durch den Sand schleppen. Sie beschwört diese Bilder herauf und grübelt und spürt einen dumpfen Schmerz im Magen. Nein, nicht die ägyptische Krankheit, wie Camilla meint, leider nicht. Der Krieg ist, wie sie erkennt, für sie etwas ganz anderes geworden. Er zieht seine Kreise nicht mehr in den äußeren Bereichen ihres Lebens, wie ein großes, unberechenbares Tier, das sie aus sicherer Entfernung und mit wissenschaftlichem Interesse beobachtet. Er ist ganz dicht bei ihr und heult an ihrer Schlafzimmertür; der Schauder, den er provoziert, ist der atavistische Schauder der Kindheit. Sie hat Angst, nicht um sich selbst, sondern in der Art dieser dunklen kosmischen Angst, die tief aus der Vergangenheit kommt. Sie erinnert sich daran, daß sie als Kind in einer besonders schwarzen Nacht einmal fest davon überzeugt war, daß die Sonne nie wieder scheinen würde.

In der Wohnung ruft Camilla nach dem Suffragi, der ein Tablett mit Drinks bringen soll. Drunten im Garten hält Madame Charlot einem Nachbarn eine flammende Beschwerderede über die Fleischpreise.

Wochenlang war immer absolute Stille, und dann kam ein Brief. Einer dieser nichtssagenden Briefe aus Kriegszeiten, in denen der Schatten des Zensors alle Informationen und Intimität ausgelöscht hatte. Und dann war plötzlich er selbst da, ohne Ankündigung, eine Stimme am Telefon – drei Tage frei, fünf Tage frei... Wir fuhren nach Luxor, nach Alex. Ich habe keine Ahnung, wie viele Tage es insgesamt waren. Sie unterscheiden sich jetzt durch die Gegenden, in denen wir uns aufgehalten haben – die weite Klarheit des Nils bei Luxor, die leere Stille des Tals der Könige, die Menschenmengen und das Stimmengewirr in den Hotels und Bars, große, träge, gischtige Wellen am flachen Strand von Sidi Bishr. Und jedesmal, wenn er zurückfuhr, brüllte am Horizont der Löwe, und mit erhöhter Aufmerksamkeit studierte ich die Kommuniqués und löcherte die Presseattachés. Wieder und wieder versuchte ich, ein zweites Mal in die Wüste zu kommen – nicht etwa, weil ich in seiner Nähe sein wollte, sondern weil ich erleben wollte, was er sah und hörte und fühlte. Es gelang mir nie, weiter als bis zum Ausbildungslager von Mersa Matruh zu kommen – für die Männer im Pressecorps war es relativ leicht, doch ich und die ein oder zwei Kriegsberichterstatterinnen aus Amerika oder anderen Commonwealthländern, die ab und zu da waren, wurden vom Generalstab der Achten Armee zurückgewiesen: Die Wüste war nicht der rechte Ort für Frauen.

»Warum nicht?« fragt Claudia.

»Mein liebes Mädchen, es geht eben nicht, das ist alles. Es gäbe unheimlichen Stunk. Randolph Churchill hat eine Amerikanerin mitgenommen, und wir sind hinterher ziemlich unter Beschuß geraten. Sie sind auf Frauen einfach nicht scharf.«

»Ich habe da draußen«, sagt Claudia, »doch nur meine Arbeit zu tun. Wie die Schwestern im Lazarett und die von der Fahrbereitschaft und die ganzen anderen Frauen, die in der Wüste eingesetzt sind.«

Der neue Presseoffizier im Generalstab zuckt die Achseln. »Tut mir schrecklich leid, meine Liebe, aber es ist eben so. Ich tue natürlich alles für Sie, was möglich ist, und wenn es nach mir ginge, könnten Sie morgen mit der nächsten Transportmaschine rausfliegen. Ach ja, wie wär's denn mit einem Drink heute abend, falls Sie noch nichts anderes vorhaben?«

Claudia lächelt freundlich, eigennützig.

Manchmal geschah wochen- und monatelang nichts. Wir wußten nur, daß sich die beiden Armeen dort draußen westlich von Tobruk bewegungslos eingegraben hatten und abwarteten, was die andere Seite unternehmen würde. Es gab wenig Informationen, weil es nichts mitzuteilen gab. In dieser Zeit gewann der Mythos um Rommel Kontur: der gerissene, unberechenbare Feind, überlebensgroß, ein Napoleon des Sandes, der die vertrauten und verwitterten Legenden um unsere eigenen Generäle verdunkelte. Sogar um Monty spannen sich nie solche Sagen wie um Rommel. In Kairo muß es Realisten gegeben haben, die das Schlimmste erwarteten, doch niemals, sogar als später die Panzerarmee bei El-Alamein stand und der Ruß der verbrannten Dokumente auf uns niederregnete, habe ich den Geruch der Angst wahrgenommen. Krisenstimmung, das ja. Aber Furcht nie. Die Familienväter schickten ihre Frauen und Kinder nach Palästina, einige Familien fuhren per Schiff nach Südafrika oder Indien. Es gab noch genügend Plätze auf der Erde, zu denen man sich zurückziehen konnte, und in jedem Fall war das auch nur eine vorübergehende Maßnahme, bis alles wieder seinen geregelten Gang gehen würde. Ich glaube nicht, daß irgend jemand sich allen Ernstes vorstellte, daß eines Tages Rommels Offiziere am Rand des Swimmingpools im Gezira Sporting Club sitzen würden. Bei Sonnenuntergang wurden wie immer die Drinks serviert, am Samstag traf man sich beim Rennen, die Laientheatergruppe probte den ›Mikado‹. Mutter schrieb aus dem kriegsgeplagten Dorset, wie froh sie sei, mich an einem einigermaßen sicheren Ort zu wissen, obwohl das Klima doch sicher anstrengend wäre. Hat sie jemals in einen Atlas geschaut? Das möchte ich gern wissen. Sie hatte ihre eigenen Probleme; in ihren Briefen ging es darum, alles geduldig zu ertragen – Lebensmittelknappheit, die bedauerliche Vernachlässigung des Gartens, die Tatsache, daß sie ihre guten Saucenpfannen für die Herstellung von Kriegsgerät geopfert hatte. Die dünnen Luftpostbriefe mit ihrer feinen Schrift sprachen nur von Stoizismus. Stellte sie sich jemals vor, wie deutsche Truppen durch Sturminster Newton zogen?

Doch in diesen statischen Monaten zu Anfang des Jahres 1942 schien der Krieg ein Dauerzustand zu sein – eine chronische Krankheit, die zwar nicht lebensbedrohend war, jedoch jegliche wirkliche Bewegung verhinderte. Ich fuhr nach Jerusalem und wollte dort ein Interview mit de Gaulle führen, der angeblich dort aufgetaucht war, schaffte es nicht, an ihn ranzukommen und schrieb dann einen Text über die Stern-Bande. Ein oder zwei meiner besonders rastlosen Kollegen fuhren zu interessanteren Orten und mußten dann zurückrasen, als die Wüste schließlich wieder zum Leben erwachte. Die Zeit schien im Gleichmaß wie ein Fluß und sich auf immerwährende Beständigkeit einzurichten. Auf den Winter folgte der Frühling, es wurde wärmer; irgendwann – ich weiß nicht, wann und für wie lange das war – war er wieder da.

»Etwas ganz Seltsames möchte ich dir sagen«, sagt Tom. »Noch nie in meinem Leben habe ich mich so gut gefühlt.«

Sie betrachtet ihn. Er ist mager, mit drahtigen Muskeln, in seinem dunklen Haar spielt die Sonne in goldenen Reflexen. »Du siehst wirklich gesund aus.«

»Gesundheit meine ich eigentlich nicht gerade. Mir

geht es um die Geistesverfassung. Ich bin ganz bemerkenswert glücklich. Trotz allem. Ich glaube, du bist eine Hexe, Claudia. Eine gute Hexe natürlich. Eine weiße Hexe.«

Sie kann nicht antworten. Niemand, denkt sie, hat jemals so mit mir gesprochen. Ich habe noch nie jemanden glücklich gemacht. Ich habe die Leute zornig, unruhig, eifersüchtig, geil gemacht... aber niemals, so weit ich das weiß, glücklich.

»Und du?« fragt Tom.

»Ich auch«, sagt sie.

»Après moi le déluge«, sagt Tom. »Das ist mein unwürdiges Gefühl in diesen Tagen.«

»Ja«, sagt sie. »Das kann sogar so passieren. Aber selbst dann könnten wir nichts daran ändern. Ich habe das immer für ein ganz annehmbares Gefühl gehalten.«

»Küß mich.«

»Wir sind in einer Moschee«, wehrt sie sich. »Wir werden einen Aufstand verursachen.«

Doch sogar in der Moschee von Ibn Tulun gibt es verschwiegene Ecken.

»Das wird mir zuviel«, sagt Tom schließlich. »Wir müssen wieder in deine Wohnung gehen.«

»Wir waren noch nicht auf dem Minarett.«

»Ich will nicht auf das Minarett. Ich will wieder in deine Wohnung.«

»Vielleicht kommen wir nie wieder hierher.«

»Du bist eine ziemlich widerspenstige Frau«, sagt er. »Oder du machst jetzt gerade irgendeinen Test mit mir. In Ordnung – erst steigen wir auf das Minarett und *dann* gehen wir in deine Wohnung zurück.«

Und als sie dann auf all die Menschen und Tiere und die mit Wäsche vollgehängten Balkone herunterschauen, sagt Claudia: »Was hast du nach dem Krieg vor?«

»Aha. Ich habe mich schon gefragt, wann wir einmal darüber reden.« Er legt seinen Arm um sie. »Ich wollte schon selbst davon anfangen. Also... Erst will ich dir sagen, was ich *ursprünglich* für die Zeit nach dem Krieg vorhatte. Nach Hause kommen wollte ich voller Glut und hochtrabender Gedanken und mit entschiedenen Ansichten über die Gesellschaft und wie sie erneuert werden sollte, in einem reichlich schwierigen Wahlkreis für einen Parlamentssitz kandidieren, mich dann geschlagen, jedoch ungebrochen zurückziehen. Vielleicht hätte ich auch eine Laufbahn als bissig formulierender Journalist in einer der besseren Zeitungen angepeilt.«

»Aber das willst du jetzt nicht mehr tun?« murmelt Claudia – dabei beobachtet sie die Flugzeuge, die hoch über ihr in weiten Kreisbahnen durch den blassen, blauen Himmel gleiten.

»Nein. Ich empfinde nicht mehr so missionarisch, sondern eher zynischer, und außerdem komme ich jetzt auf ganz andere Gedanken.«

»Die wären?« fragt Claudia. Sie versucht sich die Erde vom Flugzeug aus gesehen vorzustellen: kann man die Erdkrümmung wahrnehmen? Das Rote Meer? Das Mittelmeer?

»Ich möchte einiges, was mir bisher nicht besonders viel bedeutet hat. Ich will Stabilität. Ich möchte an einem festen Ort leben. Ich möchte Pläne für das nächste Jahr machen und für das übernächste und für das dann folgende auch noch. Ich möchte« – er legt eine Hand auf ihren Arm – »... ich möchte heiraten. Hörst du mir überhaupt zu?«

»Ich höre zu«, sagt Claudia.

»Ich möchte heiraten. Ich möchte dich heiraten, falls ich mich nicht ganz klar ausgedrückt habe.«

»Wir könnten zusammen missionarisch wirken«, sagt Claudia nach einem Moment. »Mir liegt das auch. Du weißt gar nicht...«

»Gut, vielleicht, wenn die Zeit dafür da ist. Aber ich muß regelmäßig Geld verdienen, und über so etwas habe ich mir bisher nie besonders viele Gedanken gemacht. Ich sehe nicht ein, warum du in einer Mansarde hausen solltest, ich bin mir sicher, daß das nicht deine Art von Lebensstil ist.«

»Nein, eigentlich nicht. Aber ich kann mich ganz gut um mich selbst kümmern.«

»Du kannst etwas beisteuern«, sagt Tom, und jetzt hat er sie fest in seinem Arm. »Du kannst deine Geschichtsbücher schreiben. Ich will jedenfalls ein braver Bürger werden. Einer, der schuftet. Ich möchte mir die Hände schmutzig machen. Vielleicht als Bauer. Ich möchte irgendwo leben, wo es viel regnet und alles verdammt gut wächst. Ich möchte zusehen, wie sich die Früchte der Erde vermehren und all so was. Ich möchte für die Zukunft vorsorgen. Ich möchte auf Erden gut leben, da ich nicht an den Himmel glaube. Keine materiellen Reichtümer – ich möchte grüne Felder und fette Kühe und Eichen. Oh, und dann ist da noch etwas. Ich möchte ein Kind.«

»Ein Kind...«, sagt Claudia. »Du meine Güte. Ein Kind...« Sie schaut wieder hinauf zu den wirbelnden Flugzeugen, eines ist jetzt viel größer als die andern, langsam beginnt es, auf ein bestimmtes Ziel zuzufallen.

10

»Ja, Mrs. Jamieson«, sagt die Schwester, »so sieht es aus. Wir hatten eine kleine Krise, obwohl ich sagen muß, daß sie heute früh wieder wunderbar beieinander ist. Aber dazwischen sah es kurz einmal ziemlich ernst aus. Jedenfalls meint der Doktor, daß es vorläufig keine weiteren Probleme geben wird. Jetzt schläft sie, Sie können sich ja ein wenig zu ihr setzen. Gestern nacht hat sie über Sie gesprochen – sie war nicht ganz compos mentis, die Arme.«

Lisa schaut durch das Guckloch. Claudia liegt flach, ihre Augen sind geschlossen, an einem Arm hängen Schläuche und grellfarbene Plastikbeutel. »Was hat sie denn gesagt?«

»Sie war wieder in den Wehen, ziemlich schlimm. Ständig hat sie gefragt ›Ist es ein Junge oder ein Mädchen?‹« Die Schwester lacht fröhlich. »Komisch, nicht wahr? Frauen machen das alles oft noch einmal durch, wenn es dem Ende zugeht. Viele von unseren alten Damen reden ständig davon. Sie war ganz gut dabei – hielt mich am Arm fest und immer wieder ›Sagen Sie mir, ob es ein Junge oder ein Mädchen ist...‹ Also habe ich gesagt – Sie sind doch ihr einziges Kind, Mrs. Jamieson, oder? – ich hab' gesagt: ›Es ist ein Mädchen, Miss... Miss Hampton, aber das ist jetzt lange her.‹« Sie räuspert sich heftig: »Natürlich ist diese Anrede ›Miss‹ rein professionell, das ist mir schon klar, viele berufstätige Frauen nennen sich weiterhin ›Miss‹, und ich finde auch, daß dieses ›Ms‹, das man heutzutage im Geschäftsleben verwendet, schrecklich ist. Tja, so steht's, Mrs. Jamieson – gehen Sie doch rein, obwohl ich glaube, daß sie heute nicht sehr viel sprechen wird. Aber sie wird bestimmt merken, daß Sie da sind.«

Nein, das wird sie nicht, denkt Lisa, sie hat keine Ahnung. Wo auch immer sie sein mag, hier, in diesem Zimmer, ist sie jedenfalls nicht. Sie ist irgendwo ziemlich weit weg.

Lisa setzt sich. Sie schlägt die Zeitung auf, die sie mitgebracht hat, und liest. Eine Viertelstunde ungefähr will sie bleiben. Ab und zu sieht sie Claudia an. Einmal steht sie auf und geht durch das Zimmer, um die Erde in dem Topf mit dem Weihnachtsstern neben der Heizung zu prüfen: Die Erde ist so feucht, wie sie sein soll, doch die Pflanze sieht krank aus.

Es stimmt schon, denkt sie, man vergißt nie, wie es ist, ein Baby auf die Welt zu bringen. Ich kann mich an jede Minute bei jedem der beiden Jungs erinnern. Sie steht neben dem Bett, Claudias welke Arme, ihr eingesunkenes Gesicht, die Umrisse ihres schlaffen Körpers unter der Bettdecke erfüllen Lisa mit einer Mischung aus Abscheu und schulderfülltem Mitleid. Sie denkt an ihren Geliebten, den sie heute noch treffen wird. Einen Moment lang kostet sie die Empfindungen aus, die sie für ihren Geliebten hegt. Sie denkt – und dieser Gedanke erfüllt sie mit Zufriedenheit –, daß Claudia dieses Gefühl wohl nie kennengelernt hat. Sie hat Jasper bestimmt nicht geliebt – zumindest nicht so, mit ziemlicher Wahrscheinlichkeit hat sie nie jemanden geliebt.

Man hat ihre Ringe und das goldene Armband abgenommen und auf das Nachtkästchen gelegt. Lisa nimmt sie in die Hand und schaut sie an – den großen Smaragd, den sie vermutlich von Jasper bekommen hat, den kleinen runden Opal und den Diamanten (und woher die beiden stammen, weiß nur Claudia selbst). Dann legt sie sie hastig wieder hin, Claudia war immer reichlich eigenartig, wenn es um ihre Besitztümer ging – nein, nicht eigenartig, sondern richtiggehend scheußlich.

»Kann ich das haben?« fragt Lisa.
»Kannst du was haben?« sagt Claudia und tippt weiter.
»Das hier. Die kleine Dose.«

Claudia wendet sich ihr zu. Sie schaut auf den Ring in Lisas Hand, den Ring mit dem kleinen Hohlraum. Ihre Augen flackern. »Nein«, sagt sie scharf. »Leg das wieder dorthin, wo du es gefunden hast, Lisa. Ich habe dir doch gesagt, daß du nicht in meinem Schmuckkasten kramen sollst.«

»Ich möchte das haben«, bettelt Lisa. Und das will sie wirklich, sie will den Ring so unbedingt, wie sie nie zuvor etwas haben wollte, die faszinierende Ringdose mit dem knirschenden Silberdeckel, dem winzigen Verschluß. Der Ring ist für ihren Finger zu groß, viel zu groß, aber das ist egal. Sie könnte etwas darin aufbewahren, sehr kleine und wertvolle Dinge.

»Leg ihn zurück.«

Lisa öffnet den Ring. »Er ist innendrin schmutzig«, erklärt sie. »Kleiner Dreck ist da drin. Ich werde ihn saubermachen.«

Claudia dreht sich in ihrem Stuhl um. Sie greift sich mit einer schnellen Bewegung den Ring. »Laß das sein«, sagt sie. »Und faß ihn nicht wieder an, verstanden?«

Statistisch gesehen muß das Jenseits — egal, ob das des Christentums, der Griechen oder der Pharaonenzeit — fast völlig mit Kindern bevölkert sein. Säuglingen, Kleinkindern. Eine furchtbare Gegend voller gewickelter Bündel, kleiner Kreaturen mit streichholzdünnen Gliedmaßen und vorquellenden Bäuchen, schrumpeliger, mißgestalteter Zwerge. Zwischen ihnen bewegen sich einige Patriarchen mit langen Bärten, vereinzelte alte Frauen und ein Regiment von Vierzigjährigen. Ich stelle mir das als eine Szene von Hieronymus Bosch gemalt vor, in der es auch Drachen und Teufel mit Mistgabeln gibt und riesige geflügelte Wesen. Keine Engel, keine himmlischen Heerscharen.

Man kann nur erleichtert darüber sein, daß man nicht an einen solchen Ort gelangen, sondern nur ins Vergessen eingehen wird. Und natürlich noch nicht einmal das, da

wir alle in den Köpfen der anderen weiterleben. Ich werde
— ziemlich verzerrt abgebildet — in den Köpfen von Lisa
und Sylvia und Jasper und in denen meiner Enkel (falls es
bei denen neben ihren Fußballspielern und Popstars noch
ein freies Plätzchen gibt) und meiner Feinde weiterleben.
Als Historikerin weiß ich nur zu genau, daß ich auf den
Grad und das Ausmaß der verfehlten Darstellung meiner
Person keinen Einfluß habe, also kümmere ich mich gar
nicht erst darum. Vielleicht ist das für diejenigen, die sich
doch damit befassen, die dagegen ankämpfen, die weltliche Form der Hölle — in Bildern, die uns nicht recht
gefallen, in der Erinnerung anderer bewahrt zu werden.

Falsche Claudia. Zynische Claudia. Und glückliche Claudia, deren Lebensumstände es ihr ermöglichen, in Ruhe
darüber nachzudenken, wie andere Menschen sie wohl in
Erinnerung behalten werden. Viele würden das als Luxus
betrachten. Das andere große Proletariat des Jenseits stellen natürlich die Soldaten — Myriaden von Jungengesichtern unter ihren Stahlhelmen, Turbanen, Helmen, Bärenfellmützen...

»Hallo«, sagt Camilla. »Mensch, war das nicht scheußlich
heiß heute? Der Ventilator in unserem Büro ging kaputt,
und wir sind fast *gestorben*. Ich muß duschen. Sag mal,
stimmt das eigentlich, daß es eine große Schlacht gegeben
hat? Du bekommst doch immer alles mit — erzähl mal.
In der Botschaft hört man alle möglichen Gerüchte, aber
niemand kennt sich wirklich aus. Also... ich sag's auch
nicht weiter, ich schwöre.«

Die Meldung kommt in den Nachrichten. In der kühlen,
sachlichen Sprache der BBC heißt es: »... einige Auseinandersetzungen in den westlichen Wüstengebieten, in
deren Verlauf dem Feind schwere Verluste zugefügt wurden.« Heftige Kämpfe, sagt die unpersönliche Stimme,
fanden an verschiedenen Frontabschnitten statt.

»Ist das nicht aufregend!« sagt Camilla. »In der Wüste geht es jetzt richtig hoch her. Alle in der Botschaft sind unglaublich angespannt. Offenbar ist der arme Bobby Fellowes schwer verwundet – schlimm für Sally, sie ist unheimlich tapfer. Aber jetzt zeigen wir es Rommel richtig, das sagen alle.«

Die Telefone und Telegrafen im Generalhauptquartier sind den ganzen Tag ununterbrochen in Betrieb. Jeder ist außer Atem und voller Ungeduld. Nein tut mir leid jetzt nicht meine Liebe da draußen ist die Hölle los... will sehen was ich später für Sie tun kann... bleiben Sie hier gegen sechs Uhr soll ein Kommuniqué herauskommen... kommen Sie wieder... warten Sie... melden uns bei Ihnen sobald wir etwas wissen.

Madame Charlot hält dem Koch seit fünf Minuten in einem ununterbrochenen Monolog eine Strafpredigt, eine Mischung aus Französisch und Küchenarabisch, in dem immer wieder bestimmte Worte auftauchen – *bakschiisch, piastres, méchant, mafiisch, mish kuwayyis*. Das Telefon klingelt. Ihre Slipper patschen über den Steinfußboden des Vorhauses. »*Mademoiselle Claudia... On vous téléphone...*« Sie kehrt in die Küche zurück; ihre Stimme – Vorwürfe gegen den Krämer Lappas, schimpfende Nachfrage, wo das weiße Mehl sei, Zweifel am korrekten Wechselgeld aus einer Fünfzigpiasternote – ertönt parallel zu der von irgend jemandem, der unbestätigte Informationen über eine Panzerschlacht im Gebiet von Sidi Rezegh hat, einen Rückzug...

Claudia schreibt in der weißen Hitze des Tages auf ihrer Schreibmaschine. Im anderen Zimmer schläft Camilla, sie hält ihre Nachmittagsruhe, muß erst später wieder in die Botschaft. Unten im Garten schläft im Schatten eines Banyanbaumes der Gärtner, er hat sich in ein paar alte Lumpen gewickelt. Auf dem Rasen pikkende Wiedehopfe; die Petunien und Ringelblumen strahlen.

Ein Vormarsch. Ein Rückzug. Wir haben soundso viele Panzer, so viele Flugzeuge verloren, so viele Männer wurden gefangengenommen. Die Deutschen hatten Verluste in dieser, in jener Höhe. Zahlen, die auf Papierfetzen tanzen, eine dürftige Verbindung zu Maschinen, zu Fleisch und Blut. Dort draußen geschehen angeblich diese oder ähnliche Dinge, und hier klirren um sechs Uhr die Eiswürfel in den Gläsern, und die Wasserschläuche plätschern in Geziras Gärten.

»Nichts dabei für Sie im Moment, fürchte ich, meine Liebe«, sagt der Presseoffizier. »Schauen Sie doch die neuesten Verlustlisten durch, wenn Sie wollen...«

»... Ein Picknick in Fayoum am Samstag«, sagt Camilla. »Himmlisch. Eddie Masters kommt, und Pip und Jumbo. Sag mal, Claudia – ist irgendwas? Du siehst schrecklich elend aus – möchtest du ein Aspirin?«

Anfangs ist da nur Unglauben. Völliger Unglauben. Nein, das ist nicht möglich. Nicht er. Andere, aber nicht er. Und dann kommt die Hoffnung, denn vermißt heißt nicht unbedingt auch gefallen, vermißte Männer tauchen wieder auf – verwundet, als Gefangene. Oder sie kommen nach Tagen aus der Wüste, unverletzt; in Kairo gibt es unzählige solcher Geschichten.

Aus der Hoffnung wird Geduld – sie schleppt sich durch den Tag, und durch den nächsten und den übernächsten, durch die Nächte ohne Schlaf – mit diesem leeren Schmerz in ihrem Inneren, diesem Gefühl, eine Klippe aus Angst hinabzustürzen, sobald sie sich erlaubt nachzudenken, sich zu erinnern.

Beten. Gebete voller Scham in der Kathedrale.

»*Mademoiselle Claudia, on vous téléphone...*«

»Claudia? Hier ist Drummond, Pressestelle. Sie haben uns gebeten, Sie zu benachrichtigen, falls wir etwas über Southern erfahren, Captain T. G. Southern. Er ist als vermißt gemeldet. Stimmt das? Wir haben eine Nachricht bekommen — anscheinend hat man ihn inzwischen gefunden. Gefallen, fürchte ich, der arme Kerl. War er ein Freund von Ihnen?«

Die Nächte sind am schlimmsten. Die Tage verstreichen irgendwie, denn es gibt bestimmte Dinge, die getan werden müssen. Doch die Nächte sind nicht sieben oder acht, sondern vierundzwanzig Stunden lang — sie sind eine eigene Art von Tagen, heiße, schwarze Tage, in denen sie nackt auf dem Bett liegt, Stunde um Stunde um Stunde die Decke anstarrt.

»Ich habe Abdul geschickt, er soll etwas Milch bringen«, sagt Camilla. »Das Zeug im Krug war schon schlecht. Ich bin sicher, er hat es mit Nilwasser gestreckt. Haben wir dich gestern nacht aufgeweckt? Eddie hat mich von der Party bei den Moffats nach Hause gebracht und einfach darauf *bestanden*, noch auf einen Drink mit nach oben zu kommen. Willst du gar kein Frühstück?«

Wie? Wo? Von einem Moment auf den nächsten? Oder langsam, allein, verblutend im Sand. Zu schwach, um die Leuchtpistole abzufeuern. Die Wasserflasche zu finden. Nur noch warten können.
 Bitte laß es gleich geschehen sein.

Madame Charlot stürzt aus ihrem Verschlag heraus. »*Un instant, Mademoiselle Claudia...*« Ein Redeschwall in ihrer verrückten Mischung aus Französisch und Englisch — eine erregte Tirade über steigende Preise und die Schikanen der Ladenbesitzer, die Widrigkeiten dieser Zeit — »diese schreckliche Kriegszait« —, die eine Mieterhöhung unumgänglich machten — »*mais très peu, vous comprenez, très peu, c'est moi qui souffrirai, enfin...*« Also muß Claudia stehenbleiben und sich am Treppengeländer festhalten, bis ihr plötzlich übel wird; sie entschuldigt sich, rennt die Treppen hinauf...

Denk nicht darüber nach. Wie es auch war, es ist jetzt vorbei. Wie es war oder wo es war. Er liegt nicht länger dort. Er ist jetzt nirgendwo. Einfach nirgendwo. Denk nicht darüber nach.

»Bei Cicurel haben sie herrliche neue Stoffe«, sagt Camilla. »Ein rosa und blauer Crêpe de Chine, dem ich einfach nicht widerstehen kann. Etwas Zweiteiliges dachte ich mir, für Gartenfeste. Die kleine Griechin macht es mir nach einem ›Vogue‹-Schnitt.«

Ist Übelkeit immer ein Ausdruck von Kummer? Wie soll ich das wissen? Mir ist es bisher noch nie so ergangen. Vom Kummer befallen. Befallen ist das richtige Wort, es ist ein Gefühl, als wäre man gefällt worden. Zu Boden geschlagen, aus dem Leben hinaus und in irgend etwas anderes hineingeworfen.

Der Chamsin weht. Die Fenster müssen geschlossen bleiben. Der heiße Wind rüttelt an den Läden, und der Küchenjunge kehrt dreimal täglich den Staub aus der Eingangshalle.

Die Landkarte im Pressezentrum ist mit Fähnchen bedeckt: rote, grüne, gelbe, blaue, braune, weiße. Brigaden und Divisionen bilden fröhliche bunte Muster. Der Zeigestock des Presseoffiziers bewegt sich dazwischen hin und her, reduziert alles auf ordentliche und elegante Ausmaße. Lärm, Rauch, Hitze, Staub, Fleisch, Blut und Metall sind verschwunden, alles ist eigentlich ganz einfach, sogar ein Kind könnte das verstehen, eine Frage von

Dispositionen und Manövern, Flanken und Zangenbewegungen, Linien und Stellungen.

*»There is a blessed house
Beyond this land of woe«*,
singt die in der Kathedrale versammelte Gemeinde. Die Frauen singen am lautesten, mit den klaren, reinen und präzisen Stimmen ihrer Rasse und Klasse, einige Tenöre und Baritone fallen ebenfalls auf, kräftig, aber nicht zu sehr im Vordergrund.
*»Where trials never come,
Nor tears of sorrow flow.«*
Und nach dem Gesang wird gebetet, zum Herrn der Heerscharen. Die behandschuhte Hand an der Stirn, ein Knie auf dem Steinfußboden, so bitten sie Ihn inständig, den Stolz ihrer Feinde zu dämpfen, ihren Groll zu besänftigen und ihre Pläne zu vereiteln. Danach erheben sie sich, ziehen diskret die Bügelfalten gerade, zupfen die Seidenkleider übers Knie und singen wieder.
*»Onward Christian soldiers,
Marching as to war...«*

»Du solltest ein bißchen wegfahren«, sagt Camilla. »Fahr ein paar Tage nach Alex. Du mußt ja völlig fertig sein, so übel wie dir die ganze Zeit ist. Ich kenne eine süße kleine Pension in der Nähe der Strandpromenade, die Adresse kann ich dir geben.«

Es ist wie eine Reise. Man verläßt den Ort des Geschehens, und mit zunehmender Entfernung wird es weniger machtvoll und dabei stechender, wie ein Zuhause, an das man sich erinnert. Im Verlauf der Wochen fügt das Messer andere Wunden zu.

Und inzwischen gilt es etwas Neues zu durchdenken. Anfangs mit Erstaunen, dann mit Besorgnis, Verwunderung und Furcht.

»O du meine Güte«, sagt Camilla. »Also ich hab' mich ja schon gewundert, weil du ein bißchen... na ja, runder geworden bist und natürlich bist du mir so erledigt vorgekommen, jetzt *verstehe* ich das erst... Aber irgendwie bist du die letzte, von der man das erwarten würde... also eben nicht wie bei Lucy Powers oder der kleinen Hamilton – bei denen hat das ehrlich niemanden überrascht, aber du, Claudia... Was für ein verdammtes Pech aber auch. Wie schrecklich furchtbar für dich. Aber warum hast du nicht... also, hättest du denn nicht... Du willst es bekommen? Also, ehrlich, du bist wirklich ganz schön *mutig*.« Sie starrt sie ungläubig an, das ist jedenfalls das Aufregendste, was sie in den letzten Wochen erlebt hat.

Das Mütterheim liegt in einem großen schattigen Garten. Kieswege unter Palmen – gedrungene Zuchtpalmen mit faserigen Stämmen – und Kasuarinen. Auch Patienten aus der Ambulanz gehen hier spazieren, andere strecken sich in den Korbsesseln aus, die auf der Veranda und den Grünflächen stehen, Krankenschwestern sehen nach den Patienten. Die Krankenschwestern wirken sehr steif gestärkt – sie tragen strahlendes Weiß, wie Nonnen eines esoterischen Ordens. Auch sind sie von einer beharrlichen Freundlichkeit. Claudia wird von einer sommersprossigen Irin in Empfang genommen, deren Schwesterntracht beim Gang durch die Korridore und im Lift knistert. »Es ist nicht mehr sehr weit, meine Liebe«, sagt sie ständig. »Wir werden Sie gleich ins Bett packen. Geht es einigermaßen? Haben Sie jetzt Schmerzen?«

»Es geht mir gut«, sagt Claudia, doch das stimmt nicht. Der Schmerz ist in Wirklichkeit sehr stark, sie zieht ihre Bauchmuskeln zusammen und versucht, ihn zurückzuhalten.

Babygeschrei ist zu hören. Sie kommen an einer Tür mit einem großen Glasfenster vorbei, hinter dem einige Reihen Kinderbettchen zu sehen sind. Claudia bleibt stehen.

»Also«, sagt die Schwester, »ich würde ja nicht... Legen Sie sich lieber hin.« Ihre Freundlichkeit gerät ins Wanken, denn dies ist ein unvorhergesehenes Problem. »Nicht, daß nicht alles gut verlaufen könnte, Mrs. Hampton, in einigen Monaten werden wir Ihr Baby auch hier drinnen unterbringen.«

»Miss«, sagt Claudia. »Nicht Mrs.« Sie schaut durch die Glasscheibe. Nur die Köpfe der Kinder sind zu erkennen, einige mit Haaren, andere nur kleine rote Glatzköpfe über einem Bündel Stoff. »Warum stehen die Beine der Bettchen alle in Wasserschalen?«

»Wegen der Ameisen. Wenn wir das nicht machen, fallen die Ameisen über die Babys her. Das ist ein schreckliches Land. Das Klima und die Insekten, so etwas wie hier habe ich noch nie erlebt.«

Sie legt ihre Hand auf Claudias Arm, überspielt ihre Verwirrung mit Vertraulichkeit. »Sie werden es kaum glauben, aber ich habe gehört – das war vor meiner Zeit, es ist einige Jahre her –, daß ein Mädchen vergessen hat, die Schalen nachzufüllen, und man dann ein Kind tot aufgefunden hat. Die Ameisen hatten es erwischt. Dem kleinen Ding die Augen ausgefressen. So haben sie es gefunden – ohne Augen und alles voller Ameisen.«

Claudia geht weg. Einen Moment bleibt sie wie gedankenverloren stehen, dreht sich dann zu der Schale mit Sand, in die die Leute ihre Zigaretten werfen sollen; sie übergibt sich minutenlang in heftigen Krämpfen.

»Sie werden eine Fehlgeburt haben, meine Liebe«, sagt die Oberschwester. »Ich nehme an, daß Ihnen das klar ist. Wir werden es Ihnen soweit wie möglich angenehm machen.« Sie sieht auf Claudia hinunter, ihr Gesichtsausdruck ist völlig ungerührt, ganz und gar professionell. »Ich glaube, daß Sie das unter den gegebenen Umständen vermutlich als die beste Lösung empfinden. Der Arzt wird in einigen Minuten wieder bei Ihnen sein.«

Claudia preßt ihre Beine zusammen. Ein Tier nagt in

ihrem Innersten. Sie starrt die Frau an und stemmt sich dann in dem Bett hoch. »Nein«, flüstert sie. Sie wollte schreien, doch ihre Stimme kommt nur als heiseres Krächzen. »Ich werde keine Fehlgeburt haben. Es ist nicht das Beste, und Sie haben kein Recht, so etwas zu sagen. Sie müssen etwas *tun*.«

Die Augenbrauen der Oberschwester sind so weit hochgezogen, daß sie fast den unteren Rand ihrer gestärkten Haube berühren. Ihr Tonfall ist nicht mehr ganz so leidenschaftslos. »Ich fürchte«, sagt sie, »daß die Natur in solchen Fällen alles selbst regelt.«

»Dann unternehmen Sie verdammt noch mal etwas«, keucht Claudia. »Ich will dieses Baby. Wenn Sie dieses Baby nicht retten, dann werde ich... werde ich...« Sie sinkt zurück, Tränen schießen ihr in die Augen. »Ich werde dich umbringen«, murmelt sie. »Ich werde dich umbringen, du Kuh.«

Und als sie Stunden später mit heißem Wasser und Kübeln und Tüchern hantieren, merkt sie, daß sie wieder schreit, sie anschreit, verflucht. »Es war weder Mädchen noch Junge«, sagt die irische Schwester. »Jetzt ist alles vorbei. Das Beste, was Sie tun können, ist, das alles zu vergessen.«

II

Als Nachmahd eines Krieges bleibt Unordnung. Übrigens ein Beispiel für den Mißbrauch von Sprache: Nachmahd ist ein ehrbarer Begriff aus der Landwirtschaft und hat als solcher eine klare Bedeutung – die Nachmahd ist die zweite Mahd des Grases, das nach der ersten gewachsen ist. Die Nachmahd des Krieges müßte also – konsequent gedacht – ein weiterer Krieg sein, normalerweise trifft das auch ein. Doch die übliche Nachmahd ist der Kampf darum, alles, was aus der Bahn geraten ist, wieder in die Ordnung zu bringen: eine Bestandsaufnahme, die Zählung der Lebenden und der Toten, der Zug der besitzlos Gewordenen zurück in ihre Heimatgebiete, die Schuldzuweisung, die Zumessung der Strafen und zum Schluß: die Geschichte schreiben. Wenn einmal alles schriftlich festgehalten ist, wissen wir, was wirklich geschehen ist.

Ende des Jahres 1945 besuchte ich ein Lager für Verschleppte. Ich sollte für den ›New Statesman‹ einen Artikel über sie schreiben. Das Lager befand sich irgendwo an der deutsch-polnischen Grenze, in einer dieser Ecken von Europa, wo nationale Grenzen keinen Sinn ergeben, wo die Landschaft derart gesichtslos und gleichförmig ist, daß sie zum Nirgendwo wird. Man befindet sich in der Mitte einer Masse von Festland, ohne Ränder – nur Himmel, Horizont. Um dieses Gebiet wurde bereits seit Hunderten von Jahren gestritten, immer und immer wieder sind Armeen darüber hinweggezogen. Vermutlich gab es dort einmal Wiesen und kleine Bauernhöfe, Kühe und Hühner und Kinder. Nachdem man es nun fünf Jahre lang mißbraucht hatte, war es eine Wüstenei geworden, in deren Mitte sich das Lager befand – Zeile um Zeile von Betonbaracken, zwischen denen die Menschen verzweifelt umherwanderten oder sich anstellten für noch ein weiteres Gespräch mit einem zermürbten Behördenvertreter, um den sich Unmengen Karteikästen türmten. Bei einigen dieser Gespräche war ich dabei. Die meisten der Lagerinsassen waren alte Menschen oder wirkten zumindest alt, ihre Gesichter straften die auf den Karten festgehaltenen Fakten Lügen; doch es waren auch einige junge dabei – Bauernmädchen, die man als Arbeitssklavinnen deportiert hatte, ihre derben ländlichen Gesichter waren grau und hager, Siebzehnjährige wirkten wie Vierzigjährige. Und sie sprachen alle möglichen Sprachen, man wußte nie, welche als nächste kam – litauisch, serbokroatisch, ukrainisch, polnisch, französisch... Dolmetscher hasteten hin und her. Ich unterhielt mich mit einer alten Frau, die laut Karte Polin war, jedoch französisch sprach – ein elegantes Salonfranzösisch. Sie trug einen verschlissenen grauen Mantel, einen Schal um den Kopf und roch ein wenig; doch ihre Sprache war das Echo eines vornehmen Lebens, mit Kristallglas und Silber, Musikstunden und Kindermädchen. Ihr Ehemann war an Typhus gestorben, einen Sohn hatten die Nazis erschossen, ein anderer war in einem Arbeitslager umgekommen, Schwiegertochter und Enkelkinder waren verschwunden. »*Je suis seule au monde*«, sagte sie und sah mich dabei an. »*Seule au monde...*« Und um uns herum schlurften die Menschen vorbei oder reihten sich geduldig in endlosen Schlangen auf.

Ich schrieb meinen Text für den ›New Statesman‹, nehme ich an; vielleicht habe ich die alte Polin erwähnt. Vermutlich hat man sie irgendwo ordentlich untergebracht, in ein passendes Land geschickt, die Karteikarte aussortiert. Sie wurde nicht einer dieser undankbaren Fälle, die jahrelang Ärger verursachen, immer wieder auf der internationalen Tagesordnung stehen: eine Wolgadeutsche, eine Krimtatarin. Schließlich wußten sie ja, wer sie war und wo sie war.

Für eine Nation ist es historisch von großem Vorteil, über Ränder zu verfügen. Inseln kommen unter diesem

Gesichtspunkt unverhältnismäßig gut davon. Ich erinnere mich, daß ich darüber nachdachte, als ich 1945 die Klippen von Dover zum erstenmal wieder sah. Da waren sie, jene Felsen, die Shakespeare heraufbeschworen, das trockene Quietschen der Kreide auf der Schultafel und jenes Lied über Drosseln. Um ihre Füße wand sich Stacheldraht, auf ihren Köpfen saßen Bunker wie Pillboxhüte. Überall trieben sich demobilisierte Soldaten herum, die in ihren schlechtsitzenden neuen Anzügen jedem auffielen; alle hatten irgend etwas, über das sie schimpfen konnten. Wenn so der Sieg aussah, dann schien er die ganze Mühe kaum wert gewesen zu sein. Ich saß in einem Zug, der sich langsam durch die Felder von Kent schlängelte; die Fenster waren immer noch stellenweise geschwärzt, die Farbe in langen Kratzern abgeschabt, so daß die Landschaft in kurzen Fetzen vorbeiflitzte. Ich dachte an diese mächtigen Klippen.

Und im Bahnhof Victoria erwartete mich Gordon. Auch er trug einen umgearbeiteten Anzug, hatte die Haare äußerst kurz geschnitten und auf der Wange diese Narbe, die nur mir auffallen konnte.

Als sie die Hälfte des Bahnsteigs gegangen ist, kann sie ihn sehen. Es ist, als ob niemand sonst da wäre. Sie bleibt knapp zwei Meter vor ihm stehen; er ist es, und er ist es auch nicht, dies ist das Gesicht, das sie besser als jedes andere kennt, doch es ist auch das Gesicht eines Fremden. Es hat neue Linien, etwas ist hinzugekommen, manches hat sich verändert. Der Raum zwischen ihnen trägt dem Rechnung – diese zwei Meter grauer Bahnhofsboden, die sie nicht überqueren kann. Wenn sie das täte, hieße es zurückzugehen – zurück in andere Claudias, zurück zu anderen Gordons. Doch diese Claudias und Gordons gibt es nicht mehr; sie sind so ausgelöscht wie dieses bekannte Gesicht ausgelöscht und durch ein anderes ersetzt wurde. Sie ist fasziniert und aufgeregt. In sich forscht sie nach vertrauten Signalen. Und dann überwindet sie diese zwei Meter, berührt ihn, und die Signale leuchten auf. Doch jetzt etwas entfernt, weiter weg, zu vieles hat sich darübergelegt.

Er sieht, daß sie kleiner und dünner ist und rote Haare hat. Ihre Kleidung ist nicht wie dieses schmuddelige Kunstfaserzeug, das alle anderen hier tragen. Der leuchtend orangefarbene Mantel ist ganz unenglisch, dazu trägt sie einen kleinen Hut mit Federn. Er sieht sie an, bevor er merkt, daß es Claudia ist (auch andere Leute schauen sie verstohlen oder ganz offen an). Sie kommt auf ihn zu, winkt oder lächelt dabei nicht, bleibt dann stehen. Er könnte denken, daß sie ihn nicht erkannt hätte, wenn nicht ihre Augen auf ihn gerichtet wären.

Und dann tritt sie zu ihm und küßt ihn. Sie riecht fremdartig und teuer, doch unter dem Chanel-Parfüm, oder was immer das sein mag, liegt ein Hauch – ein Hauch voll starken Gefühls –, der an unerreichbare Momente denken läßt. In seinem Inneren rührt sich etwas, hebt den Kopf und schnuppert. Und Claudia spricht über eine Narbe in seinem Gesicht.

»Das ist meine Kriegsverletzung. Irgendeine unangenehme indische Hautkrankheit. Fällt sie so auf? Aber du bist, wie ich mit Freuden feststelle, soweit ohne Narben davongekommen.«

»Meinst du?« sagt sie. »Gut.«

»Aber deine Haare sind rot. Ich hatte sie braun in Erinnerung.«

»Meine Haare wurden immer für rot gehalten. Das ist eine der Geschichten, die Mutter mir immer vorgeworfen hat, seit meiner Kinderzeit. Wie geht es ihr?«

Wir gingen in ein Café und tranken starken übelriechenden Tee aus diesen fingerdicken Tassen. Ich sah mich immer wieder um; London, die Häuser, die Leute, die Busse und Taxis, das alles war ebenso unwirklich wie Gordon selbst – als ob eine Phantasielandschaft plötzlich Realität geworden wäre. Nur wenn ich Bombentrichter sah und das zerstörte Innere eines Hauses, dessen Kamine freigelegt waren, und die Spuren geisterhafter Treppenhäuser, dann stellte sich das Gefühl ein, daß auch hier die Zeit vergangen war. Doch ich fühlte mich wie eine Besucherin, nicht wie die Einheimische, die zurückkehrt.

Wir redeten. Wir erzählten uns so viel wie uns überhaupt nur möglich war von all dem, was wir gesehen und getan hatten, wo wir gewesen waren und mit wem. Ich starrte auf die leeren Stellen in Gordons Bericht, und ich nehme an, daß er den stummen Momenten in meinem nachlauschte. Nach ungefähr einer Stunde waren wir wieder da, wo wir fünf Jahre zuvor gewesen waren – in kleinen Geplänkeln und Kämpfen, mühten uns darum, vom anderen beachtet zu werden. Ich bekam heraus, daß Gordon in Delhi mit einer jungen Amerikanerin liiert gewesen war. Ich fragte ihn: »Warum hast du nicht geheiratet?« Er lachte und sagte, daß er keine Zeit zum Heiraten hatte. Er würde in das Forschungsprojekt zurückkehren, an dem er bereits vor dem Krieg gearbeitet hatte, es gab von allen Seiten Angebote für ihn, er würde in Zukunft mit wirklich wichtigen Dingen zu tun haben.

Ein Jahr darauf lernte er Sylvia kennen. Ich war nie eifersüchtig auf Sylvia; das wäre lächerlich gewesen. Doch diese unbekannte junge Amerikanerin versetzte mir einen unangenehmen Stich. Ungefähr ein Jahr lang versuchte ich, sie mir vorzustellen.

Bis Ende Zwanzig traf ich keinen Mann, der mich so interessierte wie Gordon. Deshalb war unser Verhältnis zueinander so, wie es eben war. Jeden Mann, den ich kennenlernte, maß ich an ihm, und alle zogen sie den kürzeren: weniger intelligent, weniger witzig, weniger attraktiv. Ich versuchte, an mir den *frisson* festzustellen, den Gordon auslöste – und er stellte sich nicht ein. Es schien jammerschade, daß niemand anderer in der Welt so zu mir paßte wie mein Bruder.

Inzest steht in enger Verbindung mit Narzißmus. Als Gordon und ich uns in höchstem Maße unserer selbst bewußt waren – glühend in der Sexualität und dem Egoismus der zu Ende gehenden Pubertät –, sahen wir einander an und fanden in uns das passende Gegenstück. In Gordons Männlichkeit spiegelte sich ein erotisches Flackern von mir, und wenn er mich ansah, las ich in seinen Augen, daß auch er ein lockendes Echo erkannte. Wir standen voreinander wie Spiegel, die in endloser Folge Gegenbilder wiedergaben. Wir sprachen in Geheimsprache miteinander. Für eine gewisse Zeit, für einige hochmütige Jahre, wurden andere Menschen für uns so etwas wie ein Proletariat. Wir bildeten eine Aristokratie aus zwei Menschen.

Das Schulzimmer ist zum Tanzsaal geworden. Sofa und Stühle stehen an den Wänden, der Teppich ist aufgerollt, das Grammophon steht auf dem alten, mit Boi überzogenen Tisch.

Gordon riecht jetzt nach Mann. Während sie sich an ihn preßt, ihre Brüste sein Hemd, ihre Haare sein Kinn streifen, riecht sie einen kräftigen männlichen Duft, fast anonym, das ist nicht mehr Gordon, sondern etwas anderes. Der Duft ist köstlich, und in Claudia breitet sich ein äußerst eigenartiges und interessantes Gefühl aus.

»Langsam, schnell, schnell, langsam... Anderer Fuß, Idiot. Noch mal von vorn.«

In Cambridge lernen jetzt alle Ragtime, sagt Gordon. Doch das ist langweilig. Genauso langweilig wie Charleston. Man hüpft wie bekloppt durch die Gegend, sagt Gordon. Nein – das einzige, was die Mühe lohnt, ist ein langsamer Foxtrott. Und ein Quickstep. Und da muß man besser sein als alle anderen, das ist der springende Punkt. Man muß so unglaublich gut sein, daß alle den Atem anhalten – daß man allein auf der Tanzfläche bleibt. Und so gut zu werden haben sie jetzt vor – für das Fest bei den Molesworths nächste Woche.

»Wenn ich hier hinten drücke, gehen wir rückwärts. Und jetzt...«

Und Gordons Hand bewegt sich spürbar und voller Wärme auf Claudias Kreuz, und gekonnt schwingen sie zur Seite, Hüfte an Hüfte. Langsam, schnell, schnell, langsam. »Oh, das ist *sehr* gut...«, sagt Gordon. »*Sehr* elegant... Und noch einmal...« Langsam, schnell, schnell, langsam. Immer und immer wieder durch das ganze Zimmer, jedesmal noch enger aneinandergedrückt, eine Einheit... Schnell zum Grammophon, wenn es langsamer wird... dann wieder Körper an Körper, Schenkel an Schenkel... oh, himmlisch ist das... nie soll das enden, wir werden besser und besser, laß uns niemals aufhören...

Lange, lange machen sie so weiter. Die Abenddämmerung kriecht in den Raum; sie halten nur inne, um die Platte umzudrehen oder das Grammophon wieder anzukurbeln, kein Wort wird gesprochen. Oh, Seligkeit, denkt Claudia... Wie wunderbar... Sie saugt dieses außergewöhnliche Gefühl, diese Erregung in sich auf... Sie hat noch nie so empfunden. Was ist das?

Schließlich bleiben sie am Fenster stehen, im kühlen, blauen Zwielicht, und sehen einander an. Ihre Gesichter so nah, daß sie sich fast berühren. Und dann berühren sie einander – sein Mund auf ihrem, seine Zunge zwischen ihren Lippen, ihr Mund, der sich öffnet. Die Grammophonnadel bleibt in der Rille hängen, wiederholt ohne Ende ein und dieselbe Phrase.

»Und außerdem«, sagt Mutter, »hast du am Donnerstag bei Molesworths offensichtlich den ganzen Abend nur mit Gordon getanzt. Mrs. Molesworth sagt, es hätte nicht daran gelegen, daß keine anderen Partner für dich da gewesen wären – sie sagt, Nicholas hätte dich mindestens zweimal aufgefordert, Roger Strong auch. Das ist überaus unhöflich. Und offenbar hat Gordon Cynthia Molesworth kein einziges Mal um einen Tanz gebeten. Ihr seid zu alt, um euch so aufzuführen.«

Sie liegt nackt im Gras am Flußufer, die Schatten der Weidenblätter zeichnen Gittermuster auf ihren Körper. Gordon kommt aus dem Wasser, er klettert ans Ufer und setzt sich neben sie. Auf seinen Schenkeln sind Schlammstreifen, seine Haare kleben am Kopf. Nach einem Moment greift er in seine Jacke, holt einen Füller aus der Tasche. Er malt die Ränder der Blätterschatten nach — auf ihrem Bauch, ihren Armen, Beinen, Brüsten, sie ist ganz und gar mit hellblauen Marmorierungen überzogen. »Und wie bekomme ich das alles wieder ab?« beschwert sie sich. »Sei nicht so unromantisch«, sagt Gordon. »Das ist doch Kunst. Ich mache aus dir ein *objet trouvé*... Dreh dich um.« Sie dreht sich auf den Bauch und lacht ins Gras, der Füller wandert wie ein Insekt über ihre Haut.

»Ihr seid so still heute früh«, sagt Mutter. »Gib mir bitte die Marmelade, Gordon. Und meine liebe Claudia, ich finde, dieses Kleid, das du gestern abend getragen hast, paßt überhaupt nicht hierher. Du kannst das in der Stadt anziehen, wenn es sein muß, aber es ist einfach nichts fürs Land. Die Leute haben sich nach dir umgedreht.«

»Guter Aufschlag«, sagt Gordon. »Vierzig — null.« Als sie aneinander vorbeigehen, murmelt er: »Leg ihn ihr dieses Mal auf die Rückhand.«
 Sie haben alle aus dem Feld geschlagen. Die anderen Spieler sitzen zwischen den Rosenbeeten und sehen ihnen voller Unlust zu. Claudia schlendert nach hinten auf ihren Platz, bewundert dabei ihre sonnengebräunten Beine. Sie dreht sich um, läßt sich Zeit bei ihrem Aufschlag, genießt einen Moment lang Gordons Rücken, die Art, wie seine Haare auf dem Hemdkragen aufliegen, seine Konturen.

»Die Kinder sind einige Tage in Paris«, sagt Mutter. »Na ja, Claudia ist noch ein bißchen jung für so etwas, aber Gordon ist ja dabei.«

»Das ist Pernod«, sagt Gordon. »Und du solltest dich wirklich unbedingt mit dem Zeug anfreunden. Man kann nicht hier sein und keinen Pernod mögen.« Und als sie dann aufstehen und weitergehen, merkt sie, daß sie schwebt, nicht einfach geht, sondern aufs Angenehmste die Straße hinunterschwebt, während sie sich an seinem Arm festhält. »Wir müssen oft hierher kommen«, sagt sie. »Natürlich«, sagt Gordon. »Alle zivilisierten Menschen verbringen viel Zeit in Frankreich.« Heute hat er Geburtstag, er wird zwanzig Jahre alt.

»Claudia geht jetzt nach Oxford«, sagt Mutter. »Das tun jetzt natürlich viele Mädchen, und sie war schon immer eine, die ihren Willen durchgesetzt hat.«

Ein Sommer. Zwei Sommer, vielleicht, und ein Winter. Das liegt schon weit zurück in der Erinnerung – selbstverständlich nicht ganz vergessen, doch zu einem Band aus einzelnen Momenten geronnen, in denen wir dies oder jenes taten, dies oder das oder etwas anderes sagten, da oder dort waren. Als wir zu Hause waren, Seite an Seite auf dem Boden lagen, ineinander aufgingen, während unten Mutter vor sich hin singt und die Blumen pflegt. Oder in Gordons Zimmer in Cambridge, oder im Theater in London oder beim Umherstreifen in Dorset, in arroganter Langeweile. Es erstaunt mich nicht, daß uns die Leute mit Abneigung angesehen haben. Ein Jahr, vielleicht zwei... Und dann begannen wir beide, uns umzusehen, eigene Wege zu gehen, ein Interesse am verachteten Proletariat zu entwickeln. Diese Zeit ging vorbei, doch sie ist auch für immer da und bestimmt, wie wir miteinander umgehen. Daher sind andere Menschen immer noch ausgeschlossen. Die meisten haben das nie wahrgenommen, nur Sylvia, die arme, dumme Sylvia hat eine Ahnung davon bekommen, jedoch nie verstanden, was sie da gespürt hat. Später, viel später.

Sonntag mittag gibt es gebratenes Hühnchen, Brotsauce, Speckbrötchen, die ganzen Garnierungen... Mutter hat alles selbst zubereitet, heldenhaft, begleitet von knappen, entschuldigenden Kommentaren. Kochen hat sie sich selbst beigebracht, unsere tapfere Mutter, seit auch die letzte Frau aus dem Dorf, die ihr im Haushalt geholfen hat, abtrünnig geworden ist. Claudia hat ihr Elizabeth Davids Buch ›French Country Cooking‹ zu Weihnachten geschenkt – es wurde mit höflichem Interesse, doch ohne jeglichen Enthusiasmus entgegengenommen; nicht ein einziges Mal kamen *coq au vin* oder *quiche lorraine* in Sturminster Newton auf den Tisch.

»Es ist wunderbar, Mrs. Hampton«, schwärmt Sylvia, die gute Schwiegertochter. »Absolut köstlich. Sie sind ja so geschickt.«

Mutter sitzt am oberen Tischende, Sylvia rechts neben ihr, Claudia ihr gegenüber, Gordon am anderen Ende. Mutter und Sylvia unterhalten sich weiter über Brotsauce, die Metzger und – etwas verhaltener – über die Anstrengungen, die Sylvias Schwangerschaft mit sich bringt.

Das alles nimmt Claudia als Hintergrundgeräusch wahr, wie das Gesumm der Fliegen, einen Rasenmäher. Sie hat Gordon seit zwei Monaten nicht gesehen. Eine Diskussion haben sie noch nicht zu Ende geführt, und es gibt ein paar skurrile Anekdoten zu erzählen, nach einer dieser Geschichten lacht Gordon schallend. Sylvia unterbricht ihr Gespräch mit Mutter und wendet sich um. Um ihre Augen zuckt es nervös. »Oh, worüber lacht ihr – sag doch bitte!«, und Gordon, der gerade aufsteht, um sich noch etwas von dem Hühnchen auf den Teller zu laden, sagt, daß es um jemanden ging, den wir kannten und daß es eigentlich gar nicht so lustig ist, möchte noch jemand etwas? »Das ist gemein!« schmollt Sylvia. »Claudia, sag du...« Und Claudia schaut das erstemal ihre Schwägerin genau an, die eine Art weiten, aufgebauschten, blumenbesetzten Kissenbezug trägt, aus dem ihr hübsches rosafarbenes Gesicht, ihr goldenes Haar herausquellen. Sylvia weckt in Claudia tatsächlich keinerlei Emotionen, bis auf eine gewisse Ungläubigkeit. Sie fragt sich gelegentlich, worüber Gordon mit ihr spricht.

»Oh – das war doch nur Getratsche«, sagt sie. »Eigentlich gar nichts...«

Sylvia wendet sich an ihre Schwiegermutter. »Waren die beiden schon immer so, Mrs. Hampton? So... so cliquenhaft?«

»O nein«, sagt Mutter gelassen. »Sie haben sich immer furchtbar gezankt.«

»Wir auch!« ruft Sylvia. »Desmond und ich. Wir haben uns nicht *ausstehen* können. Wir waren total normal. Sind wir immer noch. Ich meine, ich mag Desmond ja, aber wir haben rein gar nichts gemeinsam.«

Gordon setzt sich mit seinem gefüllten Teller wieder hin. »Claudia und ich werden uns also alle Mühe geben, in Zukunft nur noch im geheimen unnormal zu sein. O. k., Claudia? Wenn ihr wollt, können wir euch jetzt einen richtig guten Streit vorführen.«

Sylvia ist verwirrt. Ihre Hand legt sich eilig auf seinen Arm, knetet ihn, ihr Gesicht wird noch rosafarbener. »Ojemine, ich will doch nicht sagen, daß ihr *seltsam* seid, es ist einfach komisch, daß Bruder und Schwester dermaßen vertraut miteinander sind. Eigentlich nett.«

Bei allem, was sie zu Mrs. Hampton sagte, konnte sie die beiden im Hintergrund hören – oder eigentlich, und das machte sie verrückt, nicht richtig hören. Gordon sprach in diesem Tonfall, den er bei niemand anderem hat. Claudias tiefe Stimme, eine Stimme, die so sarkastisch sein kann, so zermürbend, wird Gordon gegenüber so vertraulich. Und wenn sie versucht, sich an dem Gespräch zu beteiligen, sagen sie nichts mehr, verstummen, Gordon wechselt das Thema, bietet ein zweites Mal vom Essen an.

Claudia trägt ein rotes Kleid, sehr eng an Taille und Hüften. Sie ist zur Zeit klapperdürr. »Ich mag das Kleid, das du da anhast«, sagt Sylvia vernehmlich. »Ich wäre froh, wenn ich in so etwas passen würde.« Sie tätschelt ihren Bauch und linst zu Claudia hinüber: Claudia, die nicht verheiratet ist, die kein Kind haben wird. Sie spürt einen leichten, angenehmen Anflug von Zufriedenheit. Derart abgesichert kann sie jetzt fröhlich und unbeschwert die Frage an Mrs. Hampton richten – denn die ist reizend, mit ihr gab es noch nie Probleme –, wie Claudia und Gordon als Kinder waren und von sich und Desmond erzählen. Und dann sagt Gordon etwas mit dieser kühlen Stimme, die sie völlig ausschließt – als sei sie eine oberflächliche Bekanntschaft, und Sylvia ist nicht mehr abgesichert, strahlt nicht mehr. »Ich sage doch nicht, daß ihr *seltsam* seid«, jammert sie. »Es ist eigentlich nett.« Sie hat sich falsch ausgedrückt. Jetzt sehen beide sie an, Gordon und Claudia, sie hat zwar ihre Aufmerksamkeit gewonnen, jedoch nicht so, wie sie es wollte. Lachen sie über sie? Ist das womöglich ein leichtes Lächeln, das um ihre Mundwinkel spielt?

»Du meine Güte!« sagt Claudia. »Du machst uns zu Exoten. Ich glaube nicht, daß wir uns jemals sehr exotisch gefühlt haben, du vielleicht?«

»Inzestuös, meinst du das?« sagt Gordon und verdrückt ein Stück Brathuhn. »Aber wenn ich so darüber nachdenke, scheint mir Inzest schon ein wenig exotisch zu sein. Gleichwohl klassisch. Ziemlich viel Klasse hat das. Schau dir die alten Griechen an.«

»Und schau dir Nelly Frobisher aus dem Dorf an«, sagt Claudia. »Von ihrem Vater fertiggemacht, noch bevor sie siebzehn war. Dr. Crabb hat immer gesagt, daß er es an der Kopfform erkennen könnte, aus welchem Dorf die Leute in Dorset kamen.«

»Claudia, also *wirklich*...«, ruft Mrs. Hampton.

Und Sylvia erträgt das jetzt nicht länger. Plötzlich fühlt sie sich nicht mehr besonders gut, legt eine Hand auf ihr

Bäuchlein, sagt würdevoll, daß sie sich ein wenig hinlegen will — sicher werden das alle verstehen.

Als sie die Treppe hinaufgeht, hört sie, wie Mrs. Hampton mit den beiden schimpft.

12

»Danke«, sagt Claudia. »Das sieht hübsch und teuer aus. Von Fortnum, wie ich sehe. Stell es doch bitte auf den Tisch. Die Schwester für die Blumen wird sich dann später darum kümmern.«

Sie wird von einem Berg Kissen gestützt. Eine Platte ist schräg vor ihr befestigt, Stift und Papier liegen bereit.

»Du schreibst gerade etwas«, stellt Jasper fest. Er läßt sich neben dem Bett in dem Sessel nieder, der verräterisch knarrt. Jasper ist inzwischen eine in jeder Hinsicht gewichtige Person. »Was schreibst du denn?«

»Ein Buch.«

Er lächelt. Nachsichtig? Ungläubig? »Worüber?«

»Eine Geschichte der Welt«, antwortet Claudia. Sie wirft ihm einen Blick zu. »Anmaßend, was?«

»Überhaupt nicht«, sagt Jasper. »Ich freue mich schon darauf, es zu lesen.«

Claudia lacht. »Das bezweifle ich aus verschiedenen Gründen.« Schweigen. Sie fügt hinzu: »Mir ist es lieber, etwas zu tun zu haben – auch wenn ich angeblich gerade im Sterben liege.«

Jasper macht eine abweisende Geste. »Unsinn, Claudia.«

»Na, wir werden ja sehen. Oder, was wahrscheinlicher ist, ihr werdet sehen. Also... Du bist immer noch mit diesen teuren Travestien der Wahrheit zugange, nehme ich an. ›Das Leben von Jesus Christus‹ in sechs Folgen – so was in der Art? Mit eingeschobenen Werbeblöcken.«

Jasper will etwas sagen, holt Luft, schweigt. Setzt wieder an. »Das ist doch weder der richtige Zeitpunkt noch der richtige Ort, Claudia. Pax, ja? Ich bin hier, weil ich dich sehen wollte, nicht mit dir streiten.«

»Wie du meinst«, sagt Claudia. »Ich dachte, das wäre vielleicht eine gute Therapie. Heute ist einer meiner besseren Tage, haben sie mir gesagt. Mir haben unsere Streitereien immer viel Spaß gemacht – dir nicht?«

Er lächelt – versöhnlich, einnehmend. »Ich habe noch nie etwas bereut, meine Liebe. Die Zeiten mit dir am allerwenigsten.«

»Ach«, sagt Claudia und sieht ihn scharf an. »Da würde ich dir durchaus zustimmen. Bereuen ist immer vergeblich, weil man nichts ungeschehen machen kann. Nur die Scheinheiligen sind darauf aus, sich Asche aufs Haupt zu streuen. Möchtest du eine Tasse Tee? Wenn ja, dann läute bitte hier.«

Vermutlich war ich deshalb immer von solchen Menschen fasziniert, die sich historische Gegebenheiten zunutze gemacht haben, weil ich eine Wesensverwandtschaft mit ihnen spürte. Politische Abenteurer – Tito, Napoleon. Die Päpste des Mittelalters, Kreuzfahrer, Kolonisatoren. Ich mag sie nicht, komme jedoch nicht darum herum, mich mit ihnen zu befassen. Händler und Siedler haben mich immer interessiert – diese unerschrockenen, skrupellosen Opportunisten, die sich in die von Politik und Diplomatie geschaffenen Risse und Spalten und Schlupflöcher gezwängt haben. Ich habe ein kritisches Interesse am Gewürzhandel, am Pelzhandel, an der East India Company entwickelt. An all diesen kleinäugigen, verschlagenen, unmoralischen, unzerstörbaren Kerlen aus dem sechzehnten und siebzehnten und achtzehnten Jahrhundert, die ihr Leben riskiert und sich im Gefolge der großen Ereignisse bereichert haben.

Gier ist eine interessante Eigenschaft. Jasper ist gierig, er muß Geld um des Geldes willen haben – nicht wegen dem, was er kaufen kann, sondern um des puren Besitzes willen: Zahlen auf einem Stück Papier. Habgier, die auf Bankauszüge und Anteilscheine aus ist, ist schwerer zu verstehen als die Habsucht des elisabethanischen Kaufmanns mit seinen Ladungen von Zimt, Nelken, Muskat und vermutlich auch unter den Dielenbrettern versteckten Goldbarren. Da heutzutage niemand mehr mit sichtbarem und greifbarem Reichtum anders in Berührung kommt als über Kontoauszüge und Plastikvierecke in der Brieftasche, sind es wohl atavistische Instinkte dieser Art, die von Zeitungsberichten über Schatzfunde wachgerufen werden — von einer Pflugschar nach oben gewühlte Münzen, Truhen voller spanischer Dublonen auf dem Grunde des Solent. Wir alle werden ein wenig kribbelig beim Gedanken an Gold und Silber und machen die Gier zu etwas Achtenswertem, indem wir uns in klugen Reden über das Interesse an der Vergangenheit ergehen. Unsinn. Es geht den Leuten nicht um Angelsachsen oder Seeleute aus dem Mittelalter — das Geld ist es, Guineen, Käsch, Pesos, Sovereigns, Goldbarren, alles, was man durch die Finger gleiten lassen und zählen und dessen Gewicht man spüren und das man unter dem Bett verstauen kann.

Jasper hat den Krieg zu seinem eigenen Vorteil gewendet. Er hat dafür gesorgt, daß er weder jemals in Gefahr noch in größere Bedrängnis kam und sich an den weiteren Aufbau seiner Karriere gemacht. Er schaffte einen steilen Aufstieg, zog an seinen Altersgenossen vorbei und trug wohl auch sein Scherflein zum Sieg bei. Natürlich ist Jasper auf seine Weise ein Patriot.

Nun kann man durchaus fragen, warum ich, wenn ich doch solcherart über Jasper spreche, jemals eine Beziehung mit Jasper eingegangen bin und diese lange Zeit aufrechterhalten habe. Wann spielen beim Sex schon jemals Verstand und Nützlichkeitsdenken eine Rolle? Jasper war im Bett ausgezeichnet und auch ansonsten sehr unterhaltsam. Zu der Zeit, als er Lisas Vater wurde, waren wir im Guten zusammen. Und im Schlechten.

»Ich höre auf im Außenministerium«, sagt Jasper.

Sie fahren durch die Normandie. Ohne Zweifel, denkt Claudia, ist dies eine mythische Landschaft, ein kollektiver Traum davon, was Frankreich ist, mit Bauernhöfen und Kühen und Äpfeln, ein Traum von Vergangenheit, davon, wie die Welt sein sollte und nicht ist. Wie erfunden, doch ich sitze in Jaspers nicht mehr ganz neuem Jaguar, während alles an den Fenstern vorbeigleitet: mittelalterlich, voller Aroma, komplett mit Schlössern und Tankstellen und Traktoren und alten Citroëns, die mit Drähten zusammengehalten werden. »Wirklich? Warum denn?«

»Man hat mir angetragen, nach Djakarta zu gehen.«

»Oh. Als Botschafter, nehme ich an?«

»Nicht als Botschafter«, sagt Jasper und rauscht an einem Bauernkarren und einem Transporter vorbei, steuert den Jaguar durch eine Pappelallee, zur Rechten fliegt eine Kirche mit einem romanischen Portal vorbei, links eine Werbetafel für Pernod.

Claudia lacht. »Es ist mir klar, daß Wirtschaftssekretär in Djakarta nicht ausreicht. Wem bist du denn im Außenministerium auf die Nerven gegangen?«

»Mein liebes Mädchen, so läuft das doch nicht. Das ist eine Stufenleiter. Eine mühselige Stufenleiter, die ich nicht im Schneckentempo zu absolvieren gedenke.«

»Verstehe. Und was willst du tun?«

»Ich bin gerade an verschiedenen Sachen dran. Mit dem Fernsehen sollte man sich einmal befassen. Vielleicht steige ich auch als Kolumnist bei der ›Times‹ ein. Die NATO ist auch eine Möglichkeit.«

»Aha«, sagt Claudia. »Die NATO. Und deshalb sind wir jetzt auch hier.«

»Bis zu einem gewissen Grad, ja.« Er nimmt eine Hand vom Lenkrad und drückt ihr Knie. »Und es ist auch eine Ausrede, um mit dir einen Ausflug zu machen, dazu komme ich viel zu selten. Hier ist es anscheinend.«

Von der Hauptstraße biegt er durch ein weit geöffnetes Tor in eine baumbestandene Auffahrt ein, die durch einen Park führt. Kies spritzt von den Rädern auf. Die Schrift auf dem Schild am Tor ist derart zurückhaltend und vornehm ausgeführt, daß Claudia mit einem schnellen Blick darauf nur erkennen kann, daß dort auf französisch, englisch und deutsch etwas über das Konferenzzentrum Château Sowieso steht.

»Was genau stellst du dar, wenn wir da sind?«

»Ich bin Beobachter. Schreibe etwas für den ›Spectator‹.«

»Und ich?«

»Du bist meine Sekretärin.«

»Nein, das bin ich ganz bestimmt nicht«, sagt Claudia. »Du kannst gleich hier anhalten.« Sie öffnet die Tür. Der Jaguar schwenkt herum, wird langsamer.

Jasper greift an ihr vorbei. »Sei kein Idiot. Mach die Tür zu. Ich habe doch nur Spaß gemacht. Ich mußte dich einfach als irgend etwas bezeichnen, oder nicht? Freundin? Geliebte?«

Das Auto ist jetzt ganz zum Stehen gekommen, Claudia ist schon halb ausgestiegen. Er hält sie am Arm fest.

»Ich habe immer noch einen Namen, ja?« braust Claudia auf. »Laß mich los.«

Er zieht. Sie zieht. Und plötzlich nimmt er im Rückspiegel die interessierten Gesichter von Chauffeur und Fahrgast im Auto hinter ihnen wahr. Er drückt Claudia in ihren Sitz, knallt die Tür zu und fährt so abrupt los, daß sie zurückrutscht. »Liebling, du bist verrückt. Was spielt das denn für eine Rolle? Wir sind hier, um uns ein wenig zu amüsieren, das ist alles.«

»Im Augenblick amüsiere ich mich nicht besonders«, sagt Claudia, doch sie wird ruhiger, wie er (mit einem schnellen Seitenblick) sieht; das ist wieder einmal einer dieser für sie typischen Stimmungswechsel. Sie wird plötzlich still, anscheinend richtet sich jetzt ihre ganze Aufmerksamkeit auf das Schloß, das nach einer Kurve ins Blickfeld kommt. Es ist auch wirklich recht hübsch, alles da, einschließlich Schloßgraben, Wasserrosen, Schwänen, und auf dem Kies davor sind eine Menge hochglänzender Karossen geparkt. Jaspers Stimmung hebt sich. Der Anblick von Chauffeuren, Uniformen, für Normalbürger unerschwinglichen Autos, Nationalflaggen und dem ganzen Drumherum der Macht erinnert ihn an die Kriegsjahre, als er in dieser Umgebung in seinem Element war. Vielleicht wäre ein Job bei der NATO wirklich nicht ganz verkehrt. Nach allem, was man hört, gibt es dort einige hinreichend vage definierte Positionen in den oberen Etagen, bei denen man viel herumkommen und einige interessante Dinge bewegen kann. Und so etwas könnte er sich zweifellos an Land ziehen, wenn er es sich wirklich vornimmt. In Gedanken stellt er schon einmal eine Liste von Leuten zusammen, mit denen er bei seiner Rückkehr nach London sprechen will. Und hier bietet sich eine hervorragende Gelegenheit, um sich in anderen einflußreichen Kreisen bekannt zu machen – ganz nebenbei auf die eigenen Leistungen hinzuweisen, sich kenntnisreich, amüsant und vertraulich in vier Sprachen zu unterhalten. Bei dieser Aussicht wird er richtig unruhig. Er wird ganz schön zu tun haben. Vielleicht war es doch nicht so gut, Claudia mitzunehmen. Allerdings ist Claudia, vorausgesetzt, sie führt sich nicht aufsässig auf, ein echtes Plus. Claudia fällt auf. Man selbst fällt auf, wenn man mit Claudia zusammen ist: Männer werden neidisch, Frauen sind beeindruckt.

Das Schloß scheint eher aus Disneyland als aus der Zeit von Ludwig XIII. zu stammen. Claudia sieht es sich genau an, während sie darauf zu fahren – die lächerlichen Pfefferstreuertürmchen, die reinlichen hellen Mauern, den Graben mit den Seerosen – und schaut sich auch weiter um, als sie über Steintreppen zu ihren Zimmern gehen. Es gibt riesige Salons mit Unmengen von Teppichen, einen Speisesaal voller altertümlicher Rüstungen und Waffen und mit einer hallenden Akustik; jedes Zimmer hat ein eigenes Badezimmer mit Dusche und Bidet. Claudia wirft ihren Koffer auf das Bett und geht zu dem doppelbögigen Fenster; auf dem Graben zieht ein Schwan mit einigen Jungen seine Bahn.

»Geht's dir gut, Liebling?« fragt Jasper. »Ganz schön hier, was? Ich muß mich jetzt mal um einiges kümmern – wir treffen uns dann unten, wenn du fertig bist.«

Claudia nimmt die Broschüre, die auf dem Frisiertisch liegt, und liest darin, daß das Schloß vierhundert Jahre lang der Sitz der Ducs de Rocqueville war, dann (mit so wenig Eingriffen in die historische Bausubstanz wie möglich) in das Konferenzzentrum Rocqueville umgebaut wurde. Rocqueville, erfährt sie, ist ein Studienzentrum für die Probleme der Nachkriegswelt und spezialisiert auf Konferenzen mit Teilnehmern aus Wissenschaft, Militär, Diplomatie und Politik. Der Text der Broschüre ist ebenso hochtrabend wie schwammig formuliert: hingewiesen wird auf die Unterstützung durch bedeutende, international bekannte Namen, ein bißchen Fachsprache aus dem Wirtschaftsleben soll einschüchternd wirken, und dazu kommt noch eine ordentliche Prise Frieden und Verständigung und Hoffnungen der Menschheit. Als herausragende Besucher hat Rocqueville seit der Eröffnung des Zentrums im Jahr 1948 zu verzeichnen: Winston Churchill, John Foster Dulles, General de Gaulle, Professor Kenneth Galbraith und Dag Hammarskjöld.

Claudia zieht sich um und geht die Steintreppe hinunter. Die Experten dieser Woche haben sich jetzt in der Hauptempfangshalle versammelt, um den Aperitif vor dem Abendessen einzunehmen. Man steht unter Kristalleuchtern und einem wogenden Deckengemälde aus dem *seizième*, in dem Cherubim und Damen in *déshabille* auf puderquastenartigen Wolken herumtollen. Sie bleibt kurz am Eingang stehen, besieht sich zuerst das Deckenfresko und die Möbel mit den dürren, vergoldeten Beinchen, danach die Experten: Militärs in Uniform (derart hohe Ränge, daß nur ein Band hier und da oder ein schlichtes Abzeichen auf den Uniformen genügen), Akademiker in Tweedanzügen, Politiker und Diplomaten im Nadelstreif. Es sind nur wenige Frauen da – einige streng gekleidete, gelehrt dreinblickende Gestalten, ein paar Mädchen, die wie Sekretärinnen aussehen und zurückhaltend an den Seiten des Raumes herumstehen, eine auffallende italienische Politikerin, und eine Angestellte, die jetzt mit einem freundlichen Lächeln auf sie zutritt. Claudia weicht ihr geschickt aus und mischt sich unter die Menge, so weit wie möglich entfernt von Jasper, den sie im Gespräch mit einigen uniformierten Amerikanern ausmachen kann. Sie geht zielstrebig auf das Fenster zu und bleibt dort neben einem einzelnen Mann stehen, der das Deckengemälde betrachtet.

»Unpassend«, sagt Claudia. Sie nimmt ein Glas von einem Tablett, das jemand vorbeiträgt.

»Im Gegenteil«, sagt der Mann. »Wir passen nicht hierher. Das Gemälde war zuerst da.«

Claudia sieht ihn genauer an. Er ist schwer zu beschreiben, ein kleiner, adretter Mann mit einem Oberlippenbärtchen, einer von der Sorte, die unbemerkt in der Menge untergehen, und das ist vielleicht der Grund, warum sich niemand mit ihm unterhält. »Sie haben recht. Ein Widerspruch, so hätte ich sagen sollen.«

Der Mann stürzt seinen Drink herunter, nimmt sich einen neuen von dem Tablett.

»Und wer sind Sie?«

Claudia wird schon fast aufgebracht. Doch er hat etwas an sich, auf das sie anspricht; seine Frage war eher direkt als unhöflich, und Claudia schätzt es, wenn jemand direkt ist. Sie nennt ihm ihren Namen.

»Ich habe Ihr Buch gelesen. Das über Tito.«

Claudia glüht. Sie ist durchaus eitel (o ja, ziemlich eitel sogar) und mit dem Ruhm noch nicht sehr vertraut, so daß sie es zu würdigen weiß, wenn jemand sie erkennt. Sie widmet diesem Mann ihre ganze Aufmerksamkeit, schließt den Raum mit seinen Gesprächen, den Cherubim und den Damen in *déshabille* aus. Der erste Eindruck, den er erweckt, das erkennt sie jetzt, täuscht, er strahlt eine unerschütterliche Zielstrebigkeit aus. Auch ist er ein Mann, der es gewohnt ist, Fragen zu stellen, Antworten zu erhalten und den Leuten zu sagen, was zu tun ist. Sie fragt ihn nach seinem Namen.

Jasper unterhält sich lange in verrauchten Räumen. Eine Flasche Whisky trinkt er zusammen mit zwei Amerikanern, einem Engländer, einem Italiener und einem Belgier, alles Männer mit Einfluß und vielen Verbindungen. Er hat, das weiß er, einen guten Eindruck gemacht. Als sie schließlich aufstehen und die leeren Gläser zurücklassen, die überquellenden Aschenbecher, die tiefen Ledersessel, fühlt er sich gut, sogar sehr gut. Jetzt will er Claudia, die schon früher verschwunden ist. Beim Abendessen sah er sie in eine Unterhaltung mit einem Typen vertieft (ein sexuell völlig anonymer Typ, der wirklich keine Bedrohung war, so daß Jasper ruhig wohlwollend lächeln konnte), doch als er sie später traf, murmelte sie, daß sie früh zu Bett gehen wollte.
Jasper wandert jetzt nach getanem Tagwerk — ein wenig schwankend — durch die breiten Gänge des Schlosses.

Claudia liegt im Bett, das Licht ist an, sie hat ein Buch in der Hand. Doch der Vorwand mit dem Buch funktioniert nicht, sie läßt es schließlich fallen. Sie liegt in diesem fremden Zimmer und hat Schmerzen. Ihre Gedanken und ihr Körper schreien und klagen. Alles, was sie normalerweise unten halten kann, ist zum Leben erweckt. Sie trauert und klagt um Tom. Es ist nicht so, daß er sonst jemals vergessen ist, doch die Gefühle ruhen meistens, warten still auf den rechten Augenblick. Und immer wieder geschieht etwas, das alles an die Oberfläche zerrt, dann ist sie wieder in diesem Sommer in Kairo vor zehn Jahren, als sie die grausame Wahrheit gerade erfahren hatte.
Sie hätte auf sich aufpassen und nicht zulassen sollen, daß sie sich über den Krieg unterhielt. Sie hätte sich nicht unvorsichtig machen lassen dürfen vom Wein, von der

schmeichelhaften Aufmerksamkeit, den Fragen und der Versuchung, so viel über die eigenen Leistungen zu sprechen.

Das Klopfen an der Tür kann nur Jasper sein. Sie wird steif. Jaspers Körper heute nacht wäre eine Beleidigung. Jeder Mann wäre eine Beleidigung. Jeder Mann, der nicht Tom ist. Und Tom ist tot. Seit zehn Jahren tot.

Jasper tritt ein. Er ist im Morgenmantel. »Ich habe schon befürchtet, daß du bereits schläfst. Ich habe mit einigen Leuten gesprochen. Tut mir leid, daß ich dich allein gelassen habe, aber ich habe mich beim Abendessen mit diesem NATO-General festgeredet. Wer war denn der Kerl bei dir?«

»Ein Mann«, sagt Claudia und starrt an die Decke.

Jasper hat inzwischen seinen Morgenmantel ausgezogen und schlägt die Bettdecke zurück.

»Nein«, sagt Claudia. »Tut mir leid, Jasper – heute nicht.«

»Was ist los? Hast du deine Tage?«

»Ja«, sagt Claudia. Es ist einfacher so.

Er will immer noch zu ihr ins Bett. »Das macht mir nichts aus.«

»Aber mir«, sagt Claudia. »Laß mich allein, Jasper, bitte.«

Jasper will schon Widerspruch einlegen, kapituliert dann plötzlich. Sein Kopf ist ohnehin vom Whisky benebelt, das Verlangen klingt ab. Er gähnt. »In Ordnung, Süße, ich verstehe. Wir sehen uns dann morgen früh. Ich muß sagen, es hat sich gelohnt, hierher zu kommen. Ich glaube, ich habe ein oder zwei Sachen an Land gezogen.«

»Wirklich?« sagt Claudia, ohne ihn anzusehen.

Doch ich war diejenige, die ganz nebenbei etwas an Land gezogen hatte. Und ganz ohne Absicht. Hamilton – der anonyme Hamilton, den Jasper mit einem Blick abgehakt und das ganze Wochenende über keines einzigen Wortes gewürdigt hatte – war ein Zeitungsverleger.

Nicht eine der auffallenden Figuren von der Fleet Street; er hielt sich eher im Hintergrund, war aber nicht weniger mächtig und mit der Art von physischer Unscheinbarkeit gesegnet, die ihm erlaubte, sich unerkannt zu bewegen. Weshalb es auch Jasper versäumte, sich bei ihm einzuschmeicheln.

Hamilton sagte: »Und was wollen Sie jetzt unternehmen?« Ich hatte von Ägypten erzählt; er hatte, wie sich herausstellte, einige meiner Kurzberichte gelesen. Ich sagte, ich wollte Geschichtsbücher schreiben. Er sagte: »Wollen Sie sich nicht ein paar neue Kriege suchen? Es sieht ganz so aus, als ob es in den nächsten Jahren einige Auswahl geben wird.« Ich sagte, daß ich nie wieder einen Krieg erleben wollte; ich sagte auch, daß ich keine Journalistin sein wollte. »Schade«, sagte Hamilton. »Ich wollte Ihnen gerade einen neuen Job anbieten.«

Schreiben Sie ab und zu für mich, sagte er. Schreiben Sie für mich, wenn Ihnen danach ist. Schreiben Sie, wann Sie wollen, worüber Sie wollen, und machen Sie es so boshaft, wie Sie möchten. Provozieren Sie. Ziehen Sie vom Leder. Zäumen Sie die Pferde von hinten auf. Sie können das, ich bin mir sicher.

Als mein erster Artikel erschien – eine Attacke auf das neueste Werk eines führenden Geschichtswissenschaftlers –, staunte Jasper. Er fühlte sich auch in den Hintergrund gedrängt. Mein Name stand in großen Lettern an herausragender Stelle in einer der angesehensten Zeitungen des Landes. Wie, fragte er, hatte ich das geschafft? Damals versuchte er sich selbst gerade ein wenig als Journalist hervorzutun. »Hamilton hat mich gefragt«, sagte ich. »Woher zum Teufel kennst du denn Hamilton?« – »Oh«, sagte ich leichthin, »ich bin ihm damals bei dem Wochenende in Rocqueville über den Weg gelaufen. Der Mann, mit dem ich beim Abendessen gesprochen habe, erinnerst du dich?«

Jasper bekam nie einen Job bei der NATO. Ihm wurde rechtzeitig klar, daß das zwar vielleicht ein Weg zur

Macht war, nicht jedoch ein Weg zum Reichtum. Ganz Opportunist, steckte er seine Pfoten in den Fernsehkuchen, stieg beim Vorstand einer Handelsbank ein und mischte überhaupt überall ein bißchen mit. Er war auf meine Erfolge eifersüchtig. Männer wie Jasper finden Frauen wie mich nicht wirklich gut; sie sind zwar von ihnen fasziniert und müssen sich mit ihnen einlassen, doch ihr Geschmack sind eigentlich die Willfährigen und Unterwürfigen. Jasper hätte eine Frau wie Sylvia gebraucht.

Genug von Jasper. Aber mir gefällt die Ironie daran, daß es ausgerechnet Jasper war, der mir ohne sein Zutun zu einer öffentlichen Plattform verhalf und damit indirekt auch für vieles weitere verantwortlich war. Damals standen für mich weder Jasper noch Hamilton im Mittelpunkt dieses seltsamen Besuches, sondern etwas ganz anderes – der Ort selbst, und die Art, wie er in gerade diesem Moment als die physische Manifestation von Geschichte als Illusion erschien. Dort habe ich mich in einem unglaublich gewalttätigen inneren Aufruhr erlebt. Ich lag im Bett und trauerte um Tom, doch während des Tages, während der Stunden, in denen ich wohlgenährten, selbstzufriedenen Männern und Frauen zuhörte, die die Zukunft planten und die Vergangenheit neu arrangierten, bebte ich vor Zorn. Heute wäre mir das ein zynisches Amüsement. Damals, als ich jung war – nun gut, relativ jung –, wollte ich sie mit ihren eigenen Blaupausen und Statistiken und Berechnungen ermorden. Und das Schloß selbst war falsch wie eine Filmkulisse, schien seine eigene Vergangenheit zu verhöhnen, so frivol wie die Cherubim und Dirnen auf dem Gemälde im Salon. Geschichte ist Unordnung, wollte ich ihnen zuschreiben – Tod und Verwirrung und Dreck. Und ihr sitzt hier und schlagt euer Kapital daraus und malt Muster in den Sand.

13

»Wie haben Sie geschlafen?« möchte die Schwester wissen.

»Einigermaßen«, sagt Claudia. »Ich hatte einen Alptraum. Und wie mir jetzt klar wird, war ich darin bei einem der eher schauerlichen Momente des frühen sechzehnten Jahrhunderts zugegen. Bei der Flucht der Spanier aus der Aztekenhauptstadt Tlacopan.«

»Du liebe Güte«, murmelt die Schwester und schüttelt die Kissen auf. »Ich stelle die Rückenlehne ein wenig höher, ist das recht so?«

»Es ging den Damm entlang. Pferdehufe klappern auf den Pflastersteinen. Pfeile. Schreie. Blut, Stahl, Musketen werden abgefeuert. Rauch. Gebrüll. Und die Boote schwärmen aus, immer mehr Boote, Unmengen, und die Indianer kommen aus den Booten, die Seiten des Dammes hinauf, wie Wellen klettern die Körper hoch. Männer werden von Pferden heruntergezogen, fallen ins Wasser, die Indianer stürzen sich auf sie. Ein Regen aus Pfeilen. Der Lärm.«

»Hört sich an wie ein Film«, sagt die Schwester, »so wie Sie das erzählen.«

»Daß Sie das jetzt so sagen«, sagt Claudia, »ist nun wieder aus verschiedenen Gründen interessant. Doch das war alles viel realer als ein Film, das versichere ich Ihnen. Ich habe auch geschwitzt und geschrien. Und das Eigenartige an diesem Alptraum – die unergründlichen Wege des Unterbewußten – ist, daß er mit einer Vision der Themse begonnen hat. London Bridge. Mit Gebäuden – diesen windschiefen, vorspringenden Häuschen – und ganz vielen Barkassen und anderen Booten, die fast die ganze Wasseroberfläche bedeckten. Offenbar ein Gemälde, das ich einmal gesehen und vergessen, aber vor meinem geistigen Auge bewahrt habe.«

»Träume sind schon ulkig«, sagt die Schwester. »Ich habe einmal...«

»Und während ich Zuschauerin bei der Szene in London war — gewissermaßen über dem Ganzen schwebte —, war ich in Mexiko beteiligt. Ich war es, der schwere Verwundungen drohten, die jeden Moment zerstückelt, aufgeschlitzt, gepfählt, aufgespießt werden sollte. Ich habe um mein Leben gekämpft. Aber war ich Spanier oder Azteke?«

Die Krankenschwester, der es jetzt reicht, dreht das Bett einige Zentimeter höher, legt Laken und Kissenbezüge zusammen und verläßt das Zimmer.

Mein Mexiko-Buch schrieb ich aus Ungläubigkeit heraus. Hernando Cortez kann nicht wahr sein. Einen solchen Menschen kann es nicht gegeben haben, so mutig, charismatisch, hartnäckig und scheinbar unzerstörbar. Wie konnte jemand derart gierig, fanatisch und phantasielos sein, einige hundert Männer in einen fremden Kontinent zu führen, dessen Topographie er nicht kannte, in dem eine Rasse lebte, zu deren Religion das Schlachten und Opfern von Fremden gehörte, nur um deren Anführer als Gefangenen in seine eigene heimatliche Hauptstadt zu bringen? Und Erfolg haben. Und dann, als sich das Blatt gewendet hat und er vertrieben wird, dreizehn Kriegsschiffe bauen und sie hundertvierzig Meilen weit über die Berge schleppen lassen, da man eine Stadt, die in der Mitte eines Sees liegt, nur mit überlegenen Schiffen einnehmen kann. Und wieder hat er Erfolg. Ist ein Mann, der solche Dinge in Gang setzt, ein Held oder ein Verrückter?

Prescott, der seinen Blick aus dem Boston von 1843 in die Vergangenheit richtete, sah Cortez als Spiegel seiner Zeit. Und schrieb ein großes geschichtliches Werk über ihn. Ein Werk, das natürlich auch das Denken eines aufgeklärten, klugen Amerikaners von 1843 widerspiegelt. So wie meine Sicht die einer polemischen, eigensinnigen, unabhängigen Engländerin aus dem Jahr 1954 war.

Kein Wunder, daß das alles im Unterbewußten festhängt, in Träumen an die Oberfläche kommt. Wir haben es hier mit einer der außergewöhnlichsten Konfrontationen zwischen Menschen und Kulturen zu tun, die es jemals gegeben hat. Auch ein dunkler Hinweis auf die Zukunft ist darin enthalten: der Triumph der Technik. Auf jeden Mann von Cortez kommen fünfzig, hundert, tausend auf der anderen Seite – doch er verfügt über Waffen, Schießpulver, er hat Schiffe und Kanonen. Mehr noch, er weiß, was er hat, die Azteken wissen es nicht. Zuerst denken sie, die noch nie Pferde gesehen haben, die Spanier seien seltsame magische, zentaurenartige Wesen. Sie halten sie auch für unsterblich; die Spanier fördern das, indem sie die Leichen ihrer Gefallenen heimlich nachts begraben. Cortez verfügt über Technik und etwas, das Prescott das bleiche Licht der Vernunft nennt. Bleich wegen der untergeordneten Bedeutung der Vernunft im Jahr 1520? Oder bleich im Angesicht dessen, was geplant war? In jedem Fall wird es den Azteken überlegen sein. Wegen einiger hundert bigotter, habsüchtiger Abenteurer werden sie sich auflösen – Heere, Städte, die ganze alte, fragile Struktur ihrer Gesellschaft. Die Zivilisation kommt nach Mexiko.

Der Sieg ist in gewisser Weise der einer Mythologie über eine andere. Der Azteke – Prescotts »unverbildeter Wilder« – muß sich mit Göttern auseinandersetzen, die ständige Befriedigung verlangen, wenn ein Tag dem vorigen folgen und die Sonne weiterhin scheinen soll. Auch der Gott der Spanier fordert Opfer: ein sich ausdehnendes Reich von Gläubigen plus gute Führung auf Erden als Ausweis für das ewige Leben. Jede der beiden Mythologien entsetzt sich über die andere. Interessant ist, daß die Azteken, die ihren Göttern Gefangene opferten, denen sie bei lebendigem Leib das Herz herausschnitten, zutiefst schockiert über den spanischen Brauch waren, Missetäter auf dem Scheiterhaufen zu verbrennen. Grausamkeit, scheint es, ist eine Frage der Perspektive.

Mein Buch war ein Erfolg, kam auf die Bestsellerlisten. Ich wurde von Journalisten interviewt. Ein bekannter Wissenschaftler attackierte mich im ›Times Literary Supplement‹ und erwies mir damit einen unglaublich guten Dienst. Und zwei Jahre später rief mich ein Filmproduzent an. Was ich von ihm hörte, konnte ich so wenig glauben wie damals die ersten Informationen über Cortez, die ich las. Als ich den Hörer auflegte, begann ich zu lachen.

»Ich habe schwere Zweifel wegen der Federn«, sagt Claudia. »Einige sehen für mich wie Straußenfedern aus. In Mittelamerika gibt es keine Straußen.«
»Kümmer dich um die Federn«, sagt der Produzent zu einem seiner Vasallen. »Wie finden Sie denn den Gesamteffekt? Macht Eindruck, was?«
»Der Gesamteffekt ist ... bemerkenswert.«
Das stimmt tatsächlich. Denn in diesem spanischen Tal sind die feindlichen Heere von Montezuma und Cortez versammelt. Im Hintergrund sind Berge und auch die Dächer des kleinen spanischen Dorfes, das man natürlich nicht im Bild sehen wird, genausowenig wie die Telegrafenmasten entlang der Straße, die geparkten Autos und die drei riesigen Wagen mit Verpflegung. Im Vordergrund stehen die Truppen von Cortez – blitzende Waffen und blinkende Rüstungen und Gestampfe der Hufe – und die Horden der Azteken, mit federgeschmückten Kopfputzen, vielfarbigen Tuniken, goldbetreßten Stiefeln und mit Federn (von zweifelhafter Authentizität) besetzten Umhängen. Zugegebenermaßen hat man sich bei den Berittenen etwas eingeschränkt: die von den Chronisten überlieferten vierzigtausend Mann werden von ungefähr hundert Statisten dargestellt, die – da dies jetzt wieder eine dieser endlosen Pausen ist, die es beim Film gibt – gerade irgendwo herumsitzen, Zigaretten rauchen und Coca-Cola trinken. Montezuma wird in seinem eigenen Wohnwagen neu geschminkt. Claudia war gestern abend

mit ihm in einem Restaurant in Toledo zum Essen; er ist ein Schauspieler aus Venezuela, ein Mann von überwältigender Sexualität und unglaublicher Dummheit. An einem Punkt kam sie während des Essens, als sie darum kämpfte, wenigstens auf irgendeinem noch so niedrigen Niveau einen intellektuellen Kontakt herzustellen, zu dem Schluß, daß eine derartige Person nicht als Mensch, sondern als außergewöhnliches, mit begrenzten Fähigkeiten der Verständigung und des Verstandes ausgestattetes Tier anzusehen ist.

Claudias Name wird unter »Historische Beratung« auf dem Abspann erscheinen. Sie hat lange und intensiv — na, ungefähr zehn Minuten lang — darüber nachgedacht, ob sie dem zustimmen soll oder nicht. Schließlich siegte die mit Neugier verbundene Habgier. Sie konnte es sich nicht leisten, die wirklich beeindruckend große Summe auszuschlagen, die die Filmgesellschaft für die Verwendung ihres Namens zu zahlen bereit war (ein paar brauchbare Ratschläge sollten natürlich auch dabei sein); und außerdem könnte es amüsant sein — zumindest einmal etwas anderes. Claudia ist mit sechsundvierzig Jahren noch nicht zur Ruhe gekommen. Sie ist ruheloser als je zuvor.

Der Regisseur bellt jetzt durchs Megaphon nach den Statisten. Zigaretten werden ausgedrückt, Federn zurechtgerückt. Montezuma steigt aus seinem Wohnwagen, Cortez aus dem seinen.

»Sie machen die Szene noch einmal, wo die beiden aufeinandertreffen«, sagt der Produzent. »Beim letzten Mal gab es Ärger mit den Pferden.«

»Ich nehme an, Sie wissen, daß sie sich nie in der Schlacht begegnet sind?« sagt Claudia.

Der Produzent sieht sie von der Seite an. »Na ja, das ist so eine Sache. Außerdem haben Sie mir einen Vortrag über die widersprüchliche historische Beweislage gehalten. Und das hier ist jetzt so ein Fall. Sieht gut aus, was?«

Und schon reitet er hinaus auf das Schlachtfeld in diesem Tal voller Gestrüpp und hohem Gras, Cortez, eine stämmige Gestalt, deren Gesicht sofort vertraut wirkt. Man hat ihn bereits einmal gesehen, wie er im Ölzeug über das Steuerrad eines Zerstörers blickte, mit Filzhut und gegürtetem Regenmantel unter Straßenlaternen herumlungerte, sich in einer Grenzstadt den Weg freischoß – eine internationale Chiffre für dieses Jahrhundert, allen und niemandem bekannt. Claudia ist ihm gerade zum erstenmal begegnet und hatte das eigenartige Gefühl, die Hand, die er ihr entgegenstreckte, müßte eigentlich aus Pappe sein; es brachte sie aus der Fassung, daß sie dann doch gewöhnliche warme Haut berührte.

Die Armeen werden aufgestellt, sie formieren sich, schwärmen aus und wirbeln durcheinander, es herrscht Tumult und Gebrüll, der kräftige Cortez fällt und steht wieder auf; Montezuma flieht, Wagen mit Kameras und hektischen Kameramännern fahren wild im Kreis herum. Claudia spürt den Wind in den Haaren und die Sonne auf ihrem Gesicht, sie beobachtet das alles voller Interesse und einer Art Unglauben. Der Unglauben hat nichts mit der Authentizität der Aztekenfedern zu tun oder diesen überaus frischgewaschenen Kämpfern oder dem dröhnenden Megaphon und den Motoren, sondern mit etwas ganz anderem: Sie kann ihre eigene Anwesenheit bei dieser teuren Scharade nicht für wahr nehmen. Sie ist belustigt, und gleichzeitig ist ihr auch ein wenig unbehaglich. Sie denkt an jene elenden Mexikaner und Spanier von damals, für die die Geschichte Wirklichkeit war und die damit viele Taschen – ein wenig auch Claudias eigene – gefüllt haben.

Diesen Punkt hat Jasper mir dann Jahre später entgegengeschleudert, an einem Frühstückstisch in Maidenhead, als ich seine Art der Geschichtsverarbeitung angegriffen habe. Ich habe mich damit verteidigt, daß ich nur Zuschauerin war, nichts weiter. Na ja, bis zu einem gewissen Punkt. *Touché*, Jasper.

Mein Mexiko-Buch war ein ordentliches, wenn auch kontrovers aufgenommenes Stück nacherzählter Geschichte. Es hat einfach den Verlauf der Dinge erzählt. In meiner Geschichte der Welt soll der Fall von Tezcuco jedoch anders gesehen werden.

Oder vielleicht nicht gesehen, sondern gesprochen werden – in einem spanischen Dialekt vorgetragen, den wir nicht mehr kennen, und in Indianersprachen, von denen wir uns keine Vorstellung machen, gegen den Gesang der lateinischen Messe und die unwiederbringlichen Rituale jenes anderen Glaubens, der Tag für Tag nach Menschenblut verlangte. Ja, so sollte das aufgenommen werden. Bilder kann man im Kopf heraufbeschwören, Klänge sind schwerer faßbar. Meine Leser sollen an dieser Stelle hören – sie sollen zu Zuhörern werden. Sie sollen Cortez' langen Marsch in das Innere des Kontinents hören, den Regen, den Wind, die Flüche und das Murren, sie sollen das schreckliche Zischen des Popocatepetl hören, in dessen dampfenden Schlund die Spanier hinabsteigen – denn sie haben keinen Schwefel mehr, um Schießpulver herzustellen. Meine Leser sollen den Lärm des Massakers von Cholulo hören, als die Spanier in einer hitzigen Aktion dreitausend Indianer umlegten – vielleicht waren es auch sechstausend oder noch mehr, wieder gibt es hier ein kleines Problem mit sich widersprechenden Belegen, doch der Lärm war in jedem Fall derselbe. Sie sollen die Gärten der Aztekenstadt Iztapalapan hören – die Dschungelgeräusche der Vögel in den Volieren, das Gesumm der Hummeln und Bienen auf den duftenden Sträuchern und den Spalieren, die raschelnden Besen der Gärtner, die die Wege kehren. Sie sollen hören, wie Montezuma Cortez begrüßt und auch Cortez' Bekundungen von Freundschaft und Respekt. Sie sollen das Klimpern und Klirren der Gold- und Silbergeschenke hören, mit denen die Spanier überhäuft wurden – die Kolliers und Halsketten und Armreifen und anderen Schmuckstücke, die Trinkgefäße und Platten. Sie sollen die kundigen Kommentare der Spanier über die Handwerkskunst der Gold- und Silberschmiede, das Gewicht, den geschätzten Wert hören. Sie sollen das Kratzen der Federn hören, wenn Cortez auf Pergament seine Berichte nach Spanien schreibt, und das Gemurmel von Karl V. in Madrid, der sich fragt, ob er denn schon die ganze Neue Welt unter Kontrolle hat oder erst einen Teil – das wäre nicht genug. Und zum Schluß sollen sie das vereinte Schreien der Menschenmassen hören – der Spanier und der Indianer, Männer, Frauen und Kinder –, die deshalb sterben mußten, weil sie das Pech hatten, bei einem äußerst zugespitzten historischen Moment anwesend zu sein.

Inwiefern, könnte man fragen, hat dieser Moment etwas mit mir, Claudia, zu tun, außer daß ich ein Buch darüber geschrieben habe? Den bereits geschriebenen Millionen Wörtern noch einige hinzugefügt habe. In welcher Weise widersetzt er sich der Chronologie und verbindet sich mit meinen unbedeutenden sechsundsiebzig Jahren?

So wie alles andere: Er erweitert mich, befreit mich aus dem Gefängnis meines Erlebens, und hat auch einen Widerhall innerhalb dieses Erlebens.

Der Geruch von Leder. Der teure Geruch der Polsterung des von einem Chauffeur gefahrenen Wagens, in dem sie mit Cortez sitzt. Der kräftige Cortez. Jetzt ohne Waffen und in der Kleidung, die ein sehr reicher Schauspieler aus der Mitte des zwanzigsten Jahrhunderts in seiner freien Zeit trägt, doch nichtsdestoweniger kräftig. James Caxton ist an die fünfzig, geht aber als zehn Jahre jünger durch, oder sogar fünfzehn, wenn er einen guten Kameramann hat. Er ist nicht direkt fett, hat jedoch den gespannten, glänzenden Gesichtsausdruck eines Mannes, dessen Haut einen Deut zu straff sitzt. Sein Hemd, seine Hosen, sein dunkelblauer Blazer sind so hervorragend gearbeitet, daß der Körper ein wenig leichter erscheint, als es tatsächlich der Fall ist. Er achtet auf seine Haltung. Sein Gesicht wirkt ohne Make-up seltsam – der Eindruck verliert sich nicht, daß jemand mit Eyeliner und Schminke daran gearbeitet hat, die schwache Sonnenbräune wirkt unecht, Augenbrauen und Wimpern haben zu präzise Konturen. Seine Stimmlage ist ein volltönender, einnehmender Baß, der jedes Gespräch verstummen läßt, als ob alles, was Caxton sagt, von großer Bedeutung wäre. Eigentlich ist er, wie Claudia feststellt, ein zutiefst uninteressanter Mann. Er sagt selten etwas, was man unbedingt hören müßte, nur seine Stimme ist einfach hypnotisch. Jetzt spricht er gerade über die Landschaft.

»Ich liebe die Berge.«

»Aha«, sagt Claudia. Was sonst sollte man darauf auch sagen?

»Gott sei Dank wollten sie diesen Film nicht in Mexiko drehen. Das Klima dort ist entsetzlich. Die Küste geht noch einigermaßen. Ich habe einige Male in Acapulco Urlaub gemacht. Superstrände.«

Claudia überlegt, ob sie noch einmal »Aha« sagen soll. Die Landschaft gleitet vorbei, während der Chauffeur den Wagen über die Haarnadelkurven nach unten dirigiert. Doch statt dessen fragt sie James Caxton, ob er jemals einige der alten Stätten der Azteken besucht hat – die Pyramiden, die Tempel.

James Caxton denkt nach: er glaubt nicht. Ist sich nicht ganz sicher. Möglicherweise. Man hat ja schon so vieles gesehen.

Doch hätte man das wohl kaum übersehen, denkt Claudia. Macht nichts. Sie bleibt kurz bei dem Thema, spricht über präkolumbische Plastiken. Der arme Mann langweilt sich schrecklich, doch ganz weit hinten ist er, trotz Hollywood und Pinewood Studios und Cinecittà, ein englischer Gentleman und weiß, wie man sich einer Dame gegenüber zu benehmen hat, also setzt er eine interessierte Miene auf sein berühmtes Gesicht und gestattet Claudia, zu Ende zu sprechen. Dann kontert er mit einer langen Geschichte über die Dreharbeiten zu dem Napoleon-Film in Ägypten (Claudia kann seinen Gedankengang nachvollziehen, obwohl Pyramiden und Tempel in seiner Geschichte nicht vorkommen). Er hat Napoleon gemacht und Francis Drake, und Marc Anton und Byron. In seinem Kopf wirbeln sie alle als Steine aus einem Mosaik von einzelnen Persönlichkeiten durcheinander, die nichts mit irgend etwas zu tun haben, nur isolierte dramatische Sequenzen abgeben. Napoleon ist mit Josephine verbunden und ein Feldherr, der Schlachten überblickt. Drake hat eine komplizierte Beziehung zu Elizabeth und muß mit einem Devon-Akzent gespielt werden. Es wird einfach offensichtlich, daß Caxtons Zugang zur historischen Chronologie extrem dünn ist. Zwar kann er Napoleon mit dem neunzehnten Jahrhundert verknüpfen, weiß aber nicht, was dabei herauskam. Daten bedeuten ihm nichts, da er sie nicht miteinander verbinden kann. Hier ist also ein Mann, erkennt Claudia freudig, der frei in der Zeit lebt – ein historisch Unschuldiger. Wie hat er das fertiggebracht? Mit geschickten Fragen findet sie heraus (schwierig ist das nicht, da sie ihn auffordert, über sein liebstes Thema zu sprechen – sich selbst): Er wurde von Privatlehrern erzogen, oder genaugenommen eigentlich gar nicht richtig erzogen, da man ihn als Kind als zu empfindlich ansah. Kein Wunder, daß Regisseure ihn als so handsam erleben; ein Mann ohne prägende Erziehung hat auch keine vorgefaßten Meinungen.

Er schaut auf die Uhr. »Mike wird Zustände kriegen. Heute nachmittag wollen wir die Bankettszene drehen. Drück ein bißchen auf die Tube, Charlie, bitte.« Der Chauffeur nickt, die Landschaft gleitet jetzt etwas schneller vorbei. Sie haben in einer Stadt in der Nähe des Drehortes zu Mittag gegessen, weil James Caxton heute vormittag nicht gebraucht wurde und er das Kantinenessen nicht mehr ausstehen kann. Claudia begleitet ihn, da er mit Montezuma nicht besonders gut kann (passenderweise), die Hauptdarstellerin Migräne hat und andere Mitglieder des Ensembles für einen Probedurchlauf auf dem Set bleiben mußten. Das Essen war verschwenderisch und zog sich in die Länge, die Unterhaltung war bemüht. Zumindest soweit es Claudia anging, war das kaum Unterhaltung zu nennen. Caxton schien es jedoch ganz in Ordnung zu finden. Er hat keinen Funken Neugier im Leib. Innerhalb von drei Tagen hat sie ihn kaum einmal eine persönliche Frage an jemanden richten hören. Dieses Inseldenken scheint nicht so sehr Egozentrik zu sein als vielmehr eine Schwäche, die in all den Jahren entstanden ist, in denen sich andere Menschen äußerst intensiv für all seine Worte und Handlungen interessiert haben.

Claudia akzeptiert er augenscheinlich. Seit ihrer Ankunft war er freundlich, wirklich liebenswürdig. Ihr Status als intellektuelle Schirmherrin beeindruckte ihn; sie vermittelt *cachet*. Doch sie gehört nicht zu dem Typus Frauen, der ihm vertraut ist. Während des Mittagessens wurde er fast zudringlich mit seinen Fragen.

»Was hat Sie auf diese Themen gebracht – diese Bücher, die Sie schreiben?«

»Fehlendes Wissen. Unbescheidenheit. Hybris. Und das Schicksal, natürlich. Ich war Korrespondentin während des Krieges. Das hat es mir ziemlich verleidet, über die Gegenwart zu berichten.«

Caxton nickt. »Ich war im Fernen Osten. ENSA, Truppenbetreuung/Entertainment. Nicht direkt an der Front, aber ein- oder zweimal ging es bei uns auch hoch her. Der Konvoi, auf dem wir unterwegs waren, geriet vor Singapur unter Torpedobeschuß. Ich war verdammt froh, als ich wieder nach Hause konnte.«

»Trotzdem scheint keiner von uns über Gebühr gelitten zu haben.«

Das kommt nicht so besonders gut an. Er sagt steif: »Nun ja, vielleicht ... Jedenfalls habe ich immer daran geglaubt, daß man auch mal Tiefschläge verkraften können muß.« Seine unvergleichliche Stimme verleiht den Worten für einen Moment eine gewisse Würde.

»Sehr gescheit«, sagt Claudia.
»Finden Sie das nicht auch?«
»Nicht unbedingt. Vielleicht ist das mehr eine Sache des Temperaments als des Glaubens.«
»Frauen«, sagt Caxton, »stehen den Höhen und Tiefen des Lebens immer so viel weniger philosophisch gegenüber. Meine Frau...«
»Sie teilen sie natürlich auch aus.«
Er starrt sie an. »Wie bitte?«
»Das Schicksal«, sagt Claudia, »wird in der griechischen Mythologie traditionell als weiblich dargestellt. Drei Frauen. Sie spinnen.«
»Wie *ich* gerade sagte, meine Frau...«
»Und die Furien. Gnadenlose atavistische mütterliche Strafaktionen. Aber auch die Musen. Tatsache ist, daß wir die besten Rollen innehaben. Entschuldigen Sie – was ist mit Ihrer Frau?«
»Ich habe vergessen, was ich über sie erzählen wollte. Sie sind eine sehr eigenwillige Person, Claudia. Sie nehmen es mir doch nicht übel, daß ich das sage, oder?«
»Es ist nicht das erstemal, daß man mir das sagt.«
»Ungewöhnlich trifft vielleicht genauer das, was ich meine.«
»Eigenwillig paßt schon ganz gut.«
Die Aufmerksamkeit ist jetzt auf Claudia gerichtet. Beiden wird klar, daß das nicht zulässig ist. »Griechenland«, sagt Caxton, der gewohnt ist, auf Stichworte zu reagieren, »ist ein wunderbares Land. Eines meiner Lieblingsreviere. Kennen Sie Hydra?«
Claudia kennt es nicht, daher bietet sich ihm die Gelegenheit, ausführlich über dieses Stück Felsen zu erzählen, wo er sich vielleicht eine Villa kaufen möchte. Sie denkt an die Schicksalsgöttinnen, die sich über ihre Webstühle beugen oder vielmehr, wenn sie mit der Zeit gehen, heutzutage über ihre automatischen Maschinen – kichernd jedenfalls, während sie Kriege, Hungersnöte, Unglücksfälle und eine Million beiläufige unwichtige Verbindun-

gen in Gang bringen, wie die zwischen ihr selbst und diesem gewöhnlichen, aber gefeierten Mann.

Und so war das Essen irgendwann beendet, und sie verließen das Restaurant, traten in den heißen, staubigen Nachmittag hinaus, setzten sich ins Auto, um über die Berge zurück in das Tal gefahren zu werden, wo gedreht wurde. Claudia sitzt tief in den weichen Polstern der Rückbank, neben Caxton, schnuppert den Duft des Leders und seines schweren Rasierwassers. Sie spricht. Hört zu. Betrachtet zwischendurch die wohlgeformte Landschaft, die vorbeifliegt, mal in dieser Richtung, mal in der anderen, je nachdem, wie der Chauffeur die Kurven nimmt. Und Caxton sieht auf die Uhr und bittet den Chauffeur, sich zu beeilen, was dieser tut, so daß in der nächsten Kurve die Reifen quietschen und in der übernächsten Claudia gegen Caxton rutscht, und Caxton sagt »Passen Sie auf!«, dabei jedoch lacht; daraufhin fährt der Chauffeur so weiter wie vorher und wirbelt sie über die Bergstraße Richtung Tal.

Zuerst weiß sie nicht, was eigentlich passiert ist. Im einen Augenblick gleitet der Wagen sanft um eine Biegung, Caxton sagt etwas über den Stierkampf – und einen Moment später ist die Landschaft nicht mehr wohlgestaltet, sondern dreht sich wild um sie, Bäume und Berge sind außer Kontrolle geraten, schlingern und torkeln; Claudia wird vor und zurück geschleudert, es kracht, es dröhnt und dann ist gar nichts mehr.

Sie kämpft sich aus einem tiefen, summenden Meer heraus. Sie befindet sich im Auto, das von der Straße direkt in eine Böschung gerast ist. Der Fahrer hängt vorne über dem Lenkrad, die Windschutzscheibe ist zersplittert, der Motor läuft noch. In Claudias Hirn entsteht nur der eine Gedanke, daß sie den Motor abstellen muß – hat irgend etwas mit Feuer und Benzin zu tun. Sie hat James Caxton vergessen, und wo sie ist und warum. Sie hievt sich hoch, lehnt sich nach vorne über den Sitz, greift um den Arm des Chauffeurs herum. Sie findet den

Zündschlüssel. Und jetzt herrscht Stille. Sie öffnet die Tür und taumelt auf den Rand der Böschung hinaus. Sie setzt sich hin. Alles ist wunderbar friedlich, Zikaden zirpen, und ein Busch raschelt im Wind. Sie empfindet und denkt nichts, in ihrer Seite spürt sie einen Schmerz, doch das scheint nicht wichtig zu sein. Sie ist in einem Schwebezustand, sitzt auf einem flachen Felsstück und schaut eine kleine Pflanze mit edelsteinartigen Blüten an. Sie sieht auf, direkt über ihr fliegt ein Vogel vor dem tiefblauen Hintergrund hoch in den Himmel hinauf. Er hängt dort oben, sie kann die glänzenden Schwingen erkennen; und dann wird der Himmel grau, die Konturen des Vogels verschwimmen, und unmittelbar bevor sie wegkippt, sieht sie, wie er nach unten Richtung Tal abdreht.

Der Chauffeur starb. James Caxton hatte einen Schädelbruch, brach sich das Schlüsselbein und einen Arm und kostete seine Versicherung einige Millionen Dollar für die verlorenen Drehtage. Ich hatte eine Gehirnerschütterung und zwei gebrochene Rippen, die Schicksalsgöttinnen zeigten nur ein geringes Interesse an mir. Der ›Evening Standard‹ brachte eine Schlagzeile – James Caxton – Autounfall in weiblicher Begleitung. Jasper, mit dem ich damals noch mehr oder weniger zusammenlebte, sagte verschiedenes am Telefon, und nicht alles davon war sehr freundlich. Ich lag eine Woche lang in einem Krankenhaus in Madrid, am fünften Tag kam Gordon in mein Zimmer, und ich brach in Tränen aus.

»Wenn ich gewußt hätte, daß mein Erscheinen eine derartige Wirkung hat«, sagt er, »wäre ich nicht gekommen.« Er nimmt ein Taschentuch und wischt ihr vorsichtig die Tränen ab. »Jetzt schneuz dich...«
»Ach, halt den Mund«, sagt Claudia. Sie schiebt seine Hand weg, greift heftig zum Nachttisch hinüber, schreit auf. »O Gott...«

»Dann zappel nicht so herum. Halt ruhig. Du siehst sowieso gar nicht so schlimm aus.«

»Wieso bist du hier? Du bist doch in Australien.«

»Sylvia hat es mir erzählt. Ich habe einfach ein anderes Flugzeug genommen. Um Himmels willen, hör auf zu *weinen*, Claudia. Ich habe dich seit deinem sechsten Lebensjahr nicht mehr weinen sehen. Was ist los?«

»Das heißt verzögerter Schock. Es passiert einem, wenn man merkt, daß man nicht tot ist. Absolut rational, wenn man einmal darüber nachdenkt.«

»Sprich doch nicht so«, sagt Gordon. Er setzt sich neben das Bett. Plötzlich nimmt er ihre Hand. Hält sie fest. Sieht Claudia an. Sie fühlt die Wärme dieser Hand, sieht seine Augen und was in ihnen steht, bis sie es nicht mehr erträgt und wegschaut. Seit Jahren hat er sie nicht mehr berührt, außer versehentlich. Sie küssen sich nicht, wenn sie sich treffen.

Er steht auf und geht zum Fenster. »Nicht gerade eine besonders schöne Aussicht. Aber vermutlich war dir das nicht so besonders wichtig.«

Claudia sieht ihn an. Er ist unerreichbarer als alles andere auf dieser Welt, denkt sie; ihr um so vieles vertrauter und um so vieles weiter weg.

Sie sitzt in ihrem Bett, eine Schramme auf der Stirn und ohne Make-up. Sie sieht nicht aus wie die unerschrockene, streitsüchtige, nicht zu unterdrückende Claudia, sondern wie ein bleiches, schwankendes Gespenst ihrer selbst. Und als er sieht, daß sie weint, ist die alte Nähe wieder da, es ist wieder wie vor vielen Jahren, wie zu der Zeit, als es nur sie beide gab, bis sie den Rest der Welt wahrzunehmen begannen. Er schaut sie einen Moment mit den Augen von damals an, und sie erwidert seinen Blick. Keiner von beiden möchte wieder in diese Zeit zurück, beide huldigen stumm dem, was nie verloren sein wird. Gordon steht auf. Er geht zum Fenster, sieht eine Straße mit Oleanderbäumen, Menschen, die sich als dichter Pulk in einen grellgelben Bus zwängen, Werbeplakate für Zigaretten und Waschpulver. Ihm wird klar, daß Claudia ihm sowohl näher wie auch weiter weg von ihm ist als jeder andere Mensch und daß er wünscht, es wäre anders.

14

Mein Körper hat bestimmte Ereignisse verzeichnet; eine Autopsie würde zeigen, daß ich ein Kind hatte, einige Rippen gebrochen, meinen Blinddarm verloren habe. Andere physische Geschehnisse haben keine Spuren hinterlassen: Masern, Mumps, Malaria, Vereiterungen und Infektionen, Husten und Erkältungen, Aufruhr im Verdauungssystem. Als ich jung war, hatte ich viele Jahre lang einen fein gewellten Flecken rosa Haut auf meinem Knie, der an die Zeit erinnerte, als mich Gordon eine Klippe bei Lyme Regis hinunterschubste (oder, wie er behauptete, das eben nicht tat). Ich kann diesen Flecken nicht mehr finden – der Körper läßt auch manches verschwinden. Ein Pathologe würde kaum mehr erfahren als ein Archäologe, der sich mit alten Knochen befaßt. Ich habe einmal einen Ausgrabungsbericht gelesen, der in der präzisen und unbeteiligten Sprache solcher Dokumente das Skelett einer Angelsächsin beschrieb, die mit dem Gesicht nach unten in einem flachen Grab gefunden wurde, auf ihrer Wirbelsäule lag ein schwerer Felsbrocken; nach der verzerrten Position des Körpers und der Lage des Steins ging man davon aus, daß sie lebendig begraben worden war. Aus weiter Ferne kommt, jenseits trockener Beschreibungen und dem Schweigen von Gestein und Knochen, ein Aufschrei aus Schmerz und Gewalt. In einem kleineren Maßstab könnte mein Pathologe – so er phantasiebegabt ist – einen flüchtigen Gedanken auf die Mühen dieser Geburt verschwenden oder auch über diese Rippen nachsinnen.

Mein Körper berichtet auch von einer wesentlich unpersönlicheren Geschichte: Er erinnert an den Java-Menschen und den Australopithecus und die ersten Säugetiere und seltsame Kreaturen, die flatterten und herumkrochen und -schwammen. Seinen Vorfahren ist es vielleicht anzurechnen, daß ich im Alter von zehn Jahren so leidenschaftlich gern auf Bäume kletterte und eine Vorliebe dafür hatte, in warmen Gewässern zu schwimmen. Mein Körper trägt Erinnerungen in sich, an denen ich teilhabe, die ich jedoch nicht erfassen kann. Er verbindet mich mit dem Regenwurm, mit dem Hummer, mit Hunden und Pferden und Lemuren und Gibbons und den Schimpansen; ich bin ich nur dank der Gnade Gottes geworden. Als fanatische Agnostikerin bin ich natürlich der Ansicht, daß Gott nichts damit zu tun hatte.

Mein Körper hat in einem gewissen Maß vieles bestimmt. Das Leben einer attraktiven Frau verläuft anders als das einer unansehnlichen. Meine Haare, meine Augen, die Form meines Mundes, die Konturen von Brüsten und Hüften waren alle daran beteiligt. Das Gehirn mag unabhängig vom Aussehen sein, die Persönlichkeit ist es nicht: Als ich acht Jahre alt war, stellte ich fest, daß man mich hübsch fand – von diesem Moment an wirkte ein Fluch. Die Intelligenz machte eine ganz bestimmte Art von Mensch aus mir, Intelligenz in Verbindung mit gutem Aussehen wieder einen anderen. Das ist Selbsteinschätzung, keine Selbstgefälligkeit.

Aus dem Krankenhaus in Madrid kam ich mit einigen Blutergüssen nach Hause, mein Bankkonto sah gesünder aus als jemals zuvor, und ich hatte sehr konzentriert nachgedacht. Die Welt setzte mich in Erstaunen. Ich sah auf die grünen Fluten des Kanals, auf die Möwen, die über der Fähre hingen, auf den Rost an der Reling und die gebogenen Linien eines Liegestuhls, und all diese Dinge wirkten so intensiv wie große Kunst auf mich. 1942 haderte ich in Kairo mit dem ganzen immerwährenden Universum, an jenem fürchterlichen Tag ging ich am Nilufer entlang, und die ganze Schönheit dieses Ortes war eine Beleidigung – das Leben, die Farben, die Gerüche und Geräusche, die Palmen, Felukken, die endlos in diesem strahlendblauen Himmel ihre Kreise ziehenden Flugzeuge. Jetzt, da es nur darum ging, daß ich noch am

Leben war, vergab ich dem Universum seine Gleichgültigkeit. Wie edelmütig von mir. Und angebracht, könnte man sagen.

Als ich in London war, holte ich Lisa zu mir, die bei ihrer Großmutter in Sotleigh war. Ich wollte meine Unzulänglichkeiten als Mutter wiedergutmachen, und ich wollte sie auch sehen.

Claudia, Jasper und Lisa gehen über einen der breiten Wege im Londoner Zoo. Heute ist Lisas achter Geburtstag. Sie hat sich selbst gewünscht, in den Zoo zu gehen; das Angebot umfaßte die ganze Stadt – den Tower, Madame Tussauds Wachsfigurenkabinett, den Vergnügungspark in Battersea, eine Bootsfahrt nach Greenwich –, doch sie wollte in den Zoo, zum Teil deshalb, weil Jasper bei diesem Vorschlag zusammenzuckte. Es kommt nicht oft vor, daß Lisa das Sagen hat. Also sind sie jetzt im Tierpark, eine Familie unter vielen. Und wie sollte man es auch merken? denkt Claudia. Sie schaut andere Grüppchen an, andere auf den ersten Blick stimmige Konstellationen aus Mann, Frau und Kind. Sie fragt sich, welche Geschichten sich hinter den Bildern, die die Menschen abgeben, verbergen.

Lisa möchte die Bären sehen und die Löwen und die Affen. Sie verbringen viel Zeit im Löwenhaus, es ist voll schreiender Kinder, die allesamt, wie Claudia sieht, atavistische Schreckenserlebnisse genießen. Die großen Katzen laufen hin und her oder lümmeln untätig in der Ecke. Ein stechender Geruch. »Jetzt weiß ich, wie es damals unter dem Kolosseum gewesen sein muß«, sagt Claudia. »Bitte, Liebling, hast du jetzt genug Löwen gesehen?« Und Lisa läßt sich überreden, jetzt weiterzugehen zu den Bärengehegen, wo Claudia still ist.

»Magst du keine Eisbären?«

»Es geht«, sagt Claudia. »Nicht so sehr.«

»Also ich mag Eisbären«, sagt Lisa. Sie hängt über dem Geländer, starrt auf den Bären, dessen Kopf neurotisch hin und her pendelt, das große Tier schlurft unablässig vom einen Ende seiner Betonlandschaft zum anderen, wie ein alter Mann in Filzpantoffeln.

Jasper gähnt. »Wollen wir etwas essen gehen, Süße?«

»Ich will noch gar nichts essen«, sagt Lisa. »Ich will erst zu den Affen.«

Also gehen sie zu den Affen, ein ganzes braunes Affenvolk in einem Freigehege, wo die Tiere in sorglosem Überfluß leben.

»Was macht der eine da?« sagt Lisa. Sie schaut Jasper an.

»Äh...«, sagt Jasper. »Ich weiß nicht so genau.«

»Also wirklich!« explodiert Claudia. Sie sieht ihn verächtlich an. »Das ist ein Affenmann, und der macht der Affenfrau gerade ein Baby.«

»Wie?« möchte Lisa wissen.

»Ja, wie denn?« fragt Jasper ebenso interessiert.

Claudia funkelt ihn an. »Er steckt das Ding, das du da unten sehen kannst, in die Affenfrau und gibt ihr damit einen Samen. Aus dem Samen wird das Affenbaby.«

Jasper dreht sich zur Seite, hat sich scheinbar verschluckt.

Lisa sieht den Affen eine Weile zu. »Macht es der Affenfrau nichts aus, wenn er ihr dabei so auf den Rücken steigt?«

»Sie sieht eigentlich nicht so aus«, sagt Claudia. Wütend rempelt sie Jasper in die Seite, der sich daraufhin zusammenreißt.

»Ich habe einmal gesehen, wie Rex das mit dem Hund auf dem Hof gemacht hat. Omi Branscombe war dann ganz böse mit ihm.«

»Der arme alte Rex«, sagt Jasper.

Claudia holt Luft. Sie sagt: »So machen die Menschen auch ihre Babys, weißt du. Ganz genauso.«

Lisa dreht sich um und starrt sie an. »Genau so?«

»Ja«, sagt Claudia bestimmt. »Wirklich genau so.«

Lisa schaut von einem zum anderen. »Das ist ja richtig abscheulich«, sagt sie.

»Halt den Mund«, sagt Claudia. »Sie wird dich sehen. *So* lustig ist das nicht.«

Jasper wischt sich die Augen. Lisa ist einige Meter weiter vorn und ganz in die Beobachtung eines Bandenkampfes im Affenkindergarten vertieft. »Sie wird richtig unterhaltsam. Ich sollte sie öfter sehen.«

»Weil sie unterhaltsam ist?« sagt Claudia.

Claudia sieht heute sehr gut aus. Auf ihrer Stirn ist immer noch der leichte Schatten des Blutergusses zu sehen, doch ihr Gesicht strahlt, ihr Haar leuchtet, sie hat eine gute Figur. Die Leute drehen sich nach ihr um, wie immer, sie ist eine Frau, mit der man gern gesehen wird. Schade, denkt Jasper, daß das Kind so wenig Ähnlichkeit mit ihr hat. Aber es ist auch nicht nach ihm geraten.

Er nimmt Claudias Arm. »Jedenfalls bist du Gott sei Dank wieder gesund und munter zurück.«

»Jasper, ich möchte dir etwas sagen.«

»Bist du wieder schwanger?«

»Mach nicht solche Witze. Wenn Lisa wieder in Sotleigh ist, möchte ich, daß wir uns trennen.«

Er seufzt, gestattet ihr einen Blick in seine russische Seele, in das, was davon noch übrig ist.

»Liebling... Du bist aus irgendeinem Grund sauer auf mich. Wenn es noch um das italienische Mädchen geht, dann kann ich dir versichern, daß das vorbei ist. Aus und vorbei. Sie war nie etwas Ernsthafteres.«

»Das italienische Mädchen ist mir völlig egal. Ich möchte einfach allein sein.«

»Allein mit wem?« Er läßt ihren Arm los.

»Allein mit niemandem.«

Jasper lodert innerlich vor Irritation. Er schaut auf sie hinunter: Aus der gutaussehenden, sprühenden Claudia ist die eigensinnige Claudia geworden, die einen verrückt macht. Ihm paßt das nicht, gerade jetzt ohne sie zu sein, zu einer anderen Zeit wäre es ihm vielleicht recht. Er würde den Zeitplan lieber selbst in der Hand haben. Er sagt: »Meine Liebe, es geht ja auch um das Kind, vielleicht

sollten wir später noch einmal in Ruhe darüber reden.«
Beide schauen zu Lisa hinüber, die offenbar ganz mit den
Affen beschäftigt ist.

Die Affenbabys – die kleinsten Affenbabys – haben
Gesichter wie Stiefmütterchen, mit großen schwarzen
Augen. Sie möchte so unbedingt eines haben, daß sie es
fast nicht aushalten kann. Sie möchte eines ganz für sich
allein haben, es immer mit sich herumtragen; mit seinen
kleinen Händchen soll es sich an ihr so festhalten wie es
das bei der Affenmutter tut. Das Affenbaby ist das beste,
was sie jemals gesehen hat, besser als Hühnerküken, besser als Hundebabys, Kätzchen, besser als überhaupt alles.
Aber es wird nicht gehen – sie werden es nie zulassen,
daß sie ein Affenbaby hat. Claudia würde sagen »Sei nicht
so dumm«, Omi Branscombe würde nein sagen, Helga
würde nein sagen.

Einer der größeren Affen hat eine Nuß. Er knackt mit
seinen Zähnen die Nußschale und zupft dann mit den
Fingern die Schalenstücke ab, genau wie ein Mensch. Er
läßt die Nuß fallen, eines der Babys versucht, die Nuß zu
schnappen, und der größere Affe schnattert los und jagt
es weg. Dann spielen alle größeren Affenbabys ein Spiel,
bei dem sie sich jagen, immer rundherum. Der Affenvater, der mit der Affenmutter diese Sache gemacht hat,
bleibt stehen und sucht Flöhe, wie Rex das auch macht,
bloß mit den Fingern und nicht mit der Nase. Lisa schaut
zu der Affenmutter hinüber, um zu sehen, ob sie schon
ein neues Affenbaby bekommt, doch das ist anscheinend
noch nicht da; die Affenmutter sitzt einfach auf einem
Stein und tut nichts.

Lisa erinnert sich an das, was Claudia gerade über Menschen gesagt hat. Sie dreht sich um und sieht sie an, Claudia und Jasper. Sie sind genau wie immer, Claudia und
Jasper, die sie nicht Mami und Papi nennt, weil Claudia
das für blöde Namen hält. Irgendwann früher einmal ist
sie aus Claudias Bauch gekommen, das weiß sie, weil

Omi Branscombe ihr das erzählt hat, als sie einmal im Garten Rosen für das Haus geschnitten hat, und sie hat gesagt, daß man darüber nicht sprechen soll. Wenn Omi Branscombe wüßte, was Claudia vorhin gesagt hat, wäre sie sehr schockiert und verletzt.

Lisa beobachtet Claudia und Jasper. Wieder denkt sie an das, was Claudia gesagt hat, sie starrt sie an wie sie eben die Affen angestarrt hat, aber mit weniger Sympathie.

Wenn Lisa mich in diesen Tagen besucht, erzählt sie immer irgendwelche allgemeinen Geschichten, sie gibt sich alle Mühe, gelassen zu sein. Sie spricht über das Wetter, über die Zeugnisse der Jungen, über das Theaterstück, das sie gesehen hat. Sie tut so, als ob das, was gerade mit mir geschieht, nicht geschieht, doch sie vermeidet auch Auseinandersetzungen, weil man mit jemandem in meinem Zustand nicht streitet. Ich finde das alles sehr anstrengend, doch ich sehe ein, daß es keine Alternative gibt. Sich selbst preiszugeben wäre für Lisa ein Unding, und es ist ihr gutes Recht, so zu empfinden. Ich liebe Lisa. Das habe ich auf meine Art immer getan; traurig daran ist, daß sie nie in der Lage war, das zu erkennen. Ich mache ihr das nicht zum Vorwurf; sie hatte sich eine andere Art von Mutter gewünscht. Das mindeste, was ich jetzt tun kann, ist, mich so zu verhalten, daß sie es als angemessen empfindet. Und das heißt, Dinge ungesagt lassen, das Unausweichliche ignorieren, sich mit Unwesentlichem befassen. Sie hat natürlich irgendwie recht. Trotzdem – woher hat sie diese vorsichtige Zurückhaltung? Nicht von mir. Auch nicht von Jasper. Natur, Erziehung. In Lisas Fall das letztere. Meine Mutter und Lady Branscombe haben sie nach ihrem eigenen Ermessen erzogen. Wieder mein Fehler.

Gestern hat sie mir aus der Zeitung vorgelesen, sich bemüht, das auszusuchen, was mich amüsieren oder informieren könnte. Aber das beste hat sie weggelassen.

Ich habe das später gesehen, als der ›Observer‹ auf dem Nachttisch lag. Eine Bemerkung, die die Miss World von 1985 gemacht haben soll: »Ich meine, Schicksal ist das, was man daraus macht.«

Meint sie also. Diskutieren Sie das Für und Wider, mit besonderem Bezug zu den Biographien von a) Hernando Cortez, b) Jeanne d'Arc und c) einem Einwohner von Budapest im Jahr 1956. Schreiben Sie einen Aufsatz von unbegrenzter Länge.

1956 — das Jahr von Lisas achtem Geburtstag und anderen Ereignissen, die mehr Aufmerksamkeit erfuhren. Das Jahr des Suezkanals, das Jahr von Ungarn. Jasper und ich trennten uns, wie wir es früher bereits getan hatten und wieder tun würden. Lisa fuhr nach Sotleigh zurück. Ich sah sie sooft wie möglich. Für Hamiltons Zeitung schrieb ich eine Kolumne, eine Aufgabe, die mich ziemlich in Anspruch nahm und für die ich hierhin und dorthin fuhr — genau das Richtige in dieser eigenartigen Phase einer Wiedergeburt in der Mitte des Lebens. Ich schrieb über alle möglichen Themen, die mich interessierten, mich berührten. Davon gab es eine Menge zu dieser Zeit. Im Verlauf des Jahres vernahmen ich und solche, die dachten wie ich, Edens Erklärungen erst ungläubig, später mit Empörung. Während die Regierung in diesen außergewöhnlichen Wochen vom Stadium der rhetorischen Verrenkungen in das des offensichtlichen Wahnsinns überging, spürten wir das erstemal, was es bedeutet, unter härteren politischen Bedingungen zu leben. Die Menschen schrien sich an, Freunde sprachen nicht mehr miteinander, Familien zerstritten sich. Ich verfügte über die Macht des gedruckten Wortes, doch auch ich nahm voll Entrüstung und Besorgnis an den Protestmärschen der jungen Leute in Dufflecoats und Collegeschals teil, sprach in vollbesetzten Gemeindesälen und vor Studenten. Und mitten in dieser Woche, in der sich die Ereignisse überstürzten, der grausame Zynismus in Ungarn; während die

Welt über Erdöl und Wasserstraßen debattierte, rollten die Panzer nach Budapest. Ich zerriß den Text, den ich für die Ausgabe des nächsten Tages geschrieben hatte, und verfaßte einen neuen. Ich habe vergessen, was ich darin geschrieben habe, ich erinnere mich nur noch an das Gefühl, die zur Hilflosigkeit verdammte Zuschauerin bei einem Mord zu sein. Ungarn schien nicht ein anderer Ort zu sein, sondern eine andere Zeit, und daher unerreichbar.

Was natürlich nicht so war.

»Ich rufe Sie an«, sagt eine schwache Stimme durch einen Sturm atmosphärischer Störungen.

»Ich weiß, daß Sie mich anrufen«, sagt Claudia.

»Die Zeitung gibt mir Ihre Telefonnummer.«

Claudia seufzt. Die Zeitung ist zu solchen Aktionen nicht befugt. Die Leute dort wissen das. Irgendein dummes Mädchen. Und ein Typ, der ihr auf die Nerven geht und nicht locker läßt. »Hören Sie«, beginnt sie...

»Aus Budapest rufe ich Sie an.«

Claudia atmet durch. Oh. Oho... Deshalb dieses Rauschen. Jetzt hört sich etwas in der Leitung wie ein leichtes Maschinengewehrfeuer an. »Hallo?« sagt sie. »Hallo? Können Sie etwas lauter sprechen?«

»Ich rufe Sie wegen meinem Sohn an, der in Wimbledon ist. Mein Sohn Laszlo.«

»Wimbledon?« ruft Claudia. »Meinen Sie das Wimbledon bei London?«

»Mein Sohn ist in Wimbledon, bei London, er studiert dort.«

»Wer sind Sie?« sagt Claudia. »Bitte sagen Sie mir Ihren Namen. Bitte sprechen Sie langsam und deutlich.«

Und durch das Gewehrfeuer und die Explosionen und die ozeanischen Stürme dringt diese Stimme – aus einem fernen Ort, doch keineswegs, nein wirklich nicht, aus einer fernen Zeit. »Ich bin Universitätsprofessor... mein Sohn Laszlo – er ist achtzehn Jahre alt... Kunststudent... war zu Besuch in Ihrem Land vor diesen Ereignissen, von denen Sie in Ihrer Zeitung schreiben, Sie wissen, wovon ich spreche?« (»Ja, ja«, ruft Claudia. »Wie haben Sie...? Ach, lassen Sie, sprechen Sie weiter, bitte sprechen Sie weiter, ich kann Sie recht gut hören.«) »... Ich sage, mein Sohn darf nicht nach Hause kommen, ich sage, er soll in Ihrem Land bleiben... Ich glaube, ich kann nicht sehr lang mit Ihnen sprechen, verstehen Sie, es tut mir leid, daß ich Sie darum bitte, aber ich habe keine Freunde in Ihrem Land, ich dachte, vielleicht interessiert Sie das, was hier vorgeht... kein Geld... achtzehn Jahre alt... darf nicht zurück nach Hause kommen... vielleicht Leute, die meinem Sohn helfen können?«

»Ja«, sagt Claudia. »Hier gibt es Leute, die Ihrem Sohn helfen werden.« Das Gewehrfeuer dröhnt jetzt, in der Leitung ist fast nur noch Rauschen. »Ich kann Sie kaum hören. Bitte geben Sie mir die Adresse. Die Adresse in Wimbledon. Bitte geben Sie mir die Adresse in... Ihre Adresse. Nein – nein, tun Sie das nicht. Werden Sie mich noch einmal anrufen?«

»Ich glaube, das wird nicht möglich sein. Ich glaube, vielleicht habe ich bald keine Anschrift mehr. Verstehen Sie?«

»Ja«, sagt Claudia. »Ich fürchte, ich verstehe.«

Und so kommt es, daß Laszlo, ein Kind seiner Zeit, an einem Oktobernachmittag in Claudias Wohnung in Fulham sitzt. Von draußen sind die alltäglichen Londoner Geräusche zu hören: Schritte auf dem Pflaster, der tuckernde Motor eines Taxis, ein Flugzeug. Laszlo sitzt auf dem Rand des Sofas, zu seinen Füßen liegt eine kleine Reisetasche. Er hat glattes schwarzes Haar, Akne und ist sehr erkältet. Er besitzt nur die Kleider, die er auf dem Leib trägt, Hemd und Socken zum Wechseln, einen Stadtplan von London, ein Taschenwörterbuch und ein paar Postkarten aus der Tate Gallery. Natürlich hat er auch einen Paß, durch den kein Zweifel daran bleibt, wer er ist und woher er kommt.

»Das ist ein schreckliches Entscheiden«, sagt er.

»Eine Entscheidung«, sagt Claudia. »Nicht Entscheiden. Tut mir leid...«, fügt sie hinzu, »als ob das jetzt wichtig wäre. Verflixte Wörter.«

»Wörter sind nicht verflixt«, sagt Laszlo. »Englisch muß ich sprechen. Gutes Englisch.«

Nun sitzt er also da in seinen ausgebeulten Hosen und dem zu engen Pullover. Und Claudia wird von einer Welle dieses Gefühls verschlungen, das stärker als alle anderen ist: Mitleid. Du armer kleiner Kerl, denkt sie. Du armer kleiner Unglückswurm, du bist einer von denen, für die die Geschichte tatsächlich die Weichen stellt. Du bist wirklich einer, der sein Leben nicht als sein eigenes bezeichnen kann. Der freie Wille muß gerade jetzt einen ziemlich hohlen Klang haben.

»Wenn du dableiben möchtest, werde ich für dich tun, was ich kann. Für den Anfang kannst du hier leben. Ich werde mal sehen, wie es mit freien Plätzen in den Kunstschulen aussieht.«

Schweigen. »Ich werde meinen Vater nie wieder sehen«, sagt Laszlo. Seine Mutter ist anscheinend gestorben, als er noch ein Kind war.

»*Nie* ist vielleicht etwas zu viel...«, murmelt Claudia.

»Nie. Ich habe auch eine Tante und eine Großmutter und Kusinen.«

Claudia nickt. Und was bietet man dir statt dessen an? denkt sie. Diese vage Idee von Freiheit, die dir im Moment nicht als das erscheinen kann, was sie sein sollte. Alle Achtzehnjährigen, die ich kenne, zerbrechen sich den Kopf über Sex und Prüfungen: das ist Freiheit.

»Ich glaube, ich gehe nach Budapest zurück«, sagt er. Er sieht sie mit einem traurigen Hundeblick an, fleht um ihren Rat.

Claudia steht auf. »Ich mache uns jetzt ein Abendessen. Du wirst ein schönes heißes Bad nehmen. Das genießt du und denkst dabei möglichst an nichts. Vor morgen früh wirst du sowieso nichts entscheiden, oder vielleicht auch erst übermorgen oder irgendwann später.«

Einige Tage lang quälte sich Laszlo verzweifelt. Eingehüllt in seinen Kummer saß er in der Wohnung oder lief durch die Straßen. Seine Erkältung wurde schlimmer. Als ich feststellte, daß mir seine Schnieferei auf die Nerven ging, wußte ich, daß unsere Beziehung weiterbestehen würde. Irgend jemand hatte ihm anscheinend eine gute Erziehung angedeihen lassen: Auch in dieser schmerzvollen Zeit erinnerte er sich daran, »bitte« und »danke« zu sagen, und versuchte immer wieder, den Abwasch zu erledigen. Und als ihn der Brief seines Vaters erreichte, sechs eng beschriebene Seiten, die dieser vor dem Telefonanruf abgeschickt hatte, gab er auf. In meinem Gästezimmer las er drei Stunden lang diesen Brief, kam dann heraus und sagte: »Ich bleibe hier.«

»Gut«, sagt Claudia energisch. »Dann müssen wir uns jetzt um einiges kümmern. Möchtest du in London auf die Kunstschule gehen oder woanders? Wir werden uns ein paar ansehen. Es gibt auch ein Komitee für Leute wie dich, mit denen sollten wir Kontakt aufnehmen. Es sind offenbar einige aus deinem Land hier. Und du solltest dir einen Mantel und einen dickeren Pullover kaufen, bevor es kälter wird. Du kannst nicht länger herumlaufen, als wenn hier ständig Sommer wäre.«

Herrje, denkt sie, wer redet denn da so?

So tauchte Laszlo auf, den der Kreml in mein Leben gespült hatte. Ich erinnere mich an ein Gefühl eigenartiger Zufriedenheit, als wäre es gelungen, das Schicksal auszutricksen. Hybris natürlich. Auch ich war Laszlos Schicksal. Und was wollte ich – die sechsundvierzigjährige, vielbeschäftigte Claudia – mit einem verstörten,

künstlerisch veranlagten Halbwüchsigen, der gebrochen Englisch sprach?
»Ich sollte tot sein«, sagt Laszlo. »Ich sollte besser tot sein, wie die Menschen in Ungarn.«

Er steht da in dem Mantel, den er von dem Geld gekauft hat, das sie ihn annehmen hieß (als »geliehen« schreibt er den Betrag sorgfältig in ein Heft von Woolworth). Der Mantel ist eine Nummer zu groß und hängt ihm weit über die dünnen Schenkel. Die Akne ist schlimmer als zuvor. Er steht mit finsterer Miene in der Diele der Wohnung.

»Du bist sehr nett zu mir. Du bist die ganze Zeit sehr nett zu mir. Ich bin dir sehr dankbar.«
»Das ist schon in Ordnung«, sagt Claudia. »Du kannst mich ruhig hassen, wenn du willst. Du hast jedes Recht darauf, jemanden zu hassen, und ich bin gerade in Reichweite. Also nur zu.«
»Was heißt ›in Reichweite‹?« knurrt Laszlo.

Laszlo betrinkt sich. Er lernt, wie es in Pubs zugeht, und zieht eines Abends mit einer Bande von jungen Kerlen durch die King's Road, kommt nach Mitternacht nach Hause und erbricht sich ganz schrecklich auf den Boden des Badezimmers. Am nächsten Morgen kommt er mit seiner gepackten Reisetasche zu Claudia und bietet an auszuziehen. Claudia sagt, daß das nicht nötig sei.

Laszlo zeichnet. Bogen um Bogen eines rauhen, groben Papiers, das er im Laden an der Ecke kauft, bedeckt er mit großen, wilden Kohlezeichnungen von Gewehren, Panzern, zerstörten Gebäuden, verschreckten Menschen. Claudia hängt einige an die Wände. »Die sind gut«, sagt sie.
»Nein, sie sind nicht gut«, sagt Laszlo. »Sie sind schrecklich, schlecht, furchtbar.« Als sie nicht da ist, nimmt er sie ab und verbrennt sie im Mülleimer in der Küche. Die Wohnung stinkt nach angekohltem Papier.

Claudia sagt: »Mach mit deinen Bildern, was du willst, aber das ist kein Grund, meine Wohnung anzuzünden.«

Als Lisa kommt, ist sie Laszlo gegenüber kühl. Er schlägt ihr vor, zusammen nach Battersea zu fahren, aber sie will nicht. »Warum nicht?« sagt Claudia. »Du wolltest doch immer schon auf die große Achterbahn.« – »Ich mag die Pickel in seinem Gesicht nicht«, mäkelt Lisa. Claudia sagt mit zusammengebissenen Zähnen, daß sie sich in diesem Fall die große Achterbahn ein für allemal abschminken kann.

Laszlo bekommt Post aus Österreich. Der Brief kommt von seiner Tante. Sein Vater ist im Gefängnis. Es gibt für seinen Vater keine Adresse mehr. Laszlo erzählt Claudia davon, gibt ihr den Brief und vergißt für einen Moment, daß sie kein Ungarisch kann. Er hat geweint, wie sie sieht. Claudia bittet ihn, ihr den Brief zu übersetzen, weil er dann etwas zu tun hat. Während er damit beschäftigt ist, denkt sie an diese Frau, die für Laszlo ein ganzes Leben darstellt, für sie aber nur eine Stimme ist, und an diesen gesichtslosen Mann, der auch ein ganzes nicht vorstellbares Leben ist.

Laszlo betrinkt sich wieder. Dieses Mal allein in der Wohnung. Claudia kommt in sein Zimmer, findet die leere Whiskyflasche und stellt sie auf den Wohnzimmertisch. »Wenn du das wieder tun willst«, sagt sie, »dann sag mir Bescheid, und ich setz' mich dazu. Ich bin zwar nicht sehr begeistert von Whisky, aber in diesem Land ist es nun mal Tradition, daß sich niemand alleine vollaufen läßt. O. k.?«

Claudia stellt Laszlo die Aufgabe, London kennenzulernen. Sie läßt ihn von Endstation zu Endstation mit verschiedenen Buslinien fahren, jeden Tag endlos weit laufen. Laszlo beschwert sich. »Tu es«, befiehlt sie. »Nur so kannst du dir eine neue Haut zulegen.«

Zu Claudias Geburtstag überrascht er sie mit einem riesigen Strauß Osterglocken. Wie sich herausstellt, hat er sie in den Kensington Gardens gepflückt. Erstaunlicherweise hat es niemand bemerkt.

Unter meiner Führung sah sich Laszlo verschiedene Kunstschulen in London an und entschied sich dann für Camberwell. Er hätte jede Schule nehmen können, denn die ganze westliche Welt wollte die russischen Panzer wiedergutmachen. Sowohl Lehrer wie Schüler machten viel Aufhebens um Laszlo. Nach wenigen Wochen trug er eine Baskenmütze und einen Seidenschal mit Paisleymuster, den er in den Hemdkragen steckte. Er begann, Gauloises zu rauchen und in Filmvorführungen im »Curzon« zu gehen. Er hatte jetzt ein Stipendium und etwas Geld von dem Komitee, das die ungarischen Studenten betreute. Irgendwann im Frühling zog er aus meiner Wohnung aus, um südlich vom Fluß mit ein paar Freunden zusammenzuziehen. Gelegentlich stritt er sich mit diesen Freunden, oder sie wurden alle hinausgeworfen, weil sie die Miete nicht bezahlt hatten, dann kam er wieder zu mir, bis sich etwas Neues ergeben hatte. Ich gewöhnte mich an nächtliche Anrufe aus Telefonzellen, an Laszlos schmale Gestalt unter der Tür. Mein kleines Gästezimmer – gegenüber dem, das Lisa gewöhnlich bewohnte – wurde zu seinem Zimmer. Er tauchte wochenlang unter, schrieb nicht und rief auch nicht an und stand dann wieder da.

Zehn Jahre sollte das so weitergehen.

Ich sah, wie Laszlo sich veränderte. Wie aus einem orientierungslosen Jungen ein unsteter Erwachsener wurde. Um ehrlich zu sein: Ich war mir nie sicher, wieviel von Laszlos Instabilität der Geschichte und wieviel seinem Temperament zuzuschreiben war. Vielleicht wäre er in jedem Fall so geworden. Und um gerecht zu sein, muß ich sagen, daß er selbst niemals die Umstände für irgend etwas verantwortlich gemacht hat. Er hielt zu dem

Land, das ihn adoptiert hatte. Innerhalb von zwei Jahren sprach Laszlo ein volkstümlicheres Englisch als seine Kameraden; er wurde ein wildentschlossener Insulaner. Er pflegte die Kontakte mit ausgeprägt englischen Freunden — eine bizarre Mischung aus Arbeiterjungen mit hartem Londoner Akzent und lakonischen Überbleibseln der Oberschicht, deren Namen mit zwei Bindestrichen geschrieben wurden. Über Ungarn sprach er selten und reagierte gereizt, wenn das Thema zur Sprache kam; alles Wichtige dazu ging in seinem Inneren vor sich. Er ging den Annäherungsversuchen anderer Ausgebürgerter aus dem Weg — dieser osteuropäischen Subkultur, ein wenig *louche* und mysteriös, die sich in South Kensington und Earls Court herumtrieb. Eine Weile flirtete er mit dem Anglo-Katholizismus. Dann ließ er das fallen und trat der Labour Party bei. Nacheinander befaßte er sich mit Ornithologie, vegetarischem Essen, Judo, Segelfliegen und jeder vorübergehenden künstlerischen Mode. Seine Haltung mir gegenüber schwankte zwischen freundschaftlich gönnerhaft und überschwenglich herzlich.

Laszlo ist ein wenig beschwipst. Er liegt auf dem Sofa, die Beine auf der Armlehne.

Claudia sagt: »Du könntest doch vielleicht die Schuhe ausziehen.«

»Bist du aber spießig«, sagt Laszlo. Er zieht die Schuhe aus. »Du bist meine Mutter, Claudia.«

»Nein, bin ich nicht, Gott sei Dank. Und du solltest so etwas nicht sagen.«

»Nein«, sagt Laszlo nach einem Moment. »Du hast recht. Aber ich möchte etwas sagen. Und wem außer dir könnte ich das sagen? Es ist so: Ich mag Männer. Keine Mädchen.«

»Ja?« sagt Claudia. »Wenn du so bist, dann bist du eben so.«

Lisa hat Laszlo nie akzeptiert. Als Kind beobachtete sie ihn mißtrauisch. War sie eifersüchtig? Sah sie ihn als meinen Sohnersatz? War er denn tatsächlich mein Sohnersatz? Ich glaube nicht. Aber wie soll ich das schon wissen – ich kann nur wiedergeben, was ich Laszlo gegenüber empfunden habe. Und meine Empfindungen waren Reue, Verantwortungsgefühl und schließlich große Zuneigung. Das ist eine Menge. Doch Lisa hätte nicht eifersüchtig zu sein brauchen. Als sie älter war – siebzehn, achtzehn –, war sie ihm gegenüber höflich, aber distanziert. Wenn sie ihn heute trifft, was selten der Fall ist, verhält sie sich zu ihm wie zu einem Cousin zweiten Grades, der harte Zeiten durchmacht und sie womöglich gleich um ein Darlehen anhaut.

Als Laszlo Anfang dreißig war, wurde er etwas ruhiger, wenn er das überhaupt je sein konnte. Er zog zu einem älteren Mann nach Camden Town – ein gutsituierter Antiquitätenhändler mit einem dieser Geschäfte, in denen nur drei edle Möbelstücke und ein paar chinesische Vasen stehen. Ich habe nie viel für ihn übriggehabt, doch er hat sich um Laszlo gekümmert, seine Launen ertragen und ihm irgendwo eine Arbeitsstelle besorgt. Laszlo ist kein erfolgreicher Künstler. Ich kann schon verstehen, daß nur wenige Leute seine Bilder kaufen wollen: Es läßt sich nicht leicht leben mit ihnen. Sie ächzen vor *malaise*, sie tun dem Auge weh, sie sind voller Mißklang und Verstörung. Alptraumhafte Gestalten stolpern durch surreale Landschaften, Dinge zerfallen, verängstigte Menschen huschen durch zerstörte Städte. Die Bilder hängen an meinen Wänden, doch bleibt mir keine Wahl: Wenn ich sie nicht ehre, wer dann? Und ich bin sie sowieso gewohnt.

15

»Also bitte«, sagt Claudia. »Du sollst mich doch hier bei Laune halten, nicht dasitzen und die Hände ringen.« Heute ist ein schlechter Tag, ihre Stimme ist kaum mehr als ein Wispern.

»Sie haben mir nichts gesagt«, jammert Laszlo. »Wir waren in Frankreich und dann bin ich nach New York gefahren, und als ich zurückkam, habe ich dich angerufen und es war niemand da, also habe ich später noch einmal angerufen, da war wieder niemand da, da habe ich dann mit Lisa telefoniert. Warum hat mir niemand etwas gesagt?«

»Sie haben es probiert«, sagt Claudia. »Lisa hat dich angerufen. Wie du sagst, warst du unterwegs.«

Laszlo beugt sich vor und starrt sie an. »Wie geht es dir also?«

»Ich bin noch da.«

Laszlo schleicht zum Fenster. Er ist dünn, seine Ellbogen stechen durch die Löcher in seinem Pullover, graue Strähnen durchziehen sein Haar. Claudia beobachtet ihn.

»Was kann ich tun? Was brauchst du? Was kann ich dir bringen? Bücher? Papier? Ich werde jetzt jeden Tag vorbeikommen.«

»Nein«, sagt Claudia, fast zu schnell. »Ab und zu reicht schon. Erzähl mir von Frankreich.«

Laszlo macht eine wegwerfende Handbewegung. »Frankreich ... Frankreich war etwas für Henry. Offene Kamine. Alles ist inzwischen wie alte Kamine, an denen sich dumme, reiche Frauen wärmen, die sich alles leisten können.«

»Und New York?«

»Ich hatte eine Ausstellung.«

»Aha. Viel verkauft?«

Die Tür geht auf. »Besuch für Sie!« ruft die Krankenschwester.

Claudia wendet den Kopf. »Hallo, Sylvia«, flüstert sie.

Und nein, nein, nein, denkt sie, ich habe jetzt das Privileg, mir unpassende Begegnungen vom Leib zu halten. Sie schließt die Augen und überläßt Sylvia und Laszlo sich selbst. Die beide niemals in derselben Welt gelebt haben. Sie hört Sylvia, die sagt, daß sie nie so *wahnsinnig* begeistert von New York war, sie hört, wie Laszlo brummt, nein, er ginge nicht viel ins Theater und ja, es sei recht kalt.

Wir alle wirken wie Scharniere – zufällige Verbindungen zwischen anderen Menschen. Ich verbinde Sylvia und Laszlo, Lisa und Laszlo; Gordon verbindet mich mit Sylvia. Sylvia zog sich immer vor Laszlo zurück und sagte, er sei schon ein schwieriger Junge und daß Claudia ihn so gut zu nehmen wüßte. In seinen wüsten Zwanzigern imitierte Laszlo Sylvia immer wieder, sehr genau und grausam. Gordon fand ihn interessant, aber anstrengend, Laszlo hat immer zugelassen, daß sein Seelenleben so sichtbar war wie seine Hemdzipfel, und Gordon fand das unsympathisch. Er hatte nichts gegen Leute, die eine Seele hatten, doch war es ihm lieber, wenn die unsichtbar dort verwahrt blieb, wo sie hingehörte. Aber er nahm Laszlo auf seine Art an. Er hinterließ ihm ein kleines Erbe.

Claudia öffnet die Augen. Lisa ist da, zieht gerade ihre Jacke aus und hängt sie ordentlich über die Stuhllehne.

Claudia betrachtet Lisa. »Heute kommen wohl alle. Laszlo war da. Und Sylvia. Und jetzt du.«

»Nein«, sagt Lisa. »Das war schon vor zwei Tagen. Du bist ein bißchen durcheinander. Es ging dir nicht so besonders gut.«

»Was habe ich denn in den zwei Tagen gemacht, möchte ich wissen?« sagt Claudia. »Die scheinen an mir vorübergegangen zu sein. Oder sie haben mich mitgenommen.«

»Du siehst besser aus«, sagt Lisa.

Claudia hebt eine Hand und studiert den Handrücken. »Das würde ich nicht unbedingt sagen. Ich habe mich nie daran gewöhnen können, daß sie voller brauner Flecken sind. Für mich sehen sie aus, als ob sie zu jemand anderem gehören, um ganz ehrlich zu sein.«

Lisa gefällt diese Wendung des Gesprächs nicht, und sie fragt nach Laszlo.

»Laszlo war wie immer. Er war immer sehr beständig, das mußt du zugeben.«

Lisa neigt den Kopf, sagt nichts.

»Es tut mir leid, weißt du«, sagt Claudia.

»Was tut dir leid?« fragt Lisa vorsichtig.

»Daß ich so eine unfähige Mutter war.«

»Oh.« Lisa sucht nach einer Antwort. »Also... ich würde nicht direkt sagen... Du warst... Nun ja, du warst so, wie du eben warst.«

»Das ist bei uns allen so«, sagt Claudia. »Das ist etwas, mit dem man fertig werden muß. Nach herkömmlichen Maßstäben habe ich meinen Job als Mutter ziemlich mies erledigt. Also entschuldige ich mich. Nicht, daß das jetzt noch viel nützen würde. Ich möchte das nur vermerkt haben.«

»Danke«, sagt Lisa schließlich. Ihr wird klar, daß sie keine Vorstellung hat, was sie damit eigentlich meint. Sie wünscht, Claudia hätte nicht gesagt, was sie gesagt hat; jetzt wird es für immer da sein und die Dinge schwieriger machen.

Ich habe nie damit gerechnet zu erleben, wie Lisa erwachsen wird. Während sie noch ein Kind war, habe ich jahrelang darauf gewartet, daß die Atombombe fällt. Als die Welt von Korea nach Laos nach Kuba nach Vietnam taumelte, habe ich es einfach ausgesessen. Und Lisas Gegenwart hat den Schrecken nur verschärft. Alles, was der gesamten Menschheit widerfahren konnte, konzentrierte sich in Lisas schmalen Gliedmaßen, ihren unwissenden

Augen, ihrer arglosen Unbekümmertheit. Ich war vielleicht eine unzulängliche Mutter, aber ich war immer noch eine Mutter; durch Lisa erlebte ich Zorn und Furcht. Ich hätte diese dunklen Nächte der Seele nie zugegeben. Nach außen hin verhielt ich mich wie ein vernünftiges, verantwortliches Wesen – ich diskutierte über das Für und Wider des Unilateralismus, ich schrieb meine Kolumne, ich marschierte und demonstrierte, wenn ich es für angebracht hielt. Dieses erstarrte Gefühl im Magen während der neun Tage von Kuba behielt ich für mich, wie auch bei einem Dutzend anderer Gelegenheiten in all den Jahren. An manchen Tagen konnte ich nicht das Radio andrehen oder die Zeitung in die Hand nehmen, als ob mich Unwissenheit vor der Realität schützen könnte.

Lisa ist erwachsen geworden. Ihre Söhne werden erwachsen. Gelegentlich habe ich noch diesen Druck im Magen, aber nicht mehr so wie früher; vor den Zeitungen schrecke ich nicht mehr zurück. Warum denn auch? Die Welt bietet nicht mehr Sicherheit als vor zwanzig Jahren. Doch wir sind immer noch da, das Monster ist gebändigt, bis jetzt – mit jedem Jahr, das vergeht, steigt die Hoffnung, daß es gebändigt bleiben wird, irgendwie; täglich ein großes Unglück erwarten zu müssen ist eine zu anstrengende Perspektive. Die Mönche von Lindisfarne werden ein Lied gepfiffen haben, wenn sie ihre Arbeit unterbrochen haben und aufs Meer hinaussahen; Menschen haben sich auch in belagerten Städten geliebt.

Wir warten auf Armageddon; die Bibel hat uns gut trainiert. Wir rechnen entweder mit der Vernichtung oder mit der Erlösung, vielleicht mit beidem. Die Überzeugung vom nahen Weltuntergang ist so alt wie die Zeit, die Apokalypse stand immer vor der Tür. Die Menschen lagen zitternd in ihren Betten und warteten auf das Jahr eintausend, haben sich bei vorbeiziehenden Kometen verkrochen, sich mit Gebeten durch Sonnen- und Mondfinsternisse gerettet. Unsere besonderen Ängste sind oberflächlich betrachtet rationaler, doch sie haben eine unentrinnbare Ahnenschaft. Die Einstellung, daß alles immer weiter geht, ist relativ neu, zu neu offenbar, um viele Anhänger zu finden. Da die Welt so ist, wie sie ist, hat sie immer zu dem Gedanken verführt, daß früher oder später irgend etwas mit ihr geschehen würde. Als ich 1941 nach Jerusalem kam, wohnte ich in einer kleinen Pension, die von amerikanischen Adventisten vom Siebenten Tag geführt wurde, älteren Leuten, die in Iowa oder Nebraska in den zwanziger Jahren alles verkauft hatten und mit ihren gesamten Ersparnissen ins Heilige Land gezogen waren, um beim Zweiten Erscheinen Christi, das sie für 1933 erwarteten, gleich vor Ort zu sein. Das Ereignis trat nie ein, die Ersparnisse waren irgendwann verbraucht; und sie waren noch da und versuchten vernünftigerweise das Beste daraus zu machen, indem sie ein Hotel eröffneten. Es war ein angenehmer Ort mit einem schattigen Innenhof, in dem Schildkröten zwischen Rosmarinbüschen und Geranientöpfen umherkrochen.

Gordon und ich haben in all den Jahren mehr als über alles andere über Abrüstung gesprochen. Als ich Mitglied der Nationalen Abrüstungskampagne war, war er nicht dabei. Sein Pragmatismus war immer ein Gegenmittel für meinen Pessimismus, er war immer in der Lage, Argumente und Zahlen anzuführen, wenn bei mir Betroffenheit und Emotionen hochgingen. Als wir das letztemal zusammen waren, in einem Londoner Taxi, zwei Tage vor seinem Tod, sah er auf die Schlagzeilen der Zeitung, die auf seinen Knien lag, und sagte: »Abgesehen von allem anderen ist es sehr ärgerlich, wenn man dermaßen ausgeschaltet wird von allem, was passiert. Ich hätte gern gewußt, wie das ausgeht.«

Gordon war natürlich einer von denen, die ihren Anteil haben an dem, was geschieht. Er hat von Zeit zu Zeit eine Menge bewirkt. Volkswirten ist es eigen, mit ihren geringen Mitteln den Lauf der Geschichte zu verändern; Bauern in Sambia, kleine Ladenbesitzer in Bogotà,

Fabrikarbeiter in Huddersfield waren dann und wann von den Ergebnissen aus Gordons beruflichen Aktivitäten betroffen.

Eine Woche vor seinem Tod sprach Gordon vor einer Königlichen Rundfunkkommission, wobei er wußte, daß er deren Bericht nie zu sehen bekommen würde. Sylvia und ich brachten ihn in einem Taxi hin, Sylvia mit rotgeränderten Augen, piepsend wie eine gluckende Henne, überall Kleenexfusseln auf ihrem Kleid; Gordon hatte schlechte Laune, war ungeduldig, mit Medikamenten vollgepumpt, diverse Plastikschläuche hingen an ihm. Die Ärzte sagten: »Wenn er das möchte, sollte er es tun«, ich stimmte zu. Er hielt seinen Vortrag, taumelte wieder ins Taxi und unterhielt sich über die bevorstehende Wahl. Er wollte provozieren, und ich nahm seine Herausforderung an, weil ich wußte, daß ich das jetzt tun mußte. Wir stritten uns. Sylvia brach in Tränen aus.

Sie sitzt neben Gordon, und Claudia sitzt gegenüber, auf dem Klappsitz. Er hätte nicht kommen sollen, diese verkommenen Ärzte hätten ihn nicht gehen lassen dürfen, sie sollten jetzt alle nicht hier in diesem Taxi sitzen, das durch das schreckliche Dezember-London holpert. Gordons Atem rasselt, und er hat diese Schläuche an seinen Beinen befestigt, sie kann da gar nicht hinschauen, weil der Anblick sie einfach verrückt macht. Und er redet und redet, das kann nicht gut für ihn sein, er regt sich über diese blöde Wahl auf, und wen interessiert denn jetzt schon diese Wahl angesichts dessen, was gerade passiert? Gordon wird nicht ... Wenn gewählt wird, wird Gordon bereits ...

Sylvia starrt aus dem Fenster, beißt sich auf die Lippen.

Sie wird das alles äußerst tapfer ertragen. Sie wird nicht zusammenbrechen. Wenn es geschieht. Sie wird tapfer sein und vernünftig und sich um alles kümmern, was geregelt werden muß, und ruhig und gefaßt bleiben.

Und während sie dies denkt, fließen andere Gedanken

durch ihr Hirn, die jetzt nicht da sein sollten, das weiß sie, aber sie kann sie nicht zurückhalten... Gedanken über das Danach und daß sie das Haus verkaufen wird, sie mochte Oxford eigentlich nie so richtig, man könnte ein wenig weiter aufs Land ziehen, nicht ganz aufs Land, das könnte problematisch werden, aber vielleicht in eine nette Kleinstadt, wo Leute leben, mit denen man zurechtkommt, und man muß nie wieder in die Vereinigten Staaten, sie könnte sich auch eine kleine Arbeit suchen, etwas Ehrenamtliches vielleicht, in einem Oxfam-Laden oder so etwas, nur um beschäftigt zu sein...

»Quatsch!« sagt Claudia. »Absoluter Quatsch!« Und Sylvia zuckt zusammen, bremst ihren Gedankenfluß, kehrt in das Hier und Heute zurück. In dem Claudia und Gordon streiten. Hin und her geht es, wie in alten Tagen: aber hör zu du willst mir doch wohl nicht sagen... das sagst du nur weil du keine Ahnung hast... laß mich aussprechen... da *täuschst* du dich einfach Claudia.

Wie kann Claudia nur! Ihm so kontern, wenn er so krank ist. Ihn unterbrechen. So heftig werden. Typisch Claudia. Es ist schrecklich. Während er... während er stirbt.

Und die Tränen kommen hoch, fließen über, sie muß sich wieder zum Fenster drehen und nach einem Taschentuch suchen, und dann sieht sie ihr eigenes Gesicht in der Fensterscheibe, es legt sich über Schaufenster und Gehsteige, ein rundes, rosafarbenes, *altes* Gesicht mit geschwollenen Augen und Äderchen auf den Wangen.

»Quatsch!« sagt Claudia. Es klingt vehement, fast, als ob sie das tatsächlich so meint. Ihr Blick trifft auf den von Gordon, und sie merkt, daß sie ihn nicht reinlegen kann, aber er spricht weiter, und sie spricht weiter und unterbricht ihn, und hinter dem, was gesprochen wird, sagen sie einander etwas ganz anderes.

Ich liebe dich, denkt sie. Habe dich immer geliebt. Mehr als jeden anderen, bis auf einen. Das Wort ist überstrapaziert, man kann es einfach nicht für so viel Unterschiedliches verwenden — Liebe zu Kindern, Liebe zu Freunden, Liebe zu Gott, körperliche Liebe und Begierde und Heiliges. Ich muß dir das nicht sagen, genausowenig wie du mir das sagen mußt. Ich habe es sogar selten gedacht. Du warst mein *Alter ego*, und ich war deines. Und bald werde nur noch ich da sein, und ich werde nicht wissen, was ich tun soll.

Sie sieht, daß Sylvia wieder weint. Nicht ganz still genug. Wenn du nicht aufhörst damit, denkt Claudia, werfe ich dich einfach aus diesem Taxi.

An diesem grauen Winternachmittag funkeln die Scheinwerfer der Autos, die Straßenlampen, golden, rot, smaragdgrün, die schwarzen Gehsteige glänzen im Regen, die Schaufenster sind wie glutvolle Wagnersche Höhlen. Gordon redet, dabei sieht und bemerkt er all das. Er spricht über Ereignisse, die erst bevorstehen, und sieht Licht und Materie, die bunten Farben der Früchte vor einem Gemüseladen, den Regenschimmer auf den Wangen eines Mädchens. Ein Zeitungskiosk als Porträtgalerie mit Popstars und Mitgliedern der königlichen Familie; der Verkehr gleitet wie Schwärme glitzernder Fische vorbei. Und all das wird weitergehen, denkt er. Immer weiter und weiter. Was empfinde ich dabei? Was macht es mir aus?

Seine Augen begegnen denen von Claudia. »Quatsch!« sagt sie. »Ich habe Theorien immer gelten lassen. Es ist nur so, daß ich lieber über das geschrieben habe, was passiert.« — »Verrückte Opportunisten«, sagt Gordon. »Tito. Napoleon. Das ist nicht wirklich Geschichte. Geschichte ist ein grauer Stoff. Ergebnisse. Regierungssysteme. Stimmungslagen. Das ist eine langsame Bewegung. Deshalb wirst du immer so ungeduldig darüber. Du willst das Spektakel.« — »Das Spektakel ist doch da«, sagt Claudia. »Sogar viel zuviel davon.« — »In der Tat«, sagt Gordon und rutscht auf seinem Sitz, zuckt zusammen. »Natürlich gibt es Spektakel. Aber Spektakel kann in die Irre führen. Das wirklich Relevante kann auch ganz woanders stattfinden.« – »Ach hör doch auf«, schreit Claudia. »Du wirst dem Gefangenen unter der Guillotine noch sagen, daß das Relevante eigentlich gar nicht dort stattfindet.« Und während sie spricht, hört und sieht er hundert andere Claudias, geht immer weiter in die Vergangenheit zurück, Frau und Mädchen und Kind. Du, denkt er. Du. Du warst immer da. Und wirst es bald nicht mehr sein.

Er spürt neben sich, daß Sylvia sich abgewendet hat, ihre zuckenden Schultern. Er legt eine Hand auf ihre. Das ist das wenigste, was er tun kann. Und das äußerste.

Gordon ist vor fünf Jahren gestorben. Ich bin jetzt von ihm getrennt. Kein Tag vergeht, an dem ich nicht an ihn denke, doch ich kann das mit innerer Freiheit. Er ist vollendet, er hat einen Anfang und ein Ende. Die Zeiten, in denen wir zusammen waren, sind vollendet. Ich betrauere ihn darum nicht weniger, doch ich mußte mich entfernen, es gab keine andere Wahl. Wir waren Kinder zusammen, wir lebten unsere narzißtische Liebe, wir wurden erwachsen und verließen uns aufeinander. Von Zeit zu Zeit haben wir uns gegenseitig verflucht, doch sogar im Haß waren wir vereint, eine exklusive Zweiergemeinschaft. Ich kannte Gordon so gründlich wie ich mich selbst kenne – und mit ebenso viel Nachsicht. Was ich Gordon gegenüber empfand, konnte man mangels eines besseren Ausdrucks als Liebe bezeichnen: Er war mein Gefühl für Identität, mein Spiegel, mein Kritiker, Richter und Bundesgenosse. Ohne ihn bin ich weniger.

Am Anfang gab es mich; mein eigener Körper setzte die Grenzen, physisch wie emotional, es gab einfach nur Ich und nicht-Ich, der kindliche Egoismus ist von einer gewissen Größe. Und als ich ein Kind wurde, gab es Claudia, das Zentrum aller Dinge, und das, was sich auf Claudia bezog, was ich mir anschaute, die Welt der anderen, beobachtet, aber nicht begriffen, eine Landschaft à la Berkeley, die nur nach meinen Launen existierte – wenn sie mich nicht mehr interessierte, gab es sie einfach nicht mehr. Und schließlich, zumindest behaupte ich das, wurde ich erwachsen und erkannte mich im furchtbaren Kontext von Zeit und Raum: alles und nichts.

Sie taucht aus einer unruhigen Unterwelt auf. Sie sieht Laszlo, der neben ihrem Bett sitzt und sie aus seinen braunen Augen fixiert. »Aha«, sagt sie. »Du bist das. Und Sylvia ist wieder gegangen?«

»Das war vor drei Tagen«, sagt Laszlo. »Du bist verwirrt, Liebe.«

Claudia seufzt. »Das muß ich dir wohl glauben. Und sag nicht Liebe zu mir – das klingt unnatürlich, du hast das früher nie gesagt.«

»Tut mir leid«, sagt Laszlo demütig. »Möchtest du irgend etwas?«

»Eine ganze Menge«, sagt Claudia. »Aber dafür ist es jetzt zu spät.«

»So darfst du nicht sprechen.«

»Warum nicht?«

»Weil... weil das nicht zu dir paßt.«

Claudia schaut ihn genau an. »Ich sterbe, weißt du.«

»Nein!« sagt Laszlo heftig.

»Ja. Also mach kein Theater. Du bist genau wie Lisa. Wenn ich damit umgehen kann, kannst du das auch. Ich gehe ja nicht gerade still davon.«

»Was meinst du damit?« fragt Laszlo vorsichtig nach.

»Nichts. Alles nur im Kopf. Ich habe nicht vor, die lieben Doctores zu attackieren.« Sie schließt die Augen, und es ist still. Laszlo steht auf und läuft durchs Zimmer. Er betrachtet die Blumen auf dem Tisch – den scharlachroten Weihnachtsstern, die struppeligen Chrysanthemen, die roten Rosen mit unnatürlich langen, dornenlosen Stielen. »Herrliche Rosen.«

»Jasper.«

Laszlo dreht mit einem Schnaufen den Rosen den Rücken zu. »Er war also da?«

»War er.«

Laszlo läßt sich wieder in den Sessel fallen. »Jasper habe ich nie verstanden. Wo du doch... jeden Mann haben konntest.« Er hebt den Blick zur Decke, spreizt die Hände, schüttelt die englische Oberfläche ab.

»Das hast du schon einmal gesagt.«

»Jeden. So schön wie du warst... bist«, fügt er hastig hinzu.

»Und ich finde Henry nicht sehr aufregend«, sagt Claudia. »So ist das Leben, oder etwa nicht? Wie auch immer – Jasper ist lange her.«

»Wie viele Männer haben dich gefragt, ob du sie heiraten willst?«

»Nicht viele. Die meisten hatten einen zu starken Selbsterhaltungstrieb.«

Laszlo zieht eine Grimasse. »Du machst dich immer so... schwierig. Für mich bist du nicht schwierig. Du bist wunderbar, ganz einfach.«

»Danke«, sagt Claudia, sie hat die Augen wieder geschlossen. Laszlo schaut sie an: das Profil mit der langen, scharfgeschnittenen Nase, fast durchsichtig wirkt sie im Licht der Nachmittagssonne, das durch das Fenster hereinfällt und in dem die Blumen in kräftigem Rot und Orange erstrahlen. Plötzlich wendet sie sich zu ihm: »Etwas hätte ich doch gern, falls du noch einmal kommen willst.«

»Natürlich.«

»In der Wohnung«, sagt sie bedächtig, »in der obersten Schublade von meinem Schreibtisch. Ein brauner Umschlag, mit einer Schnur zugebunden. An mich adressiert. Ziemlich dick. Nur etwas, das ich gern noch einmal durchsehen möchte, falls du mir das bringen könntest.«

Ich kann eigentlich nicht sagen, daß mir Laszlo in meinen späteren Jahren ein Trost war: Abwechselnd war er eine Verpflichtung und eine Quelle des Interesses. Auch haben wir einander wirklich gern. Ich habe ihn gestützt, gerettet, getröstet, er hat mir Zuneigung entgegengebracht und mich unterhalten. Ich fand sein Temperament, das eine Menge Leute rasend macht, eher interessant als anstrengend. Laszlos Überspanntheiten, die bei Lisa oder Sylvia nur Anlaß sind, die Lippen zu schürzen oder in angestrengtes Schweigen zu verfallen, waren für mich der frische Wind aus fremden Welten und erinnern an die lautstarke, freimütige Lebensart in Osteuropa – Sprachen, die ich nicht verstehe, Städte, die ich nicht kenne, Heilige und Tyrannen und Wälder und Vampire, eine Vergangenheit, die mehr Mythos als Geschichte ist, und das ist um so besser. Als Laszlo mit zwanzig seine wilde Zeit durchmachte, habe ich nur die Füße hochgelegt und zugeschaut, wie er durch das Wohnzimmer in Fulham tigerte, seinem letzten Liebsten hinterherheulte oder über einen Streit jammerte, einen Betrug, über seine Kämpfe als Künstler, die Gerissenheit der Kritiker und Galeristen. Entweder triumphierte er oder er war am Boden zerstört, brachte eine Flasche Champagner mit oder erklärte mir, er werde jetzt Selbstmord begehen. Solche Äußerungen kann ich nur respektieren, mir erscheinen sie als eine adäquate Art, sich dem Leben zu stellen.

Lisa findet ihn als Person exzessiv und peinlich, trotz (oder vielleicht gerade wegen) ihrer eigenen Vorfahren. Als sie noch jung war und verpflichtet, gelegentlich mit ihm auszukommen, da sie noch unter meinen Fittichen war, verhielt sie sich so steif und reserviert wie gerade eben noch möglich. Nach ihrer Heirat ging sie in aller Form auf Abstand zu ihm und traf ihn nur bei den unvermeidlichen Familienereignissen: Geburtstagen, Hochzeiten und Begräbnissen. Laszlo, der sie gern geliebt hätte und von ihr geliebt worden wäre, stürzt immer wie ein kleiner Hund auf sie zu und zieht sich verstört und verletzt zurück; er begreift das nie.

»Noch viele solche glückliche Tage wünsche ich dir«, sagt Lisa. Sie legt ein Päckchen auf den Tisch und drückt ihre Wange für einen Moment an Claudias, weicht im selben Moment schon wieder zurück.

Claudia öffnet das Päckchen. »Genau das, was ich brauche. Danke.«

»Ich hoffe, die Farbe ist richtig.«

»Die Farbe ist perfekt. Schwarz paßt schließlich zu allem.« Sie betrachten beide die praktische, matronenhafte Handtasche.

Lisa setzt sich. »Ich dachte, Laszlo kommt noch.«

»Tut er auch. Er wird jede Minute hier sein. Ich habe einen Tisch beim Griechen bestellt.«

Lisa sieht sich in dem Zimmer um, das ihr unendlich vertraut ist und in dem sie sich nie zu Hause gefühlt hat. Es ist Claudias Zimmer, angefüllt mit Claudias Dingen, in jedem Winkel ist ihre Gegenwart zu spüren; als Kind hatte Lisa immer das Gefühl, sie würde hier ersticken.

»Was ist in diesen riesigen Kartons im Flur?«

»Wein«, sagt Claudia.

»*Wein?*«

Laszlos Geschenk. Siebzig Flaschen. Eine für jedes Jahr.

Lisa fühlt Zorn in sich aufsteigen. »Aber du wirst das niemals...«

»Du meinst, ich schaffe das doch nicht mehr? Vermutlich nicht.«

Lisa wird rot. »Typisch Laszlo.«

»Stimmt. Aber es hat Stil, das mußt du zugeben. Es ist auch recht guter Wein. Vielleicht solltest du für Harry eine Flasche mitnehmen.«

»Er bestellt regelmäßig bei der Wine Society.«

»Aha«, sagt Claudia. »Da sollte man sich besser nicht einmischen.«

Es klingelt an der Tür. Lisa sitzt angespannt da und hört auf die Geräusche bei Laszlos Eintreffen, als er Claudia begrüßt, beide lachen. Er kommt herein, schreit:

»Lisa, Liebling, es ist so lange her, seit ich dich gesehen habe, und du siehst so... so gut aus in diesem hübschen Kleid.« Er geht auf sie zu, um sie zu umarmen, doch sie hat sich bereits hinter den Schutzwall eines langen, niedrigen Kaffeetisches zurückgezogen, und er kann ihr nur noch ein Küßchen zuwerfen. Lisa sagt: »Oh, hallo, Laszlo. Wie geht es dir?«

»Mir geht es ganz gut. Aber ich bin heute nicht wichtig – wir sind doch hier, um Claudias Siebzigsten zu feiern! Ist sie nicht toll!« Er breitet seine Arme aus, zu Claudia, wie ein Impresario mit einer großen Entdeckung.

»Ja«, sagt Lisa, den Blick auf den Boden gerichtet.

»Wir sind also diese nette, gemütliche Gesellschaft«, sagt Laszlo. »Nur wir drei. Hervorragend. Und dieser wunderbare Artikel in der Sonntagszeitung, den Henry mir mitgebracht hat – hast du den gelesen, Lisa? Deine Mutter schreibt so wunderbar über den Krieg, über Ägypten, all das, worüber du so wenig sprichst, Claudia. Du redest praktisch nie davon. Und jetzt dieser Artikel. Und dieses Foto. Die junge Claudia, so schön, sitzt auf einem Lastwagen im Sand. Wunderbar!«

Lisa, die den Artikel ebenfalls aufmerksam gelesen hat, schaut ihre Mutter an. »Dieses Foto hatte ich noch nie gesehen.«

»Ich habe es ganz hinten in einer Schublade gefunden«, sagt Claudia. »Ich dachte, das könnten sie genausogut verwenden.«

Laszlo faltet das verdrückte Stück Zeitung sorgfältig auseinander. »Ich war sehr stolz. Ich habe das allen Leuten gezeigt. Es ist so lange her, daß du etwas Derartiges geschrieben hast.«

»Warum eigentlich?« fragt Lisa.

»Ach, ein Herausgeber hat mich festgenagelt«, sagt Claudia. »Und mir war auch selbst danach. Alle aus meiner Generation sind jetzt anscheinend damit beschäftigt, ihre Vergangenheit ins rechte Licht zu rücken, also warum nicht auch ich?«

»Dann wirst du uns jetzt mehr erzählen«, sagt Laszlo fröhlich. »Beim Essen. Alles Interessante, was du nicht in der Zeitung geschrieben hast. All die Offiziere, die hinter dir her waren, alle Liebhaber. Versprich es!«

Lisa räuspert sich. »Sollten wir nicht gehen?« Sie steht auf, nimmt ihre Siebensachen. »Hast du noch andere schöne Geschenke bekommen, Mutter?«

Mutter. Damit hat Lisa in der Mitte ihres Lebens noch einen kleinen Sieg errungen. Claudia juckt es fast vor Irritation, doch gleichzeitig ist sie auch amüsiert. Lisa verleiht ihr ganz gezielt den Status einer würdevollen älteren Dame. Nun, wenn es ihr Spaß macht...

Aber nein, denkt sie, während sie zum Restaurant gehen, ich werde euch nicht von meinem anderen so unerwarteten Geschenk erzählen, weder jetzt noch später, weder euch noch jemand anderem. Schön ist sicher nicht das richtige Wort, obwohl ich nicht weiß, wie man es besser ausdrücken sollte, da es mich immer noch mitnimmt, ich kann immer noch nicht klar darüber nachdenken, ich bin innerlich in Unordnung.

Und um Laszlos Neckereien abzuwehren, seinen Fragen zuvorzukommen, spricht sie laut von anderen Dingen, beschäftigt sich mit den Kellnern und der Speisekarte, damit, wer was bestellen sollte und was angeboten wird; wenn ich jetzt hier die Rolle der Matriarchin übernehmen soll, dann aber auch richtig. Und irgendwo dahinter oder im Inneren sieht eine andere Claudia belustigt zu. Und bedauernd. Und ungläubig. Ist das denn wahr? Diese herrische alte Frau mit der schrillen Stimme; diese fleckigen, von Adern durchzogenen Hände, die eine Serviette auseinanderfalten; und diese Begleiter an ihrem Tisch – wer sind denn die?

Einen Moment lang ist sie jemand anderes, und dann kehrt sie zurück und sieht, wie Laszlo sie über den Tisch hinweg anschaut und etwas fragt.

»Und wer hat denn nun das Foto aufgenommen?« fragt er. »Welcher von den stattlichen Offizieren? Wer ist es, den du so wunderschön anlächelst?«

Jetzt lächelt sie, sie hat den Blick des Mädchens auf der Fotografie, jetzt und hier im sanften, warmen Licht des Restaurants, doch während er spricht, verschwindet das Lächeln, und sie wird eine andere Claudia – oh, eine Claudia, die er nur zu gut kennt – herbe, abweisende Claudia, und sie sagt: »Ich hab's vergessen«, und wendet sich an Lisa und fragt nach den Enkeln, den gräßlichen Enkeln, die Gott sei Dank in der Schule sind und deshalb nicht hier sein können, und der langweilige Harry kann nicht hier sein, weil Claudia ihn vermutlich nicht eingeladen hat, also ist nur die arme blasse Lisa in ihrem braven, ordentlichen Kleid da, ganz nervös, wie immer, wenn sie mit ihrer Mutter zusammen ist. Es wäre besser, wenn nur Claudia und ich hier wären, denkt Laszlo, aber es macht nichts. Lisa ist immerhin die Tochter, obwohl das Gott weiß wie gekommen ist, man würde das nie annehmen, so ein Mäuschen, wie ein Schatten wirkt sie neben Claudia, doch das ist natürlich das Problem. Und er erinnert sich, freundlich, nachsichtig, an die empfindliche fünfzehnjährige Lisa und die verstörte Lisa als Mutter mit ihren heulenden Babys. Claudia könnte man sich nicht mit einem heulenden Baby vorstellen, und vielleicht ist auch das das Problem, denkt er weise, Lisa wurde natürlich von den Großmüttern großgezogen, vermutlich steckt da auch wieder ein Problem.

Ich war immer ein wenig verliebt in Claudia, denkt er. Claudia kam mir immer gescheiter klüger unterhaltsamer vor als andere Menschen, mit Claudia konnte ich immer über alles sprechen, wenn man von ihr weggeht, fühlt man sich immer ein bißchen unscheinbarer. Henry mag Claudia nicht, er ist eifersüchtig, und er hat auch Angst vor ihr – viele Leute haben Angst vor Claudia. Aber ich nicht. Ich bin nicht so klug wie Claudia, aber sie hat mich nie so fertiggemacht, wie sie andere Leute schon fertiggemacht hat, sie hat mir immer zugehört, auch wenn sie mich ausgelacht hat. Wir haben uns gestritten, sind aber jedesmal sofort wieder Freunde geworden.

Lisa erzählt jetzt ziemlich kühl von Jasper; sie hat ihn mit ihren Söhnen besucht, er hat den beiden Geld für Fahrräder gegeben. Der reiche, großzügige Jasper. Beim Gedanken an Jasper schüttelt sich Laszlo unwillig; niemals hätte sich Claudia mit einem Mann wie Jasper einlassen sollen, ein Hohlkopf, ein *entrepreneur*, nicht die Zeit wert. Vielleicht etwas für eine Affäre, eine kleine Liebesgeschichte, aber nicht für so lange Zeit, immer wieder, Jahr um Jahr, warum machen Menschen solche Fehler? Aber Claudia hat bei Männern keinen guten Geschmack – für eine so brillante, anziehende Frau ist das außergewöhnlich. Laszlo läßt still einige Männer Revue passieren, und seine Mißbilligung muß sich in seinem Gesicht widerspiegeln, denn Claudia fragt ihn, warum er so grimmig dreinblickt. »Nicht grimmig«, sagt er. »Überhaupt nicht grimmig. Ich habe nur gerade über einige Leute nachgedacht.«

Bis auf den Bruder, mit dem sie so vertraut war. Laszlo denkt an Gordon, und wieder verändert sich sein Gesichtsausdruck. Da war immer etwas Seltsames – Claudia und Gordon, etwas anderes als nur Bruder und Schwester, sie schienen weit weg zu sein, wenn sie beisammen waren, vermittelten einem das Gefühl, man sei gar nicht da. Und ich hatte ein wenig Angst vor Gordon, sagt sich Laszlo, wenn ich ehrlich bin, hatte ich immer ein wenig Angst, ich mußte versuchen zu gefallen, vorsichtig zu sein.

»Und jetzt hast du wieder deinen Hundeblick drauf«, sagt Claudia. »Ich habe gedacht, wir feiern hier meine siebzig vergeudeten Jahre. Unterhaltet mich bitte!«

16

»Das hier hat jemand für Sie gebracht«, sagt die Schwester. »Sie haben geschlafen, daher soll ich Ihnen nur sagen, daß es von Laszlo ist.«

Und als sie gegangen ist, knotet Claudia die Schnur auf, öffnet den Umschlag und nimmt ein altes Schreibheft heraus, voller Flecken und Eselsohren. Ihre Bewegungen sind langsam, ihre Hände unsicher. Sie schaut das Heft einen Moment lang an, greift dann auf ihrem Nachttisch nach ihrer Brille, das ist anstrengend und dauert ein wenig. Sie setzt die Brille auf und öffnet das Heft.

Als ich es das erstemal sah – die Handschrift erkannte –, war es wie ein Schlag. Ich erstarrte. Mir wurde heiß. Dann kalt. Ich legte es hin und las den Brief, den Brief von seiner Schwester, kurz und ohne Umschweife: »Liebe Miss Hampton, nachdem ich Ihren Artikel über Ihre Zeit als Kriegsberichterstatterin in der Wüste gelesen hatte, wurde mir klar, daß Sie die C. sein müssen, die mein Bruder Tom Southern in seinem Tagebuch erwähnte. Er hat in seinen Briefen an uns von Ihnen erzählt, jedoch nie mitgeteilt, wie Sie heißen. Ich denke, Sie sollten das Tagebuch haben, daher schicke ich es Ihnen. Mit freundlichen Grüßen, Jennifer Southern.«

Danach habe ich das Tagebuch gelesen, wie ich es jetzt wieder tue.

Es ist ein hellgrünes Schreibheft, auf der Vorderseite steht in schwarzen Buchstaben CAHIER. Liniertes Papier, grob und körnig. Er hat mit Bleistift geschrieben. Die Eintragungen sind ohne Datum, ein krummer Strich trennt sie jeweils voneinander.

Dies Gott weiß wo geschrieben, an einem Tag im Jahre 1942. In einer Stunde soll es losgehen. Also noch eine Verschnauf-

pause, Tee. Mechaniker fluchen über zwei neue Panzer, sind letzte Nacht gebracht worden, Grants, hatten wir bisher noch nicht, die halbe Ausrüstung fehlt noch, Geschütze schwimmen noch im Öl. Aber nicht mein Problem — unsere Truppe kam gestern ohne einen Kratzer durch. Kann Gestern nicht im einzelnen beschreiben; wie alles abgelaufen ist, was wir getan haben, wen wir getroffen haben, wer was warum getan hat — also will ich versuchen aufzuschreiben, wie ich es empfunden habe. Für C., vielleicht — was ich versucht habe, ihr bei dieser ersten Begegnung zu sagen, und was mir, glaube ich, nicht gelungen ist.

Die Schwärze beim Aufbruch aus dem Lager noch vor der Dämmerung. Und Sandsturm, also heulende Schwärze voll Lärm und Gestank — der Rest vom Kommando donnert da draußen ab, endloses Gepfeife und Krachen in den Kopfhörern, Benzingestank. Dann wird das graue Licht rosa, orange. Moment der Erleichterung, wenn man die anderen überhaupt erst richtig sieht, die langgestreckten Umrisse der Crusaders oben auf den Dünenkämmen — die schaffen fünfzehn bis zwanzig Meilen pro Stunde — das Gefühl, daß die ganze Gegend nach vorne drängt, mehr von uns, als tatsächlich da sind. Letzter Durchruf vom Kommandeur, dann stundenlang Stille auf allen Frequenzen beim Vormarsch. Stunden? Oder Minuten? Zeit ist nicht mehr Zeit, was man normalerweise darunter versteht. Wird zu den Zeigern auf der Armbanduhr, zur Stimme des Kommandeurs — »Meldung an mich in 5 Minuten — wir brechen auf um 5.00 Uhr — Feuer in 3 Minuten.« Man weiß maximal noch, was vor einer halben Stunde passiert ist. Man selbst denkt nicht voraus, nur der Magen.

Angst. Am schlimmsten immer vor dem Einsatz, nicht währenddessen. Die Angst vor der Angst. Gelähmt von ihr zu sein, wenn es soweit ist, Angst, nicht zu funktionieren, irgendwas Blödsinniges zu tun. Wenn es dann losgeht, wird sie anders. Putscht einen auf. Gestern hab ich gesehen, wie meine Hände zitterten, habe runtergeschaut und sie wie die Hände von jemand anderem gesehen, bebten da am Rand des Panzerturms, aber mein Kopf war ganz klar, Stimme normal, so ziemlich jedenfalls, habe dem Fahrer dies gesagt, dem Schützen das, unsere Position durchgegeben, auch durchgegeben, daß wir Panzer in 6000 m Entfernung gesichtet haben, habe berichtet eingeschätzt vorausgedacht, als ob ein anderes Ich alles übernommen hätte. Nur die Hände sind verräterisch. Hab' sie auf den Deckel gehauen, um sie wieder unter Kontrolle zu bekommen, und mich an dem heißen Metall verbrannt. Hat mich für den Rest des Tages verrückt gemacht.

Sonnenuntergang. Also lagern wir hier, schlafen hoffentlich etwas, gestern nacht hatten wir reichlich wenig Schlaf, alle haben bis zum Morgen noch irgendwas repariert, Krach wie ein Fließband, und alle paar Minuten Explosionen von einem feindlichen Munitionslager, das sie im nächsten wadi *hochgejagt haben. Habe dagelegen, die Sterne angeguckt und nachgedacht. Nein, nicht nachgedacht. Man denkt nicht, sondern holt bloß ein paar Bilder raus und schaut sie an. Andere Zeiten, andere Orte. Andere Menschen. C. Immer C.*

Eine Woche später. Glaube ich. Keine Minute Zeit für das hier — entweder mußte ich mich mitten reinschmeißen ins Getümmel oder war zu erschöpft für irgendwas anderes als einfach pennen bis zum nächsten Mal. Auch wenn es jetzt etwas bringen würde, könnte ich nicht sagen, was als erstes passierte, wo wir zu welchem Zeitpunkt waren, wie dies oder das abgelaufen ist, im Kopf ist das keine Abfolge, sondern ein einziges Geschehen ohne richtigen Anfang oder Ende, es geht einfach immer weiter, mit besonders intensiven herausragenden Momenten, die im Kopf lange nachklingen. Ich schaue runter und sehe, daß mein Schütze verletzt ist, Blut läuft an seinem Hals herunter, aber er scheint es nicht zu merken, lädt immer noch nach, ruft ständig irgendwas, und ich muß ihn anstoßen, damit er mir zuhört. Im Turm so viel Staub, daß wir unsere Gesichter nicht erkennen können, die Landkarten kann ich nur lesen,

wenn ich sie ein paar Handbreit vor meine Nase halte. Mistiges Flattern im Magen, wenn einer aus meiner eigenen Truppe hochgeht, dieser scheußliche rülpsende orange Einschlag, danach dicker schwarzer Rauch und man schaut, ob einer rauskriecht und keiner kommt, kein einziger. Ein anderes flaues Gefühl, als etwas, was ich für Reste von feindlichem Gerät gehalten habe, plötzlich zum Leben erwacht und zu schießen beginnt. Aufflammende Fröhlichkeit, als es heißt, daß sich der Feind zurückzieht und wir hinterher sollen. Sitze im Turm, peile durchs Fernglas, suche nach verräterischen Staubwolken am Horizont, und ich spüre nichts als primitives Jagdfieber, keine Angst mehr, diese knochenbrecherische Erschöpfung ist weg, nur noch Instinkte wie eine Hundemeute. Und später fühle ich mich beschämt und bestürzt.
Die Besatzung eines Crusaders aus dem C-Kommando wird begraben. Sie waren wegen Maschinenschaden während eines Angriffs zurückgefallen, und später fanden wir den Panzer hochgegangen und völlig ausgebrannt, alle tot, Fahrer und Kommandant waren noch drinnen, eine blutige Masse voller Fliegen, wir haben alles rausgeholt, so gut wir konnten, in Stücken, Schütze und Funker lagen daneben im Sand, erschossen, als sie abhauen wollten, hatten kaum einen Kratzer, lagen nur steif da im Sand in dieser völlig unerreichbaren Stille des Todes.
Der Kampflärm dröhnt noch lange im Kopf, wenn es schon vorbei ist – Krach, auf den man wie eine Maschine reagiert, man weiß nicht genau, was es ist, zieht einfach mit, ein Sprung nach vorne, vor dem geistigen Auge sieht man die Granatwerfer und Kanonen, die das dichte Geschützfeuer, das man hört, verursachen, schätzt Reichweite und Entfernung ab. Und immer die Stimmen im Ohr, das körperlose Hin und Her des ganzen Kommandos, als ob wir wie ruhelose Seelen über den Sand ziehen müßten, uns in einer verrückten Geheimsprache etwas zurufen – »Hallo Fish One, Rover calling... O. k., übernehmen Sie... Alle Stationen Fish... Vorwärts auf 10°... Los jetzt... bitte

bestätigen...«, und manchmal verändert sich der Tonfall, das Tempo wird gehetzt, die Stimmen schrillen und heulen gegeneinander an in der Enge meines Kopfes – »Fish Three wo zum Teufel seid ihr... geht doch verdammt noch mal aus der Leitung, wenn ich drauf bin... Fish Three, verflucht, wo seid ihr?... Hallo, Rover, ich bin getroffen, wiederhole, ich bin getroffen und fahre nach hinten.« Es ist, als ob man auf unterschiedlichen Ebenen lebt: auf einer, auf der man etwas sieht – die verwirrende, tückische Wüste, die sich vor einem ausdehnt, voller Rauch und Feuer, Leuchtspurgeschosse steigen auf, Fahrzeuge kriechen wie Ameisen hin und her, und eine Ebene der Geräusche – die kommen aus allen Richtungen, von oben, ringsum, von hinten, von innen – jaulende Flugzeuge, das Krachen, Klappern, Kreischen und die Stimmen, die nicht zu dem zu gehören scheinen, was man sieht, sondern losgelöst wirken, wie ein Kommentar, ein Geisterchor.

Ich habe gerade eine Gazelle gesehen. Eigentlich schießen wir sie ab, wenn wir die Möglichkeit haben – eine feine Abwechslung zum Pökelfleisch und Dosenschinken –, aber dieses Mal hab ich's nicht über mich gebracht. Sie hatte mich nicht gesehen, stand einfach da, der Schwanz schlug hin und her, die Ohren waren aufgestellt, ein sandfarbenes Geschöpf, aber irgendwie strahlend zwischen den Felsen und dem Gestrüpp, an diesem toten Ort, wo nichts ist als rostige Benzinkanister und Stacheldraht und daneben ein ausgebrannter Lastwagen – und mittendrin dieses Stückchen Leben. Dann hat sie mich doch gewittert und ist davongesprungen.

Schlafen nach dem Einsatz. Entweder ein schwarzes Loch, totale Erschöpfung, oder man wälzt sich halbwach herum, mit wilden verrückten Träumen, surrealistischen Träumen, in denen verqueres Zeug passiert, das man aber nicht in Frage stellt. Ziemlich genaues Abbild dessen, was wir da mitmachen – eine verdrehte Welt aus Sand und Explosionen, die zur einzigen wird, die man überhaupt noch kennt, und deshalb ist sie banal, alltäglich, normal.

Die Augenblicke, die bei einem Halt wieder hochkommen, die Bilder, die im Kopf bleiben... Mein Schütze hockt im Sand, wärmt in einer Verschnaufpause zwischen zwei Einsätzen ein Essen auf, ganz konzentriert und versunken, der ganze Himmel um uns herum explodiert, überall Rauch. »Fertig, Sir, probieren Sie mal«, kleiner, drahtiger Kerl mit einem Midland-Akzent, war vor dem Krieg im Immobiliengeschäft. Ich starre in die gleißende Hitze, kann die Fahrzeuge auf dem Kamm da hinten nicht einordnen, was sind sie? Panzer oder LKWs? Feind oder Freund? Sie sind viel zu weit weg, und ich klemme im Turm, halte das Fernglas so fest, daß es Spuren an meinen Händen zurückläßt. Italiener krabbeln aus einer Maschinengewehrstellung, werden von einem Aussie-Infanteristen zusammengetrieben, dem die Zigarette auf der Unterlippe hängt, ab und zu blafft er sie an, die blaugrünen italienischen Uniformen sehen plötzlich fremdartig aus, aufdringlich gegenüber dem Khaki – und jetzt sehe ich sie wieder vor mir und denke an die klare, einfache Art, in der der Krieg unser Denken ordnet: wir und die, unseres und ihres, gut und böse, schwarz und weiß, keine verwirrenden unbequemen undeutlichen Bereiche.

Außer der Wüste, die ist natürlich neutral. Nicht auf unserer Seite und nicht auf ihrer, sondern sie ist einfach da. Kümmert sich um ihre Angelegenheiten wie Hitze und Kälte, Sonne und Wind, den Kreislauf von Tagen und Monaten und Jahren, auf immer und ewig. Nicht wie wir.

Andere Augenblicke. Der Pfarrer richtet den Altar für den Sonntagsgottesdienst her, die Ladeklappe von einem Zehntonner wurde dafür heruntergeklappt, Männer stehen im Halbkreis, schüchtern durcheinander gebrummte Gebete und Lieder, ein Konvoi aus Panzerfahrzeugen fährt im Hintergrund vorbei. Gott ist angeblich auf unserer Seite.

Ich schaue in ein Munitionsdepot hinunter und sehe einen Haufen zerfetzter Kleider dort liegen, es sind aber keine Kleider, sondern eine Leiche, von der ich plötzlich verdrehte Gliedmaßen und den nach hinten gebogenen Kopf erkennen kann, offene sandverkrustete Augen, und wieder ist da dieses weit entfernte Schweigen der Toten, fast eine Überlegenheit, als ob sie etwas wüßten, was du nicht weißt. Gehe zu einem Felsen, um zu scheißen und sitze da Auge in Auge mit einer kleinen Schlange, so unbeweglich wie ein Stein aufgerollt, nur ihre Zunge schießt vorwärts, kleine schwarze Augen, helles Zickzackmuster über den ganzen Rücken. Diese beiden Bilder liegen vielleicht Tage auseinander, aber jetzt treffen sie zusammen und scheinen sich zu ergänzen, etwas über die Macht des Lebens auszusagen, über seine Last, die Art und Weise, in der Tod völlige Abwesenheit bedeutet.

Luftangriff auf feindliche Panzerabwehrkanonen, die am Eingang zu einem flachen Tal eingegraben waren und uns stundenlang aufgehalten haben, die Stimme des Kommandeurs in den Kopfhörern: »Da oben sind die Freunde endlich, Gott sei Dank«, und dann fielen die Bomben wie weiße Kegel. Und davor — danach — ich weiß es nicht — ein scheußliches Erlebnis, als Dinger, die ich für Felsen hielt, sich plötzlich als eine ganze Reihe Typ-III-Panzer entpuppten, vielleicht zweihundert Meter weiter vorn, in verdeckten Stellungen, und ich hatte bloß Sekunden, um zu entscheiden, ob ich in rasender Eile den Rückzug antreten oder mich einschießen und sie aufmischen soll, haben sie mich schon gesehen? Kann ich sie lang genug aufhalten, um Unterstützung zu rufen? Und dann erledigt sich das Problem, weil sie das Feuer eröffnen, die ersten Granaten pfeifen vorbei, Gott sei Dank, und ich gebe dem Kommandeur meine Position durch, brülle meinen Schützen an, er soll feuern, alles anscheinend im selben Augenblick und stotternd vor Anstrengung, meine Stimme nicht panisch klingen zu lassen.

Die Wüste bebt um mich herum, als einer ein paar Meter weiter weg in eine Tretmine läuft. Er wird getötet. Ich bin eine halbe Stunde lang taub und habe an einem Bein eine kleine Fleischwunde. Jeder hat seine eigene Geschichte von einer wundersamen Errettung — das ist wohl jetzt meine, außer daß dort keine Wunder passieren, es gibt einfach nur blindes Glück. Doch an das Glück denkt hier niemand gern, also spielen sie ein bißchen mit der Sprache und reden statt dessen von Wundern.

Nächte. Diese laute hell erleuchtete Dunkelheit mit Flugzeugen, Flakfeuer, dumpfem Dröhnen von Einschlägen weit hinten; orangefarbene Blitze, die silbernen Explosionen der Minen, riesige glühende Hochöfen – eine Götterdämmerung, über die die Sterne herrschen, Nacht für Nacht das gleiche kalte Glitzern, Orion, Sirius, der Große Wagen, der Bär. Zwischendurch Gefechtspause, dann schlagen wir unser Lager auf (komisches Wort, gehört zu anderen Kriegen, anderen Gegenden) – die ungeschützten Fahrzeuge in einem Verteidigungsring von Panzern, Atem schöpfen, Bestandsaufnahme machen, Befehle für morgen entgegennehmen und ab und zu auch schlafen.

Zwei Wochen später. Seit Tagen ist nichts los – Sturz aus der irrwitzigen Hektik in Langeweile, Apathie – das ist die Unberechenbarkeit dieser Aktion. Gerüchte, daß wir weiter vorstoßen, uns zurückziehen, Urlaub bekommen, monatelang hier festsitzen werden. Also sitzen wir hier – in unserer verstreuten unordentlichen Stadt aus Fahrzeugen und Zelten und in den Sand gegrabenen Stellungen. Barackensiedlungen aus Benzinkanistern entstehen. Leute haben ein Cricketfeld ausgelegt. Nachschub wird geliefert. Wir reparieren unser Werkzeug, die Ausrüstung, uns selbst. Zerfetzte Zeitschriften werden weitergereicht. Briefe geschrieben. Ich schreibe das hier.

An alle, die es angeht. C., hoffe ich. Mich, vielleicht, in irgendeiner Zukunft, die im Moment ganz undenkbar scheint. Wir reden alle von »nach dem Krieg«, aber das sind eher Beschwörungen – ein Schutzzauber: klopf auf Holz. Man denkt daran, hat Tagträume, macht Pläne – so etwas wie die Tagträume der Kinderzeit: wenn ich einmal groß bin. Also sage ich zu mir: wenn ich einmal groß geworden bin in dieser Sagenwelt, in der es keine Panzer, Kanonen, Minen, Bomben mehr gibt, in der der Sand zum Strand gehört und man die Sonne als etwas Angenehmes empfindet

– wenn ich endlich auf diesen Spielplatz darf, dann werde ich... Was werde ich tun? Und dann wird es mythisch, denn das, was man heraufbeschwört, ist ein Ort ohne Unzulänglichkeiten, ein Nirwana aus grünem Gras, glücklichen Kindern, Toleranz und Gerechtigkeit, das es nie gegeben hat und nie geben wird. Also schiebt man das beiseite und hält sich an handfesteres Zeug wie warmes Essen, saubere Bettwäsche, Trinken und Sex. All das, was man vor knapp drei Jahren noch für selbstverständlich gehalten und was jetzt fast den Stellenwert von etwas Heiligem erhalten hat. Manchmal scheint das alles zu sein, wofür wir eigentlich kämpfen.

»Erzähl mir eine Geschichte«, sagte C. in Luxor. Ich habe ihr nie die andere Geschichte erzählt, in der sie der Star ist, in der immer sie die Heldin ist – eine romantische Geschichte voller Klischees, in der ich ihr all die Dinge sage, für die bis jetzt noch nicht genug Zeit war, in der wir all das tun, wofür bis jetzt noch nicht genug Zeit war, in der diese verdammte Sache vorbei ist, und wir bis ans Ende unserer Tage in Glück und Frieden leben, Amen. So weit ist es mit mir gekommen. Na ja, vielleicht erzähle ich ihr das ja jetzt gerade und wenn ja – möge sie tolerant und verständnisvoll sein, möge sie die außergewöhnliche Lage erkennen, in die man durch den Krieg geworfen wird, den Verlust des gewohnten gesunden Menschenverstandes bis auf den Teil, den man braucht, um das zu tun, was getan werden muß, um anderen Leuten zu sagen, was sie tun sollen, um eine Menge Schwermetall durch die Gegend zu befördern und zu versuchen, damit Menschen umzubringen und gleichzeitig zu verhindern, daß man dabei selbst umgebracht wird.

Vielleicht können wir über das alles einmal gemeinsam nachdenken.

Und jetzt will ich von gestern schreiben, während ich den furchtbaren Geschmack davon noch auf der Zunge spüre.

Befehl, noch vor Sonnenaufgang loszufahren – Ziel feindliche Panzer in großer Zahl circa zwanzig Meilen östlich. War ganz aufgedreht nach der Besprechung um Mitter-

nacht im Hauptquartier des Kommandeurs, sogar froh bei der Aussicht, nach der tagelangen Herumsitzerei wieder etwas Aktivität zu haben. Ging zu meinem Panzer zurück — sternklare Nacht, ganz still, Männer bewegten sich über den blassen Sand, schwarze geduckte Schatten der Fahrzeuge. Legte mich hin, um noch ein paar Stunden zu schlafen, und wurde von etwas gepackt, das ich bis dahin noch nicht kannte — plötzliche lähmende Erkenntnis, wo ich mich befinde, was hier geschieht, daß ich sterben könnte, so wüst, daß ich starr dalag wie im Schock, doch meine Gedanken schrien und heulten. Angst, ja, aber es war noch etwas mehr als das — etwas Atavistisches, Primitives, der Instinkt davonzurennen. Ich versuchte, es abzuschütteln, mich wieder in den Griff zu bekommen. Habe tief durchgeatmet, bis hundert gezählt, bin die Codes für den Tag noch einmal durchgegangen. Es hat verdammt noch mal nichts genützt. Ich kann nur daran denken, daß der Morgen unweigerlich über mich kommen wird und daß es keinen Ausweg gibt und ich so eine Scheiß-Angst habe wie nie zuvor, und ich weiß nicht, warum. Also versuche ich es anders. Sage zu mir, daß ich eigentlich gar nicht da bin. Daß ich mich an diesem Ort bewege, durch diese Zeit, das tun muß, es nicht vermeiden kann, aber bald alles hinter mir liegt und danach wieder ein neues Kapitel der Geschichte beginnt. Dachte an die Gazelle, die ich gesehen hatte, die sich mitten zwischen diesen rostigen Schrotthaufen sorglos bewegte, die ich einen Moment lang beneidete; aber die Gazelle hat keine Geschichte, das ist der Unterschied. Festgenagelt und scheißängstlich, habe ich eine Geschichte, die aus mir einen Menschen macht und damit etwas anderes.

Also fange ich an, mich vorwärts und zurück zu bewegen, eingerollt in meinen Schlafsack auf dem kalten Sand — zurück zu anderen Orten, in die Kindheit, in eine Zeit, in der ich in Wales einen Berg bestieg, durch die Straßen von New York gelaufen bin, glücklich war, unglücklich war, vor langer Zeit in Cornwall am Meer oder letzten Monat in einem Bett in Luxor mit C. Vorwärts in die Unklarheit, doch eine Unklarheit, die von Träumen erhellt wird, also ein anderer Ausdruck für Hoffnung. Ich versuche zu träumen, schiebe die Nacht und die Wüste und die schwarzen Schatten um mich herum beiseite, eile an dem nächsten Morgen und dem nächsten Tag und der nächsten Woche vorbei und mache mir selbst Bilder, Träume. Ich träume von grünen Feldern. Ich träume von Städten. Ich träume von C. Und schließlich läßt dieses primitive lähmende Gefühl mich los, und ich schlafe sogar, bis mein Fahrer mich wachrüttelt. 5.00 Uhr, ich bin angespannt, aber wieder da.

Und dann der Rest. Den ganzen Morgen Vormarsch, Patrouillen gaben die Positionen und Richtungen des Feindes durch, dann brach der Kontakt ab, wir irrten ziemlich umher auf der Suche, mal schienen sie regelrecht vom Sand verschluckt oder überhaupt nie dagewesen, dann klirrten aufgeregte Befehle in meinen Kopfhörern, sie sind 6000 m weiter wieder gesichtet worden. Erleichtert, daß ich immer noch fit bin, gut funktioniere, fast ruhig bin. Ich schalte um und rede mit der Mannschaft. Wir haben einen neuen Schützen, Jennings. Er ist gerade erst aus dem Delta gekommen — sein erster Einsatz, das war mir erst letzte Nacht klargeworden, ein stämmiger Junge aus Aylesbury, knapp zwanzig, glaube ich. Hatte noch nicht viel Zeit, ihn kennenzulernen, aber er schien ganz tüchtig zu sein, ein bißchen ruhig, fand ich, aber in der üblichen Hetze bei den Kontrollen in letzter Minute hatten wir alle zu viel um die Ohren, um uns besonders um ihn zu kümmern. Und jetzt merkte ich plötzlich, daß etwas falsch lief — zuerst bekam ich überhaupt keine Antwort von ihm, dann nur unklares Zeug, er murmelte etwas, was ich nicht verstehen konnte. Ich sagte: »Jennings, sind Sie o. k.?« — aber jetzt kam die Stimme des Kommandeurs auf dem anderen Funkgerät, und in den nächsten fünfzehn Minuten oder so war nur Chaos — Befehle und Gegenbefehle, unsere B-Einheit hatte Kontakt mit etlichen deutschen Typ-III-Panzern, wir sollten nachziehen und ihnen helfen, dann wieder mußten wir abdrehen und eine andere Gruppe abwehren, die sie nicht entdeckt hatten. Ich sagte zu Jennings, er solle die Entfernung bestimmen und sich feuerfertig machen, und von ihm kam nur ein Gewimmer, schrecklich, wie ein gequältes Tier. Und dann Worte — immer wieder dasselbe: »Bitte hol mich hier raus. Bitte hol mich hier raus. Bitte hol mich hier raus.« Ich versuchte, ruhig und sachte mit ihm zu reden, ihn nicht anzufahren, ich sagte ihm, er solle sich beruhigen, einfach nur das tun, was er gelernt hatte. Aber jetzt konnte ich die feindlichen Panzer sehen, die kamen schnell näher, ein paar Granaten flogen an uns vorbei, und Sekunden später wurde der Panzer meines Sergeants getroffen und ging sofort hoch. Wir konnten so nicht weitermachen, dahocken wie eine Ente, also habe ich die beiden übriggebliebenen Panzer hinter einen Buckel zurückgezogen und noch einmal versucht, Jennings dazu zu bringen, sich wieder zusammenzureißen. Es war hoffnungslos. Die ganze Zeit hat er nur gejammert und geheult — eindeutig durchgedreht, der arme kleine Kerl.

Gott weiß, warum wir nicht getroffen wurden. Die Typ-III-Panzer haben weiter gefeuert. Ich konnte nichts tun — ich konnte ja nicht Jennings aus dem Panzer werfen und mich selbst ans Geschütz setzen oder so etwas. Doch dann sagte der Kommandeur, daß noch mehr von denen unterwegs waren und wir uns erst einmal zurückziehen sollten, bis er von den weiter im Osten liegenden Freunden Unterstützung bekommen konnte. Wir fuhren außer Reichweite, und die Deutschen jagten uns ein Stück und fielen dann zurück, und ich gab durch, daß mein Schütze versorgt werden mußte und ich den Kompaniearzt brauchte, der Kommandant sagte dazu wütend: »Was zum Teufel ist denn mit Ihnen los — Sie sind nicht getroffen worden?«

Ich brachte Jennings aus dem Panzer raus. Die anderen aus der Mannschaft hingen unbehaglich herum, wollten nicht darüber reden, rauchten Zigaretten. Jennings saß da, den Kopf in die Hände gestützt — er hatte sich übergeben, und sein Kampfanzug war voll gelbem Erbrochenem. Ich versuchte mit ihm zu sprechen, ihm zu sagen, daß er sich keine Sorgen machen sollte, daß es ihm gleich wieder besser gehen würde, solche Sachen eben, aber ich glaube nicht, daß er irgend etwas davon gehört hat. Einmal hat er mich angeschaut und hatte einen Blick wie ein Kind, aber wie ein Kind, das einen namenlosen Horror gesehen hat, dicke Pupillen, schwarze Löcher in einem weißen Gesicht. Da habe ich dann nichts mehr gesagt, wir warteten nervös, bis endlich die Sanitäter kamen, der Arzt sprang aus dem Wagen, warf einen Blick auf Jennings und sagte: »Na, komm schon, alter Junge.« Und sowie Jennings weg war, wurden die anderen Männer albern, aufgedreht, fieberhaft, wie ich es bei Männern schon gesehen habe, wenn ein Schuß knapp vorbeiging, und ich hatte ein Gefühl, als ob ich etwas abgeschüttelt hatte, etwas Unglückseliges, Giftiges – ich wollte nicht an ihn denken: an sein Gesicht, seine Stimme.

Unsere Einheit hatte an diesem Tag drei Panzer verloren. Die Mannschaft des einen kam noch raus, der Schütze kam dann zu mir. Der nächste Tag war die reinste Hölle – immer hin und her, vom Morgengrauen bis in den Nachmittag. Am Schluß habe ich funktioniert wie ein Automat, habe nichts mehr gespürt oder gemerkt, aber als wir dann das Lager bezogen haben, hat man uns die Verluste des Feindes mitgeteilt und daß wir sie ziemlich weit aus ihren Stellungen verdrängt haben, und plötzlich kam gute Laune auf, wir saßen herum und beglückwünschten uns selbst in einer Aufwallung von Zuversicht und Kameradschaftlichkeit. Niemand hat mehr Jennings erwähnt, nur der Kommandeur sagte: »Ein Kumpel von Ihnen hatte wohl einen Zusammenbruch – schlimme Sache, das«, es klang ziemlich verlegen. Und ich habe mich daran erinnert, daß an der Somme Männer wegen Feigheit vor dem Feind erschossen wurden. Jetzt war es nur noch eine schlimme Sache, das ist in gewisser Weise wohl auch ein Fortschritt.

Ich habe das aufgeschrieben – Jennings, mein eigenes Duell zwischen Denken und Sein –, weil ich eines Tages über all das werde nachdenken wollen. So ist es gewesen, wie es hier steht, roh und ungeschönt. Irgendwann werde ich den Sinn verstehen wollen – wenn es einen Sinn gibt. C. hat mich einmal gefragt – bei unserer ersten Begegnung –, wie es hier draußen ist. Es fiel mir schwer, das zu erklären. Ja, in gewisser Weise war es so. Also ist das hier vielleicht auch für sie aufgeschrieben. Vielleicht kann sie mir eines Tages dabei helfen, den Sinn von all dem zu verstehen. Sie will schließlich Geschichtsbücher schreiben, also fällt das durchaus in ihr Gebiet.

Das war letzte Woche. Die Geschichte geht weiter, ich bin noch dabei. Wieder Stillstand, herumsitzen, warten auf Verpflegung und Verstärkung – Gerüchte, daß es jeden Moment zu einem großen Schlag kommen kann. Wieder Zeit zum Nachdenken – eine Art zu denken, die sich auf zwei verschiedenen Ebenen abspielt, die eine besteht aus dem Hier und Jetzt, dem Panzer, den Männern, der Ausrüstung, dem Kommandeur, dem, was der eine gesagt und der andere getan hat, daß ein Offizierskumpel mit offenem Mund kaut (und wie man mitten in all dem von den Tischmanieren eines anderen Menschen irritiert werden kann, das weiß nur Gott allein). Und die andere – die andere Ebene des Denkens – ist so weit entfernt, daß es scheint, als wäre man zwei Menschen; ich denke daran, daß ich früher einmal so vermessen war zu glauben, ich könnte dem Leben etwas diktieren, und statt dessen hat es sich mit gebleckten Zähnen auf mich gestürzt. Ich denke an all das, was ich nicht getan habe und was ich noch vorhabe. Ich denke an C., die in fast allen diesen Überlegungen vorkommt. Ich lese eine zerfledderte Ausgabe von ›Dombey and Son‹, in ein Biwak im Schatten des Panzers gekauert, überall Fliegen, und versinke, werde stundenlang fortgerissen, lasse all das hinter mir, bin betäubt – ach, der Zauber der Worte, des Erzählens. Ich stelle dumme, kindische Listen auf, um mich selbst zu unterhalten: die griechischen Götter, Wildblumen in England, amerikanische Präsidenten, französische Schriftsteller.

P. S. – am selben Tag. An meinem Panzer ist eine Öldichtung hin. Ich habe erfahren, daß ich zurückfahren und in der Feldwerkstatt Ersatz holen kann. Eine willkommene Pause.

Hier endet das Tagebuch. Unter die letzte Eintragung hat Jennifer Southern mit inzwischen verblichener Tinte geschrieben: »Mein Bruder wurde durch einen feindlichen Luftangriff getötet, während er diesen Auftrag ausführte.«

17

Und so denken wir schließlich voneinander getrennt über all dies nach, durch Jahre getrennt. Wir befinden uns nicht mehr in derselben Geschichte, und wenn ich lese, was du geschrieben hast, denke ich an all das, was du nicht kennst. Du bist zurückgeblieben, an einem anderen Ort und in einer anderen Zeit, und ich bin eine andere, nicht die C., an die du gedacht hast, an die du dich erinnert hast, sondern eine nicht vorstellbare Claudia, vor der du vielleicht zurückschrecken würdest. Eine Fremde, die eine Welt bewohnt, in der du dich nicht auskennen würdest. Ich finde das schwer zu ertragen.

Ich bin doppelt so alt wie du. Du bist jung, ich bin alt. Du bist in gewisser Weise unerreichbar, hinter einer gläsernen Wand aus Zeit abgeschlossen, du weißt nichts von vierzig Jahren Geschichte und vierzig Jahren meines Lebens, du scheinst unschuldig, wie ein Mensch aus einem anderen Jahrhundert. Doch du bist jetzt auch ein Teil von mir, so unmittelbar und nah wie meine anderen Ichs, all die Claudias, aus denen ich zusammengesetzt bin, mit dir spreche ich, als ob ich mit mir sprechen würde.

Tod ist totale Abwesenheit, hast du gesagt. Ja und nein. Du bist nicht fort, solange du in meinem Kopf bist. Das ist natürlich nicht das, was du gemeint hast, du hast an das Verschwinden des Körpers gedacht. Doch es ist wahr: Ich bewahre dich, so wie andere mich bewahren werden. Für eine gewisse Zeit.

Du hast mich gebeten, einen Sinn in all dem zu finden. Ich kann das nicht. Deine Stimme ist jetzt lauter als die Realität, die ich kenne – oder zu kennen meine. Ich weiß, was danach geschehen ist, ich weiß, daß Rommel aus Afrika zurückgedrängt wurde und wir den Krieg gewonnen haben. Ich weiß alles, was sich daraus ergeben hat. Diese sachliche Abfolge erklärt — oder gibt vor zu erklären —, warum es zu diesem Krieg kam und wie er verlaufen ist und was seine Auswirkungen waren. Deine Erfahrung — roh und ungeschönt — scheint dazu nichts beizutragen. Sie befindet sich auf einer anderen Ebene. Ich kann sie nicht analysieren und auseinandernehmen, Schlußfolgerungen daraus ziehen, Argumente finden. Du erzählst mir von Gazellen und toten Männern, Kanonen und Sternen, einem Jungen, der Angst hat; das ist mir alles verständlicher als jede Chronik von Ereignissen, doch ich kann darin keinen Sinn erkennen, vielleicht weil es keinen zu erkennen gibt. Es wäre vielleicht leichter, wenn ich an Gott glauben würde, aber das tue ich nicht. Alles, woran ich denken kann, wenn ich deine Stimme höre, ist die Wahrheit der Vergangenheit, und das erschreckt mich und richtet mich zugleich auf. Ich brauche das, ich brauche dich, Gordon, Jasper, Lisa, alle. Und dieses Bedürfnis kann ich nur durch eine Extravaganz erläutern: meine Geschichte und die der Welt. Denn wenn ich nicht Teil von allem bin, bin ich nichts.

Es ist später Nachmittag. Claudia liegt mit geschlossenen Augen da, sie atmet laut, ein unregelmäßiges Rasseln, das das Bett, aus dem es kommt, zum Brennpunkt des Raumes macht, obwohl außer Claudia niemand da ist, um das wahrzunehmen. Doch sie kann es spüren, während sie in ein stampfendes Meer, dröhnend von dem Getöse ihrer eigenen Existenz, hinein- und wieder hinaustreibt. Sie kommt an die Oberfläche, öffnet die Augen und sieht, daß es regnet. Der Himmel ist dunkel geworden und das Zimmer auch, das Fenster sieht aus, als hätten viele kleine Kügelchen es getroffen, und Wasser rinnt in Streifen herunter; alles draußen ist verzerrt — die Äste eines Baumes und durch sie hindurch die Spitzen der Dächer und weiter entfernte Bäume. Und dann hört der Regen auf. Nach und nach erfüllt Licht den Raum: An den kahlen, wirren Ästen des Baumes hängen Tropfen, und die

Sonne kommt heraus und fängt die Tropfen ein, und die funkeln in allen Farben – blau, gelb, grün, rosa. Die Äste sind schwarz vor einem orange-goldenen Himmel, schwarzglänzend. Claudia starrt das alles an; es scheint, als sei das ganze Schauspiel zu ihrem Vergnügen inszeniert worden, und Hochstimmung erfüllt sie, eine Welle der Freude, des Wohlgefühls, des Staunens.

Die Sonne versinkt, und der glitzernde Baum ist ausgelöscht. Im Zimmer wird es wieder dunkel, das Fenster ist jetzt violett, zeigt das schwarze Flechtwerk der Äste und eine Häuserzeile mit viereckigen Lichtflecken. Und im Zimmer hat sich etwas verändert. Es ist leer. Vollkommen leer. Es hat die Stille eines Ortes, an dem es nur unbelebte Dinge gibt: Metall, Holz, Glas, Plastik. Kein Leben. Ein Knarren: das Geräusch von etwas, das sich ausdehnt oder zusammenzieht. Hinter dem Fenster fährt ein Auto an, ein Flugzeug fliegt. Die Welt bewegt sich weiter. Und neben dem Bett kommt im Radio das Zeitzeichen, und eine Stimme beginnt die Sechsuhrnachrichten vorzulesen.

Ich danke Tim Tindall und Andrew Wilson für ihre Hilfe bei militärischen Fragen.

Bei meiner Materialsuche zum Krieg in der Wüste habe ich zurückgegriffen auf Alan Moorehead, ›African Trilogy‹; Barrie Pitt, ›The Crucible of War‹; Correlli Barnett, ›The Desert Generals‹; Keith Douglas, ›Alamein to Zem Zem‹; Cyril Joly, ›Take These Men‹; sowie die Bild-, Film- und Kunstarchive des Imperial War Museum.

Ich wurde in Kairo geboren und habe dort während des Krieges meine Kindheit verbracht. Ich muß deshalb wohl auch den Beitrag meines damaligen *Alter ego* erwähnen, das wenig verstanden, aber vieles beobachtet hat.